海豚湾

THE COVE

Die Bucht: Flippers grausames Erbe

瑞察·欧贝瑞（Richard O'Barry）　汉斯－佩特·罗德（Hans Peter Roth）　著

侯淑玲　译

Die Bucht：Flippers grausames Erbe

© Mr. Hans Peter Roth & Mr. Richard O'Barry Simplified Chinese language edition published in arrangement with Mr. Hans Peter Roth & Mr. Richard O'Barry through CoHerence Media

图书在版编目 (CIP) 数据

海豚湾/(美国)瑞察·欧贝瑞,(瑞士)汉斯-佩特·罗德著;
侯淑玲译. —北京:中华书局,2015.4
　ISBN 978-7-101-10844-6

　Ⅰ.海…　Ⅱ.①欧…②罗…③侯…　Ⅲ.纪实文学-作品集-
瑞士-现代　Ⅳ.I522.55

中国版本图书馆 CIP 数据核字 (2015) 第 060500 号

书　　名	海豚湾	
著　　者	〔美国〕瑞察·欧贝瑞　〔瑞士〕汉斯-佩特·罗德	
译　　者	侯淑玲	
责任编辑	何　龙	
出版发行	中华书局	
	（北京市丰台区太平桥西里 38 号　100073）	
	http://www.zhbc.com.cn	
	E-mail:zhbc@ zhbc.com.cn	
印　　刷	北京天来印务有限公司	
版　　次	2015 年 4 月北京第 1 版	
	2015 年 4 月北京第 1 次印刷	
规　　格	开本/710×1000 毫米　1/16	
	印张 18¾　插页 12　字数 200 千字	
印　　数	1-10000 册	
国际书号	ISBN 978-7-101-10844-6	
定　　价	45.00 元	

目录

序（一）

还活着——我很惊异。我每天都在想它。二〇一四年一月十七日，取名"安吉尔"的稀见白化症宽吻海豚幼崽在日本太地町海湾被捕获。这头小海豚，地狱中的天使，成为在太地町被屠杀的成千上万头海豚的全球代表。既然重返太地町，我试图尽可能地和这头粉白小母豚待在一起。它被关在一个狭小而肮脏的水箱里，这里是臭名昭著的太地町鲸鱼博物馆，世界上最大的活海豚经销地。

安吉尔是二百五十头被赶入日本南部小渔村太地町的绝命海湾的宽吻海豚中的一员。它们中的五十二头被贩卖至水族馆，包括安吉尔，其他的则被渔民宰杀了。因此就在今天我们提起了一项诉讼。太地町政府将第一次为其招致全球谴责的海豚猎杀辩护。"安吉尔行动"诉讼旨在将太地町政府作为太地町鲸鱼博物馆的所有者和经营者列为被告。这一诉讼指控博物馆拒绝持不同意见的或来自不同种族的鲸鱼救助专家、研究者和记者进入博物馆，而这样的行为有违日本宪法。

白化症海豚尤其不同寻常。据报道，另外仅有两头得以确认身份：一头是名叫"卡罗来纳雪球"的宽吻母豚，一九六二年被捕获于美国南卡罗来纳的海岸；另外一头是奥尔加，曾于二〇一〇年在阿拉斯加海岸被拍到。正是因为稀有，使得安吉尔如此特殊，它不仅对反猎杀主义者如此，对太地町渔民、对可能出高价购买它用于展览的水族馆也如此。安吉尔现在是非常有价值的奇异秀。

在太地町捕获的鲸鱼，一头能卖到超过十五万四千美元。然而不到竞标开始，我们无法知道安吉尔到底能卖多少钱。不过，她也可能活不到在公众面前亮相的那天。五十四年来目睹了无数未能幸存下来的例子，让我生产了这样的直觉，尤其是对于这样一头幼小的、从母亲身边被掳走的海豚来说，要存活下来尤其艰难。

我过去常常捕猎和训练海豚，包括训练二十世纪六十年代的 TV 秀中轮流扮演"飞宝"的那五头海豚。伤心的是，安吉尔让我想起很多关于卡罗来纳雪球的事情，一九六二年我曾经协助过对它的猎捕。我们是为迈阿密水族馆捕的，它在那儿待了不到三年就死了。雪球是我捕过的最后一头海豚。现在面对安吉尔，对我来说是一个"土拨鼠日"，我的脑海里关于过去的一切都如春天来临般复活了，尤其当我看到二〇一四年一月十七日所拍的安吉尔的母亲被捕获时的影像时。它惊恐万状，显露出母子分离时的悲伤。我见过海湾中很多海豚自杀，我想其中就有这头海豚的母亲。

正是像我捕获过的雪球或那五只"飞宝"这样的海豚让我开始注意到这些生物是多么地敏感和有自我感知，意识到它们在被捕时遭受了多少痛苦。这永远改变了我的看法，让我从一个海豚猎人和驯养师变成了海豚保护者。结果，我在日本的太地町有了了结，将日本海豚屠杀暴露于公众。这本书讲述了这一切。

日本的海豚猎杀是非常损人利己的。首先这些鲸类动物被以一种野蛮的方式驱逐和捕获，然后最漂亮的那些被筛选出来，养起来，卖到海豚馆。很多时候这种不光彩的海豚交易也延伸至中国，并从中获益。剩下的海豚则多数被屠杀，作为人类的食物，尽管海豚肉含有汞和其他高度危险的化学物质。所以利润丰厚的日本活海豚贸易实际上补贴了海豚屠杀。

被宰的海豚的其他部位会怎样处置呢？安吉尔死后会怎么样呢？很有可能会成为肥料或者宠物食品。将圈养死去的鲸豚送去做肥料是很常见的做法。我们的调查表明海豚的尸体被用船从太地町运往四国岛的一个化肥厂，尽管这种物质是有毒废物。这个厂将化肥出口到中国。所以中国人应该知道这一点，并有所警惕，那些购自日本的活海豚一直都来自"太地町噩梦"，那是日本经济一个很可疑的分支。

不过也有利好消息。从《海豚湾》这部电影开始，我曾协助揭露隐藏在太地町血腥海湾的不可告人的秘密：到二〇〇八年为止每年对大约两千头海豚的野蛮和无谓的屠杀。自从《海豚湾》获得二〇一〇年奥斯卡金像奖最佳纪录片奖之后，被杀海豚的数量每季降低到了不到九百头。越来越多的海豚被释放，得以重归大海，免于屠杀。海豚肉的需求量——那原本就不适合人类食用——也一直在下降。

然而，我们还有很多事情要做。被杀海豚的数量在过去三年都维持在了八百到九百头左右。与此同时，由于利润丰厚，卖到海豚馆的被捕海豚的数量依然在上升。在最近几年，每年有超过二百头海豚被海豚馆圈养。而日本不顾后果地在本国和国际海域捕猎海豚和鲸鱼，也承受着越来越大的来自全世界范围内的批评和压力。二〇一四年三月三十一日国际法庭勒令日本停止向其亚特兰大捕鲸计划签发许可证，这个计划允许每年捕猎超过一千头鲸鱼。联合国也驳回了日本关于该项计划是科学考察而非商业行为的抗辩。

而在中国境内也有利好消息——首先就是所有在中国水域的海豚和鲸鱼都受到保护。因而像日本那样唯利是图的血腥屠杀将不会发生在中国。我很高兴，也很感激。我清楚地记得一九八八年我受邀来到中国。读过我的《海豚微笑的背后》一书的中国科学家告诉我，扬子江豚亟待救助。我们尽我们所能与中国政府合作来拯救那些受保护动物。可惜的是，二〇〇七年以来再也没有观测到这种水生动物。

我希望人们能从扬子江豚的事例中得到丰富的经验教训。中国能够并且正在有效地保护那些濒临灭绝的动物。事实上大熊猫在世界范围内已成为一个成功的标志。我们也得到了更多的好消息。就在最近中国已经禁止鱼翅汤在公务宴席和接待活动中摆上餐桌。这项决定也是中国政府在二〇一二年所做的逐步淘汰这种传统汤类的决定的重要举措。鱼翅汤是我最关注的，因为鱼翅是从活生生的鲨鱼身上锯下来的，而这些鲨鱼没有了鱼鳍，放回海中必死无疑。

二〇一四年四月二十五日我在《亚洲新闻》上看到，食用和捕杀珍稀动物在中国被列为犯罪。那些在知情的情况下食用或买卖四百二十种中国境内珍稀动物的人，将被处三到十年有期徒刑。这些动物包括大熊猫、金丝猴、亚洲黑熊和鳞甲类动物。鱼翅和犀角这类中医中的传统药物也同样被禁止。

我对代表国家议会的全国人大常委会能做出这样里程碑式的决定表示敬意。常委会将对濒临灭绝的物种的猎杀定义为"全球性的威胁"，常委会也批评了那些富有的亚洲消费人群为一己之利而对珍稀动物交易的煽动。

自从我们写了这本书以后，自从电影《海豚湾》上映以后，发生了很多事情，也产生了很多变化，就像我提笔写下这些的时候所意识到的那样。它让我充满自信和希望，相信无论在中国还是在世界其他地方一切都在往好的方向发展。它让我充满希望和信念，相信我为保护海豚和它们的环境所作的努力没有白费。鲸豚是高度聪明和有自我感知能力的生物。我坚信它们不应该被猎杀、被捕捉来娱乐人类，因为就我的个人经验我知道它们遭受了多大的苦难，在被圈养之后他们会多么快地死去。因此我的结论是，日本经济不应该由从太地町买卖活海豚这样的贸易来支撑。

　　海豚和鲸鱼是大海的使者，它们是海洋环境的指针。希望这本书能有助于让我们更好地理解这些伟大而迷人的生物，有助于给它们提供更好的生存环境和保护，有助于为海洋环境提供更好的保护。我们只有一个星球，而超过三分之二被海洋覆盖。

瑞察·欧贝瑞

二〇一四年五月十五日于日本太地町

（陈绮　译）

序（二）

本书的故事让人产生勇气。故事从一个绝大多数人都不知情、骇人听闻的事件开始，结束于一种充满希望的感受：仅仅几个人的热情投入也可以完成许多事。这个故事最初使人惊慌失措，而后兴奋紧张，最后深受感动。说到西雅图酋长（Chief Seattle）常常被引用的一段话："直到最后一棵树被砍掉，直到最后一条鱼被捕捉，然后人类才会了解，我们不能只靠钱过日子。"这句话在本书的故事里却不适用，或者至少有部分是相反的。

德国有句俗语："世界踩着歪歪斜斜的步子前行。"这几年来，我尽可能地作为捐款者、各种不同的环境和人权组织的成员或者只是挂名成员，以及作为电视（目前［依然是］最有影响力的媒体）从业人员，我试着让这歪歪斜斜的步子至少能稍微修正。如同本书作者，我试着利用纪实性节目来传递和我们大家都有关、我们应该强烈关注的信息——关于我们的星球和星球上的居民发生了什么事。

对种种弊端感到惊愕与愤慨无以改变事情的现状；没有付诸行动和满腹牢骚也不可能改变什么。而且，人类所有感觉里最虚幻的就是无力感，"反正我们没法改变什么"。众所周知，启蒙是第一步，接着就是采取行动。而且每一个人，我们每一个人都有机会作出贡献，不管这贡献是大是小。

瑞察·欧贝瑞，这个世界知名的海豚保育人士、以前的《飞宝》（Flipper）驯养师、纪录片《海豚湾》的主角，以及这本书的共同作者，是那些勇敢、有胆量，而且常常冒着万分惊险的行动者的典范。

我们每个人没有办法都像瑞察一样，以援救者的身份马上出手，甚至完成难如移山般的创举。但是我们大家都可以一小步一小步地，以小小的行动从简单的开始做起。想想看：几百万住在德语系国家的居民改用绿色能源、不再购买过度捕捞的海产、避免使用塑料制品、只开环保车辆、关掉多余的电灯和电器用品、冬天时将暖气调低两度——如果大家都这么做，这将会带来多大的改变啊！

　　我们还可以援引这本书中的建言：如果没有人再去拜访海豚馆，每个人在买鱼前都设定标准，拒绝购买用错误方式所捕到的鱼，那么就不会再有数十万只海豚在流刺网和拖网里丧命，那么我们就已经为这全世界最受欢迎的动物作出了极大的贡献。

　　《海豚湾》对我们每个人来说都是一个启发。本书和电影反驳了大家常挂在嘴边的说词："一个人改变不了什么。"本书内容告诉我们，这样的观点是错误的。

　　如同谍报片一般的真实情况报道，这部卓越的电影现在以书本形式出版。我必须盛赞本书的作者，谢谢你！请继续努力！

　　　　　　　　　　汉讷斯·耶尼克[1]（Hannes Jaenicke）

1　汉讷斯·耶尼克（1960-）为德国最有名的演员之一。从上世纪八十年代开始，
　　他在德国和美国的电视节目及电影里担纲演出无数次的主角，也以剧作家的身
　　份成名。此外，他致力于社会公众利益以及动物和环境保护议题已有好几年的
　　时间。从二〇〇八年起，德国电视二台（ZDF）不定期播放纪录片系列《汉讷斯·耶
　　尼克：投入……》。二〇一〇年夏末或秋天播出影片《汉讷斯·耶尼克：投入保
　　育海豚》。

第 一 章

开始行动

"他们走了！"瑞察·欧贝瑞用左手掩住嘴。

"在海上！"他感觉到硬材质的白口罩带来不适感。

"开始行动了。"他不安地频频环顾四周。现在千万要保持冷静……

瑞克（译注："瑞克"为瑞察·欧贝瑞的昵称）知道接下来几个小时会发生什么恐怖的事情，迅速拉低帽檐遮住半张脸，一辆白色的五十铃小货车从他身旁开了过去。这类货车有开放式货斗，是当地渔民和猎捕海豚者典型的交通工具。瑞克沿着小小的港口慢慢行驶，双眼透过太阳眼镜谨慎地瞥视左边的防波堤。

太地町海港里平时停泊着几十艘渔船，全是以典型的日本造船技术所制作。圆弧状的船头向外凸出，船尾处设置了强力柴油发电机，船身非灰即白，长度不到二十公尺，船速快，容易驾驶。不过其中十三艘船有些不同，它们除了船舱外，还多了两根粗铁杆，从甲板斜斜往后指向天空，这就是专门捕杀海豚的渔船。目前这十三艘船全都不在，早在天空刚露出鱼肚白的天色时就已启航出海。此时海面一片风平浪静，非常适合猎捕行动。

渔村旁的港口海面在晨曦照射下熠熠发光，不过瑞克没有心思欣赏这炫目的美景，他身体向前贴近方向盘，继续沿着县道 240 号前行，没有人认出他。在这里，戴上白口罩就不会引人注目，加上帽子和太阳眼镜也是一样，一如在日本各地常见的打扮。若只是匆匆看一眼，他这个美国人还会被当成是个普通的日本老人。出了渔村后，道路和缓坡沿着丘陵向上延伸，路旁底下就是海岸线。沿途景观壮丽，前面就是海港，再往北一英里处，在连绵起伏的岩崖海岸的一个峡谷里，太地町鲸类博物馆中的海豚馆建筑清楚可见。海港和海豚馆两地之间，隐身在宁静和谐绿色丘陵中的是——海豚湾。

在通往灯塔的分岔路口前，瑞克终于找到一个停车的地方，可以不受干扰地打电话到东京。

"宽子！"

手机发出沙沙的杂音，不过电话那头的美国有线电视新闻网（CNN）日本特派员宽子清楚地听到瑞克的声音。

"宽子，行动开始了。捕杀海豚的人一大清早就驾驶着十三艘船出海了。"

瑞克简短报告，吞了一口口水后接着说：

"明天太阳升起时一切就绪，你们多快可以赶到那里？"

来自当地的警告

三天前，海豚保育人士瑞察·欧贝瑞坐在涩谷一间开着空调的办公室里，由高处往下望，市景犹如高楼街道交错的峡谷地形。涩谷是东京商业活动最兴旺的区域之一，一望无际的灯海阻挡了黑夜的降临。瑞克对面坐着日本特派员宽子、来自韩国的电视制作人金和一位摄影师（名字皆为化名），他们聚精会神地注视着瑞克的笔记本电脑屏幕。这部纪录片《海豚湾》以令人震惊的方式，清楚呈现猎捕季节时，日复一日在宁静美丽的太地町海湾上演的恐怖屠杀。

"也算我们一份。"宽子显然受到震撼地说，其他两位也点了点头。

摄影师向瑞克投以询问的目光说：

"你一点都不怕吗？"

瑞克若有所思地凝视窗外下方一条条灯火通明的街道，他回答：

"当然怕。一般来说，在这个国家没有什么好怕的。我喜欢这里的人，他们友善、乐于助人、认真、一丝不苟。但另一方面……"

　　这个美国人想到一位特别具攻击性、以捕杀海豚为业的年轻人，他总是大声嚷嚷，有时候还会出手打人，试图阻止环保积极人士和记者记录在太地町海湾所发生的事。瑞克称他为"Private Space"（私人领域），因为这也许是他唯一会说的两个英文单词，每次只要看到陌生人出现，他就不断地重复这两个单词。这个当地人总是在海湾边对着记者大喊："Private Space!"即使记者只是站在公共场所，没有做任何违法的事。他还很勤奋地用一台手提摄影机反拍记者。目的是什么？他只是要激怒别人？之后他又如何处理这些影片？完全不得而知。

　　另外，瑞克担心日本黑道的介入已有一段时间。这个拥有几百年历史，恶名昭彰却又充满传奇色彩的犯罪组织绝不是则神话。日本黑道组织直到今天仍在运作，旗下分成好几个"组"，互相竞争对抗；在全日本以及外国报刊上常常可以看到"日本黑手党"的称号。有一些"组"仍以地址和电话作掩护，存在于大阪和东京的电话簿中。

　　过去几年来，尽管黑道和警察的密切关系变得越来越薄弱，社会声望也江河日下，但这个组织终究是日本社会里一个极具影响力的团体，特别是在房地产业和金融业拥有根深蒂固的势力。如今日本大约有八万名黑道分子，哪里闻起来有钱的味道，日本黑道的触手就伸到那里。太地町是金钱竞逐之地，有很多钱在流通，因为猎捕海豚的人不只是将猎物驱赶到海湾内刺死，他们也贩卖活的"表演用海豚"。这样一个动辄数百万美元的交易，利益分子才不会让一些胆大的动物保育人士和记者揭穿真相、挡了财路。

　　"我们去吃饭吧。"宽子对在座的人说。一到外面，夜晚时分匆忙的人潮吞没了瑞克和这群媒体工作者。在几百公尺之外，位于涩谷车站西面的是那举世闻名的"大家齐步走十字路口"。晚上高峰时段，每次绿灯亮起时，就有多达一万五千名的行人穿越街道。瑞克盯着一张张疲惫的脸孔跟随着庞大的人流从他身旁经过。"他们会知道自己的国家隐藏了这个血腥的秘密吗？"他问自己，"日本媒体到底什么时候才会开始报道太地町和其他地方的野蛮行径？报道汞中毒丑闻？还有，人们真的想知道这些事吗？"

疯狂围猎

"我们马上就来！"电话那头传来宽子斩钉截铁的声音，将瑞克从思绪中拉回来。在县道240号旁的停车位上，瑞克可以从租来的车子里直接眺望太地町前方岩崖海岸的一大部分，一直看到纪伊胜浦、他下榻的地方。

"好的，今天晚上我们在饭店见。"

宽子和她的摄影小组对太地町的周遭环境已经很熟悉。几天前他们就从东京开了七百公里的车程来到这里，乔装成"游客"来侦察这个地区：海豚总部、海豚度假胜地、包括海豚馆的鲸类博物馆、海港、海湾……同为日本人的他们在这里一点也不引人注目，即使拿着摄影机和相机到处摄影拍照，也丝毫不会被注意。除此之外，他们也能用母语打探消息。

这一次可能会成功地拍到海湾里即将发生的海豚大屠杀。"要是没有突然刮起一阵风的话，这群可怜的动物很快就会落在陷阱里了。"瑞克手握望远镜，喃喃自语。在一般情况下，这一区的天气是极度变化无常的。日本最大岛本州岛南岸的纪伊半岛，就像一堵遮挡风雨的墙突起于太平洋。不过，今天柔和的海风只在太平洋一望无垠的海平面上撩起粼粼闪耀的微波。

在这祥和如画的海景中，瑞克突然发现猎捕海豚者的船只。很明显，他们还没有发现海豚。瑞克再次戴上太阳眼镜，转动钥匙发动车子。现在他得尽量低调，返回位于纪伊胜浦的浦岛饭店，并且驶经这个事件发生的所有现场；因为这个事件，瑞克已经来太地町二十多次了。

行车途中，他眺望了整个海港，紧临港口的是一长排泡在海水里的笼子，里面关着——海豚。瑞克开车经过靠船处、鱼市场、合作社以及屠宰场——这个数万只海豚的血腥终点站。经过将新鲜巨头鲸鱼肉和海豚肉当作"本地产品"贩卖的商店时，瑞克没有转头，透过太阳眼镜他向左瞟了一眼。车子继续往前驶，经过镇公所，然后是郊区的漂亮房子，赚了不少钱的渔夫和一些海豚商就住在那里。接下来是隧道，隧道入口装饰着充满艺术感的鲸鱼图案。

不久，隧道出口就出现在前方，入眼一片亮光，好不刺眼。这里就是海湾所在地，死亡正虎视眈眈地等待着。瑞克的眼神瞟过广袤的海洋、越过海湾来到街道的右边，开阔的景致真是美极了。一座石阶和一道斜坡往下直通海滩，这真是个宜人的地方，不过明天一早，这里将成为海豚的地狱。

瑞克再次被这荒谬的对比搞得恍惚，他甩了甩头，继续驾车前行。现在，右手边一座林木茂盛的丘陵遮蔽了海洋和海湾，几秒钟后，离海湾不到三百公尺远，靠海而立的是太地町鲸类博物馆，海豚馆是其中的一个展示馆。稍微往前一点的是一艘工业用捕鲸船，也是个热门景点。向左转，迎面而来的是几栋建筑物和图画缤纷的广告牌，上面写着日文。不难猜到内容是什么：这是提供"跟海豚一起畅泳"与"海豚疗法"的企业广告；广告内容看起来对小孩子相当地友善。一头座落在休息广场旁，以等比例制作的硕大座头鲸雕塑标志着小镇的尽头，瑞克从旁驶过。一只乌鸦站在座头鲸高高扬起的尾鳍上，神气地守卫着它的领地。

瑞克松了一口气，环顾四周，最危险的区域已抛在身后，一切都很平静，没有跟踪的车辆。在海湾的末端，他转入42号主干道，这条路引领他经过小村庄日高町和位于左手边的一个小湖泊，通过几座林木繁茂的丘陵，直达纪伊胜浦。瑞克只想返回饭店，快到达警卫室时，在浦岛饭店的路口前，他摘下口罩和墨镜。驶过开启的栅栏时，他亲切地打了声招呼，保安人员态度冷淡地点了点头，脸上一点表情也没有。

浦岛半岛一如龙的背脊，隔开纪伊胜浦渔村港口和广阔的太平洋，林木遍布的山崖就像一道一英里长、约一百公尺高的护堤。浦岛温泉饭店就像是座沿着山坡建起的堡垒，饭店内有精心设计的地道，房客可漫步前往使用饭店内各式各样的设施。不过，最主要的景点是"露天风吕忘归洞"，这是饭店独有的泡汤设备，不同泉质的硫黄温泉喷涌进几个大洞窟里，然后流入大海。

不过瑞克不是为了泡温泉而投宿浦岛饭店的。他踏上那长度可能破世界纪录的手扶电梯，直达山崖的顶端。经过两只看守小神社入口的石头狐狸后，他直接走到半岛的最高点。在这加上围栏的眺望台上，可以观赏三百六十度环海全景，景致壮丽。眺望台西边和北边是林木葱郁的纪伊山脉。东边面向太阳，无垠无边的蓝色太平洋在日光下荡漾着粼粼波光。往南只有几公里远的地方是林立的旅馆、鲸类博物馆、灰色的捕鲸船，以及太地町连绵起伏的岩崖海岸，这一切都可以用肉眼看得清清楚楚。在海岸前瑞克发现了一些船只，是渔夫的船？还是捕杀海豚者的船？

瑞克用望远镜观察船只。这些船相当协调地一致往前航行。身体像是受到猛烈撞击一般，瑞克恍然明白：那是猎捕海豚的人。他的喉咙再一次像是梗住了，一句话也说不出来。充满绝望的无助感，混杂着愤怒、怨恨和对海豚的同情，令人难以承受。在接下来几个小时的追捕行动中，海豚将经历无以名状的痛苦，而他只能眼睁睁地看，并且等待着。恐怖事件将再度在他眼前上演，无可回避。

今天这样足以让人精神分裂的两难局面，简直要把他撕成碎片：一方面，他当然希望猎捕者找不到海豚；但另一方面，东京的美国有线电视新闻网摄影小组已动身前来这里，为的就是拍摄捕杀海豚的疯狂举动，而今天是拍摄的最佳时机。"反正不管怎样，猎捕者都要猎杀海豚。"瑞克试图安慰自己，"他们没有达到两千三百只的配额，是不会罢休的。"两千三百只海豚和小型鲸鱼——这是日本水产厅每一季开放给太地町一地的捕杀配额。

瑞克叹了口气，透过望远镜不难看出猎捕者这时已发现了一大群海豚，追猎行动开始了！一开始海豚一点都不怀疑，它们甚至有可能接近小船，纯粹只是好奇，或只是想在船头激起的波浪里嬉戏。然而，猎船将海豚迁往北方的路径切断了。现在长铁杆派上了用场。这是一种简单又有效的技术，四百年前已经开始使用：拿一把坚实的槌子敲打杆子顶端，杆子将音量很大又单调的敲击声传到水里。为了放大噪音，铁杆的底端向外扩展呈喇叭状。在海豚身处的广阔无边的海洋世界里，不存在这样坚硬的声音，因此海豚们完全吓坏了。

纠缠不休的敲击声盖过它们彼此沟通、指明方向的声音，海豚间的联系中断，它们的自然回声定位也受到影响。平常只要通过发声和接收回音，它们通常能辨认方向或测定猎物的位置，但是现在海豚完全陷入恐慌，只想尽快逃脱这道人工声墙。可是船只把它们从辽阔的海面上逐步围拢起来、切断它们的退路，并一再重复同样的动作，就这样，海豚愈来愈接近海岸。

在那里等待着它们的是死亡——或是一辈子被囚禁在令人窒息的狭小的人工池子里。

海豚愈来愈频繁地深呼吸，它们完全喘不过气来了。为了更快地逃离此地，它们开始跳跃。恐慌爆发了！它们为逃生而游，每一次从围堵墙侧面逃离的尝试都失败了。这一切，站在船首围栏里的值岗者都看在眼里。这几艘身形细长、装设强力发电机的猎船很好驾驶，马力全开时速度比海豚还快。船只的烟囱不断冒出黑烟，代表渔夫正在加快行动，他们能马上全速向前或后退，阻止垂死挣扎的海豚逃离此地。

海湾无情地愈靠愈近，猎捕者似乎暂时停止工作。海豚突然全都不见了，它们避开船只潜到水里去了，不过它们得再度浮出水面换气。它们在那里！快速往大海的方向游去！喷出浓烟的船只马上掉头转向，马力全开紧追在后。最后一次逃亡很快就宣告失败。此刻，筋疲力尽的海豚彻底放弃了。一艘接着一艘的船只消失在山崖后面，隐身在后的是死亡海湾，海豚已落入陷阱。

便衣警察现身

瑞克擦掉额头上的汗珠，放下望远镜，从这个地方望去已看不到更多东西了。不过他心里太过清楚，在那几公里外的秘密海湾里正在发生什么事。为了不想突然被认出来，他不再离开饭店，直到黎明破晓前，他注定什么事都不能做了——即使无所事事，他的内心还是无法平静。

傍晚时分，瑞克发现一张从门缝塞进来的纸条："请您到饭店服务台。"瑞克梳洗过后，慢慢走过数条长廊前往饭店大厅，他边走边讶异地想："美

国有线电视新闻网的人这么早就到了？"服务台人员领瑞克去找两位坐在
矮玻璃桌旁、沙发椅上的先生。他们的穿着刻意低调：黑西装外套、白衬衫、
深色裤子、深色领带，几百万的日本人每天都穿成这副模样去上班。其中
一位谨慎地看了过来，瑞克预感有事发生了。

　　一定是有人向警察机关告发他。不过会是谁呢？尽管他有伪装还是引
起别人的注意？瑞克一边在脑海里快速思索，一边走向那两个男人。他突
然想起饭店出入口检查哨里的那个男人。

　　"我早该想到的……"他喃喃自语。

　　摆在眼前的事，他以前拜访太地町时就已经历过了。果然，这两个先
生自我介绍是便衣警察，并且出示证件。瑞克友善地微笑，握了握两人的手，
坐在他们示意他坐下的沙发椅上。两个警察同样也面带微笑，握手时微微
鞠了一躬，典型的日本式教养。当他们礼貌地请求瑞克出示证件，并开始
审问时，不知怎的一副很尴尬的样子。

　　"您为什么在这里？"

　　"您想要什么？"

　　"您要停留多久？"

　　"您之后要去哪里？"

　　"您没有计划一些不合法的事吧？您没有要去不准进入的地区吧？"

　　"您喜欢日本吗？您满意日本人的待客之道吗？"

　　瑞克很熟悉这些问题，他平静地回答，一点也不回避。

　　"我来这里是要来帮助日本人民的。"

　　他坚定地注视着两位警察的眼睛。

　　"我此行的目的是宣传教育和传递信息，日本民众从政府机关及媒体那

里，并没有得到足够的信息，关于食用鱼肉和鲸鱼肉里的重金属含量。"

"现在他又要提汞的事了。"一个警察用日文小声地对另外一个警察说。

瑞克不受影响继续说："这太危险了，来自太地町的海豚肉和巨头鲸肉里的汞含量更是可怕。我可以给你们看看实验室的数值报告，真的很惊人，所以我才会在这里。"

这两个年约五十岁的男人沉默了。其中一个一边缓缓点头，一边在笔记本里快速记录。

瑞克向他们投以询问的目光，双手摊开说：

"日本不是允许从事倡导教育和传递信息的工作吗？"

不过两人对此问句不予理会。

"请您不要违反法律。"拿着笔记本的男人以不流利的英文说。

"不会的。"瑞克双手交叠放在右膝盖上，以缓慢又清楚的语调解释，"如同前面说的，我是来这里帮忙的。我欣赏日本人、日本文化，文明、热情好客、乐于助人、认真、尊敬。这些都足以让我来此贡献一己之力，说明应该要说明的事情。"

做笔记的男人透过黑框眼镜看了看瑞克，再看看他的同事，接着挺直身子，耸了耸肩。两个警察站起身后，看起来还是有一点尴尬的样子。离开时，他们握了握瑞克的手，微微鞠躬。

它们为什么不逃

此时暮色已翩然降临。瑞克吃完晚餐离席后没多久，才刚踏进他那日式风格的房间时，服务台的电话又来了，东京的摄影小组已经抵达。半个小时后，所有人聚集在瑞克的房间，在榻榻米上席地而坐。

瑞克描述黎明破晓后到现在发生的所有事情。

"对海豚来说，围猎是一个难以想象的恐怖事件。"他说明重点，"海豚根本不知道发生了什么事。发出震耳欲聋噪音的铁杆，以及快速航行、到处捕杀它们的船只，使它们陷入惊慌失措中，它们只想离开。不过，海豚是群体动物，它们在逃离的同时也会留意不让任何海豚落下，特别是幼小的海豚，因为小海豚还无法快速移动。猎捕人残酷地利用海豚这一善良天性，追猎行动让海豚筋疲力尽，有些因为体力衰竭而死，有些则心脏衰竭而亡。母亲被迫离开孩子，怀孕的海豚在极度惊恐下产下小海豚。"

但是这一切，猎捕人都不予以理会。

瑞克继续说：

"一些海豚在疯狂围猎的过程中已身受重伤，而猎船就直接从海豚上方行驶过去，船尾推进器在海豚身上划出可怕的伤口。对猎捕人来说这甚至是一件好事，因为海豚不会抛下受伤的家人不管。除此之外，死亡并缓缓沉入海底的海豚尸体，不会被算进猎捕配额或统计表里。而对身体未受损伤的海豚来说，心里的惊骇更是难以形容，因为它们无法逃离噪音，也无法对海豚们尖锐的哀鸣声充耳不闻。它们无助地看着并感觉到周遭所发生的惨案，自己也完全喘不过气来了。"

瑞克的叙述停留在便衣警察来访这一段。

"警察并不是问题。"他强调，"一般来说，警察都是中立的，唯一一个例外是太地町的一个村警，他来自渔民家庭。除了他之外，警察都致力于维持安宁与秩序，他们根本不想惹麻烦。也就是说，只要我们没做违法的事，就不会被警察骚扰；对捕杀海豚者来说也是这样。"

"明天一大早，我们到海湾那里去时，会有什么事等着我们呢？"摄影师问。

瑞克若有所思地把帽子拿在手上，抓了抓头说："我不清楚。每一次的情况都不一样，因此我不做预测。确定的是，捕杀海豚的人会在那里等着我们。他们怒气冲天，会使出火爆手段来'欢迎'我们。便衣警察拜访过我之后，一切都很清楚了，大家都知道我在这里了。"

宽子，这个美国有线电视新闻网的日本特派员，向前倾身，提出了另一个问题：

"海豚整个晚上都被囚禁在海湾里吗？我没有听错吗？"

"是的。"瑞克回答，"把筋疲力竭的海豚驱赶进海湾后，渔民撒网把窄小的海湾封锁起来，如此，海豚的命运就注定了。之后渔夫就回家，真正的'工作'隔天才开始。"

宽子不相信地追问："海豚直到隔天清晨都在海湾里吗？没有看守的人吗？"

"是的。"

"为什么它们不直接跃过渔网逃生？"

"它们当然可以毫无困难地这样做，但是它们不会这么做。"

"为什么？"宽子的语气很坚定，但这时她其实已显得不知所措。

瑞克非常了解宽子无法理解这件事的反应；因为海豚的这个习性，让他不知道有多少次懊恼得几乎抓光自己的头发。

"海豚有极其灵敏的听觉。"瑞克开始接下去说，"和蝙蝠一样，海豚也是依靠听觉辨别方向，可以发出声音，然后分析回音。以这种方式，它们也可以在黑暗中'看见'，能够精准判定某个东西在多远的地方、移动得有多快、游去哪个方向、体积有多大，是的，甚至密度是多少。所以，海豚以它生来就有的声呐系统也能察觉渔网，即使是在漆黑的夜里。

"可是，海豚在自然生活空间里从来没遇过渔网，这面人造的'网眼墙'对它们来说，就像猎捕人用铁杆发出的噪音般陌生。水里面的网子在它们眼里，是将它们和无垠无涯生活空间隔开的分界线。海豚无法用它们的水下雷达辨认出这道用网眼做成的'隔墙'后面有什么，这使它们感到害怕，因此不敢跳过网子。此外，作为极度群体化的动物，它们不会把受伤的、疲惫的，或幼小的家庭成员留下来而自己逃生，即使它们能够跳过渔网。"

瑞克这位前"飞宝"驯养师想起他第一次释放海豚的行动。这只雄海豚名叫"查理·布朗"（Charlie Brown），是只孤单的海豚，在比米尼岛（Insel Bimini）过着寂寞、没有尊严的生活。这件事的罪魁祸首便是瑞克，他于一九六三年在佛罗里达近海捕捉到野生的查理·布朗。现在是赎罪的时候了。一九七〇年春天，瑞克想要在某个夜里偷偷释放这只孤单的海豚，而他也这样做了。他用一把断线钳剪开整个六乘以九公尺大的栅栏，笼子的深度有二又二分之一公尺，断掉的笼子沉入海港底部，剩下的木框在水面上载浮载沉。查理·布朗自由了！不过它留在原地，一动也不动。瑞克拼命要把它从这个失去实质功能的笼子里带走，但徒劳无功；不管瑞克如何试着把它带出来，查理·布朗还是坚持待在木框里。瑞克的行动在隔天早上被发现后，海豚仍然没离开原地……人们根本不必再次捕捉它。几年后，查理·布朗因为营养不良而死在比米尼岛上，在它的海港监狱里。

一阵凉风从房间的窗帘下吹了过来，在座的人都冷得发抖。宽子穿上一件暗色夹克，再次询问瑞克："那就是说，明天一大早他们会在海湾那里等我们。"

"他们会等我。"瑞克纠正她,"他们虽然可能预料到会有媒体工作者来,不过我不知道他们能从哪里得知你们的消息,你们是天黑时才来到这里。还有,同样身为日本人,你们并不引人注意。"

宽子起身,走到窗户边。

"这对我们来说意味着什么?我们该怎么做?"

瑞克也站了起来:"很简单,你们开车跟着我到海湾。你们已经认得路了,没有人需要再次伪装。到达海湾后,你们下车并开始摄影,接下来就视情况行动。"

房间里一阵静默,空气中弥漫着激动紧张的情绪。对未知的恐惧,混杂着想要行动的强烈欲望,如同一剂高剂量的咖啡因,在胃部翻腾,消除了疲劳。再过几个小时一切即将就绪。不久,大伙各自回房间睡觉,毕竟还是要养精蓄锐才行。

瑞克无法合眼,心慌不安的他辗转难眠。他已经来太地町二十多次了,差不多应该已经习惯这整个事件。不过他从未曾习惯;相反地,不习惯的情况似乎愈来愈严重。没有人比瑞克更了解海豚,没有人比他更能意识到,这种感觉敏锐的生物正面临着多么恐怖的事情。

害怕的情绪如梗在喉,挖也挖不出来、吞也吞不下去。此外还有深深的同情,同情被监禁的海豚。就在此刻,还有接下来的整个晚上,在它们最后的监狱里又慌又饿地四处找寻出路,完全不了解到底发生了什么事,完全不知道最糟糕的情况尚未降临。而可怕的集体死亡是为了"处罚"它们唯一的"罪行":海豚吃掉太多的鱼。一如其他地球上的生物,海豚也靠食物为生,它们的食物就是鱼。由于太多渔夫肆无忌惮地猎捕海洋生物,导致渔获量锐减,而海豚现在不得不当替罪羔羊。

瑞克满身大汗，掀开被子，在床上坐了起来。为什么人类就是不明白，我们对环境所做的所有坏事，最终都会回到自己和全人类身上？不过瑞克坚如磐石的决心最后还是战胜了心中的疑惑："我们，要，终止，这件事。所以我在这里。"这个信念、知道疯狂屠杀也会有结束的一天，混合着好几个夜晚无法成眠的疲惫感和时差，就像缓解失眠症状的缬草。最后瑞克躺回床上，沉沉睡去。梦里充满坚硬的金属声——锤击插在海中的铁杆所发出的阵阵敲打声……

长刀染血之晨

稍后，黎明到来，太阳在海平面上缓缓升起，瑞克再度醒来。他揉揉眼睛，头还有点昏昏沉沉的。"从浅眠时所做的噩梦，直接来到清醒状态的噩梦里。"瑞克一边自言自语，一边套上牛仔裤。清晨五点整，大家准时聚集在饭店地下停车场待命，摄影机开始运转。大型车库的混凝土墙回荡着"砰"地一声车门关上的声音，在短促嘶哑的汽车发动声后，响起了引擎运转的轰隆声，引擎声让人放心地确定：现在开始行动了！小型车队开动，最前方的是瑞克驾驶的白色丰田 Yaris 汽车，一段距离后跟随着裕隆日产小巴士，车上坐的是美国有线电视新闻网工作小组。

待在玻璃制警卫室里的保安人员直接开启栅栏，带着木然的表情看着两部车子通过，几秒钟后车子右转扬长而去。一些笑纹出现在瑞克的眼尾，现在一切都在进行中，他不知怎么地松了一口气。直到现在一切都进展顺利，这正是他们要的天气，电视台小组也出动了。位于 42 号主干道右前方，日高町小湖泊映照着曙光，没多久就看到隐身在纪伊胜浦和太地町鲸类博物

"海豚的眼泪"。在富户村被宰杀的海豚（历史照片）。

馆之间的海湾。海湾有日高町小湖泊的两倍大，波平如镜，黎明破晓放射出宁静诡谲的红光，倒映在海面上。

混杂了无助、愤怒和伤感的特殊情绪，再一次在瑞克的腹部翻腾着。"所有现在被囚禁在海湾里的海豚，昨天此刻还在海洋里自由自在地嬉闹玩耍，呈现了世界最美好与最优雅的一面。"瑞克的手指紧扣方向盘。"但几个小时之后，那里将只剩下血淋淋的肉块和被血染红的海湾。"

座头鲸的轮廓已出现在县道240号旁，再过来是海豚总部、海豚度假胜地。这些是太地町的"海豚中途站"，它们不仅提供"跟海豚一起畅泳"的活动，同时也身兼海豚交易平台，真是充满了讽刺，而鲸类博物馆和海豚馆也深具这样的特质。行车经过博物馆之后，有一座林木茂密的山崖名叫海啸山，挡在这两辆车和海湾之间。从发出荧光的汽车面板上方看出去，已经可以看到停车休息处。那是一个小小的、像公园的场地，有眺望台、洗手间和直接通往海湾沙滩的通道。瑞克最后一次深吸了一口气，就好像要准备跳进冰冷的海水里一样。他抓住车门把手说："行动开始。"

深具攻击性的发电机噪音像铣刀切割般划破清晨，猎捕海豚的人已经开始忙碌，更多的伙伴驾驶小小的马达船从太地町港口赶来。整群海豚挤在渔网旁，尽可能远离那令它们神经紧张的噪音。它们的头和背鳍在阳光照射下明显易见，压抑且沉重的呼吸声传来，连街道这边都能听得到。"宽吻海豚！"瑞克伤心地认出，"那是和飞宝一样的海豚种类。"一些猎捕人驾驶船只航向海豚，海豚惊恐地四处逃窜。

电视摄像机被固定在三脚架上的动作，对那些站在岸边的猎捕人来说就像是一个信号。他们之前早已满腹猜疑，密切注视瑞克和媒体工作者的一举一动。瑞克一行人抵达此地后，一个当地人在停车场不停地拍摄他们，只有拿手机打电话时，他才把小型摄影机放下来。我们很快就会知道他们要做什么了。

"一群家伙来了。"瑞克简短地说道。一整队典型的白色裕隆日产小货车经过太地町隧道，开往这里的停车场。大概有十二个人下车。"不许拍照"这几个字写在他们从货斗拿出来的警示牌上。他们马上沿着人行道排成一列，谁想要看海湾一眼、照相或摄影，现在统统会被警示牌挡住。瑞克和媒体工作者对此已有所准备，他们没有乱了阵脚，反而继续拍摄这个适合上电视的画面：猎捕人正在妨碍媒体工作者进行合法的拍摄。

这时，猎捕人把所有的海豚赶进形状像手套的海湾"拇指"部位，那是右手边一条不到二十公尺宽的小支流里。小支流被一座陡峭的山崖遮蔽住，从街道这边根本看不到小支流的存在，这里就是死亡海湾，猎捕人此刻用更多的网子把小支流封锁住。海豚因恐惧而发出的尖锐哀鸣传到媒体工作者那里，清楚可闻。一些小船通过封锁网，进入小支流。船上站着已做好准备的男人，手上拿着类似标枪的长矛和钩子。"现在最可怕的一幕来了，"瑞克在这一片混乱中异常镇静地说，"噩梦。"现在完全可以明了"无助"一词对瑞克这个海豚保育积极分子来说代表了什么。在不远处，隐蔽在陡峭的山崖后面，猎捕人正准备把长矛捅进毫无抵抗能力的海豚的身体。

"这就是全世界最惨烈的海豚屠杀。"

瑞克插在裤子口袋里的手攥成拳头。

"数万只海豚在此结束生命！为什么？这样的疯狂还要持续多久？直到一只海豚也不剩吗？"

瑞克面对拍摄中的美国有线电视新闻网工作小组，描述山崖后面隐藏了什么：

"屠杀者站在船上，拿着磨尖的双刃长矛、标枪、刀子，盲目地刺进海豚的身体，使它们身受重伤。不管是雄海豚、雌海豚、还是海豚妈妈和它们的小海豚，全都伤痕累累。

"有时候猎捕者也穿着潜水衣站在水里，用刀子和钩子刺杀海豚，整个海豚家族就这样被残忍、有系统的屠杀行动诛灭了。因害怕和疼痛而濒临疯狂边缘的海豚蜷缩在浅水滩里，海水都被海豚的鲜血染浊了。有一些海豚在极度惊恐的情况下，跳起来冲撞礁石。它们听着家人恐惧和疼痛的哀鸣——直到自己也沦为俎上肉。"

瑞克擦掉额头上的冷汗。

"大量出血的海豚其垂死过程通常会持续好几分钟——有时候是好几个小时。"

清晨第一道曙光出现，整个海湾沐浴在金红色的光芒里，阳光照亮正在进行中的恐怖事件，给人一种诡异的美感。

"您恨捕杀海豚的人吗？"宽子在摄影机前突然问瑞克这个问题。

"不恨。"

他一点也不犹疑地回答：

"我感到愤怒。不过，'恨'是另外一回事。捕杀海豚者的行为也许充满恨意，但也可能只是因为无知。猎捕人把海豚和小型鲸鱼当作鱼类，不是当作高度进化、甚至拥有自我意识的海洋哺乳类动物。不过猎捕人的无知并不能合理化他们的行为，所以我满腔怒火。我可以感觉到，海豚此刻在那里遭受什么样的恐怖对待。对猎捕人来说，这一切都无所谓——他们不知道自己在做什么……"

暴力侵犯

瑞克到达东京后，我便以记者的身份跟随他行动，他带领我来到太地町。此刻我真的站在海湾旁边，之前我只看过一些媒体报道，和一部时间不长、但令人震惊的纪录片。但亲历实境时，恐怖感扑天盖地袭来，让人不禁头晕目眩。那些杂沓而至的声音：愈来愈小声的海豚哀鸣、男人嘶吼声、船发出的噪音、溅起的水声，如同一出令人毛骨悚然的广播剧，从身旁这片死亡海湾传了过来。同时，逐渐被血染红的海水也从海湾里翻涌而出。空气中还弥漫着死亡的味道，是血的味道，闻起来像铁或是铜，相当可怕。随着血液的流失，海豚的生命也跟着消逝。

我试着用相机和一台小型摄影机捕捉海湾景象时，瑞克突然朝我这边看过来。一群狂怒的男人用警示牌遮挡住我的视线。

"你们要掩饰什么？"瑞克边用英文对他们大喊，边走向我。

"你们这样，等于承认你们做的事是不对的？嗯？"

这些当地人不知道他在说些什么。瑞克借了我的摄影机，转身走向左边。现在一些男人同样跟着他，试着遮住他的视线。

其实人们可以沿着海湾，毫无困难地走在一条风景优美的散步小径上，并且从任何一个角度观看海湾。只是从几年前开始，高高的金属栅栏、铁丝网和警告标示封锁了小径。除了这些被封锁的地方之外，整座公园一直向下直到海湾的砾石海滩，都还是可以自由通行。左边有一棵小树，若是爬上去就有机会看到海湾。突然，瑞克极其敏捷地爬上树，身手之快吓到了渔夫。现在他手持摄影机，在渔夫的警示牌上方自由拍摄，上上下下、来来回回地伸缩镜头。一个猎捕海豚者气得跟着爬上去，紧紧抓住树干，试着用他的警示牌遮住镜头。尽管情势这么紧张，我看到这滑稽可笑的一幕还是忍不住笑了出来。这个当地人甚至抓住瑞克的裤脚，有一下子瑞克差点儿从树上摔下来——不过还好最后什么都没有发生。

猎捕人毕竟不怎么敢用力拽年长的瑞克。他们是否担心，如果这个世界知名的人物出了什么差错的话，会引来更大的麻烦？而且，当这个美国人站在他们的面前时，不管怎么样，似乎仍能引起他们的尊敬。这是出于对长者的尊重吗？

当我看到那个高大魁武的美国有线电视新闻网摄影师，大力推挤拿着警示牌排成一排的男人时，我心生一计。我马上告诉其他人我的计划，瑞克、宽子、金也都知道了。几秒钟之后，一切都准备好了。三个电视工作者和瑞克迅速一起挤向猎捕人围成的警戒圈，猎捕人立刻更紧密地包围这几个不受欢迎的陌生人，我就是在等待这一刻！趁着没人注意的时候，我一跃跳过矮矮的木篱笆，带着摄影机快步往下跑向沙滩，心里很坚定，但是又充满了恐惧，同时又很惊讶一切进行得那么快速而不费力。我身后响起惊愕又气愤的呼喊，我转头往后一看，肾上腺素随即漫向我的四肢，五六个狂怒的捕杀海豚者正沿着斜坡往下冲向我。

不过，现在美国有线电视新闻网工作小组可以尽情拍摄了，我停止逃亡，事实上，这根本不是一场真的逃亡。在离公共洗手间几公尺远的地方，猎捕人围住我，试着把我往后推回道路上。其中一个剃光头、粗壮、闻起来有酒味的男人一把抓住我的棕色毛衣领子，把我摔倒在地。我根本没有时间害怕。"现在最好不要反抗。"这样的念头闪过我的脑海之际，我的脸已埋在土里了。两个当地人粗暴地攥住我的肩膀，把我从斜坡拖了上来。"不要反抗！"我再度提醒自己。"保持被动状态，不要成为攻击者。"这些人屠杀海豚，他们身上带刀、喝醉了，并且正在气头上。

恐惧和肾上腺素让我的脑袋几乎一片茫然，我再次趴倒在地，只看到靴子和草。肾上腺素使我情绪极度亢奋，让我以自身少见的强烈感受，觉察流逝的每一秒。在上面人行道旁的篱笆边，光头男人气愤难当，再次抓住我的领子把我摔倒在地。现在瑞克和电视记者靠近我们，仍在继续拍摄，我终于可以吃力地站起来了。光头佬把身上黄黑色的夹克脱掉，"想要打斗吗？"他用结结巴巴的英文跟在我背后叫嚷，迈开大步紧跟着我。我退缩，我不想打斗，最后光头佬被他们自己人拦住了。"够了！"他们似乎是这样喊的。他们察觉情况有点不受控制，可能会对他们不利，因为美国有线电视新闻网的记者一直在拍摄。如果我血流满面的样子成为媒体画面，那对猎杀海豚者来说不啻是场灾难。不过我安然无恙，真是谢天谢地。

瑞克扶着我走回车里，此举似乎让猎捕人放心了些。光头佬再次穿上那件胡蜂色的夹克，点起一根烟，阴沉地看过来，他的同伴再次拿着警示牌挡在三个电视记者和海湾之间。一辆有深色玻璃的黑色裕隆日产汽车开了过来，直接停在瑞克租来的丰田汽车后面。两个男人下车，走向我们。瑞克马上认出他们——就是前晚那两个在浦岛饭店审问过他的警察。他们脸上的善意消失得无影无踪。

"我们说过了，你们不应该来这里的。"

戴着眼镜的男人抱怨，很快又补上一句：

"为你们本身的安全着想。"

瑞克的证件再度被检查、拍照存档，我的也是。

"这是公园，"瑞克回答，"在这里大家都可以自由活动、照相和摄影，我们也是。这位品行端正的男子——"

瑞克指了指我：

"刚刚受到捕杀海豚者的暴力攻击，他一直在公共场所活动，没有触犯任何一条禁令。他们在下面公共洗手间旁边抓住他。"

然后，瑞克从背心胸前的里袋拿出一张纸，是日本宪法第二十一条款的英文翻译本，英文下方是用日文书写的原文。

"这项条款保障身在这个国家的言论自由、行动自由和新闻自由。"瑞克开始解释。

"我们只是履行日本宪法赋予的民主权利。我们在此，是想向全世界和日本民众说明他们到现在还不知道的事情：海豚肉含汞！所以，我们是以日本民众朋友的身份，来这里帮助大家的。"他重复说。"我们这样做得到了什么？只有被跟踪和公开袭击，到底是谁违反了日本法律？"

"你们留在这里。"在他们两人找不出任何话反驳后，戴眼镜的男人如此命令我们。

我们反正什么地方也不能去；他们手里还有我们的证件，摄影小组也还在专注拍摄这段时间所发生的事。宽子在排成一行的猎捕人面前来来回回走动，试图和他们对谈。一开始，男人们一言不发，不过之后有一个人开始说话了。他说："外国人没有权力评判我们的古老传统。"执警示牌的队伍分了开来，露出一个空隙，这个约莫四十岁的男人没有遮掩他的脸，他继续说："我们捕猎海豚得到政府的批准，一切都是合法的。可是因为你们这些保育积极分子和媒体记者，我们必须站在这里。你们只是在欺骗大众。"

一个年纪大一些，较为干瘦的男人，看样子也许有六十来岁，也把上面写着"不许拍照"的警示牌暂时放到一边，表示赞同地点点头说："海豚很可爱？这只是一种看法，我们的生计全靠捕杀海豚。这不只是日本文化的一部分，有太多太多海豚了，我们必须捕杀海豚，它们已经对近海渔业造成威胁。"其他人不愿意发表意见，不过宽子已经很满意，因为她现在也采访到另一方的意见。

马达船发出的隆隆声仍然一直传上来，中间夹杂着一息尚存的海豚哀鸣。一些船只已从海湾驶了出来，载运着被蓝色帆布篷覆盖、以免被拍到的海豚尸体。

"你们现在最好离开。"一个警察走回来，对我们说。我们点点头，一刻也不想再多待了。瑞克一拿回证件就开车走了，后面跟随着白色裕隆日产小巴士，车上坐着美国有线电视新闻网工作小组——以及警察乘坐的黑色裕隆日产汽车。下一个目的地是太地町港口，海豚在那里被宰杀。隧道、郊区住宅区、镇公所、合作社、屠宰场，之后左转前往海港。不到三分钟，我们就到达了新的目的地。一辆准备好起重机的白色货车已在等着装载死亡的海豚。捕杀海豚的人又拿着警示牌站在那里，他们警告一个穿着氯丁橡胶衣服、站在货斗上的年轻男子提防我们。他们用手势和手指指了指瑞克和摄影小组，这举动清楚告诉我们，连在这里他们都要设法阻止我们拍摄血迹和死亡的海豚。

一开始似乎没有什么动静，大家都在等待。一些猎捕人用手机打电话。美国有线电视新闻网摄影小组已下车，再度开始拍摄，访问瑞克，并试着再一次和猎捕人对谈。然而，没有人想说话。

之后，一辆装备蓝色闪光灯的黑白色铃木吉普车开了过来，一个身材高大的当地人下了车。瑞克也认识他，他对我说："这是村警，他也捕鱼。他完全站在捕杀海豚者那边，不用指望他，他一句英文也不会说。"警察走向宽子，跟她攀谈起来。从向前倾的身体姿势和伸出来的食指，不难猜出他们在谈什么。几分钟过后，两辆装备蓝色闪光灯的条纹车急驶过来，后面跟着一辆黑色豪华轿车，车窗玻璃是深色的。"喔，"瑞克眉毛挑起，一丝疲惫、讽刺的微笑掠过他的唇边，"新宫市的警长亲自来访！"

最后，十三位穿着制服的警察站在码头。"创新纪录。"瑞克作了评论。警察和捕杀海豚者讲话，然后和宽子及摄影记者说话。最后他们走向瑞克和我。检查证件、翻拍证件、将资料输入手提电脑、电话查问。"也许是打到东京。"瑞克猜测，"不过这些人很专业，而且颇为中立，不能和太地町那个容易激动、不公正的村警相比，我不怕他们。"即使警察在场，瑞克还是能在码头自由行动、回答电视小组最后的问题。背景很完美：处于准备状态的货车、警车、警察、拿着警示牌的猎捕人。再往后面一点是囚禁在笼子里的海豚，它们不断地跳跃以纾解焦虑，最后是港口乘船处。一切都沉浸在柔和的晨曦里，美不胜收。

如同有人准时导演剧幕一样，第一批猎船恰巧此刻再度离港出海捕杀海豚。它们一艘接着一艘带着制造噪音的铁杆经过港口乘船处，一列站在码头上的队伍似乎没有影响到他们。"现在又开始了。"瑞克疲倦地说，"一个噩梦还没有过去，下一个又出现在我眼前了。"

穿着氯丁橡胶衣服的男子从货斗上爬了下来，收拢起重机。今天早上这里不会再有死海豚被运上来，猎捕人已说定另一个转装海豚的地点，以回避媒体。

汽车门"砰"地一声关上，引擎开始运转。对瑞克和媒体工作者来说，这里没有什么好看的了；对猎捕人来说，没有什么好隐瞒的了；对警察来说，没什么好调停的了——无论如何，不会是今天。

海豚湾

瑞克和媒体记者沿着小道往上走向海啸山，枯干的落叶在鞋底窸窣作响。之前他们把车子停在鲸类博物馆和海豚馆的对面，刚好看到警长的黑色豪华轿车就停在博物馆前方。

这条公共小径以天然石块铺设，十分漂亮，两旁分别为松树林和阔叶林，小径随着低矮的台阶盘旋而上，通往将海豚馆和海湾分隔开来的丘陵。这个约莫六十公尺高的山岗叫做"海啸公园"，因为当地震或海底地震引发巨浪呼啸而来时，地方居民可以先爬上这个高处暂避。

他们一行五人到达丘陵顶端后，瑞克停下来喘口气。这是一片简单的草地，也许有二十公尺宽、五十公尺长，被一道木篱笆围了起来。恣意生长的树木围绕这片小小的公园，丘陵的三面陡然向下，特别是面海和面向死亡海湾的方向，石壁有部分几乎是垂直的。通往海湾的方向，木篱笆后两公尺之处，一面绷紧的网子封锁了小径。

"是因为安全问题而设置的，我们可以这样猜想。"瑞克下评论，"但事实上，他们的目的是要遮蔽人往下观看海湾的视野。"我可以从网下匍匐爬过去，让别人把摄影装备递给我。我再继续往前走一段，果真又出现一面绷紧的塑料帆布，透过茂密的小树丛窥看，什么也看不清楚。在木篱笆后二十公尺处，甚至出现一个用一种像辘轳的东西拉高架设的蓝色遮篷，也是挡住视线的遮蔽物。

可是再往前走二十步，稍微朝海湾的方向，就没有网子和帆布篷了。在公园低矮的篱笆后面，灌木丛里有个小缺口。瑞克回头望了一眼，似乎没有人跟踪。我们五个人都钻过这个口子通到另外一边去——大家到达时往下一看，着实吓了一大跳，前方出现一个深谷，稍微跑一下几乎就可以从这里掉到海里去。看右边，更是令人惊愕——可以直接看到死亡海湾。

瑞克早就知道这个地点了，他把其他人此刻脑袋里所浮现的想法说了出来："完美的瞭望地点。从这里可以将不到两百公尺远的海湾里发生的事，完全收进眼里。使用高倍数的摄远镜头就可以近距离摄影，我们还可以躲在矮灌木丛里不被发现。"

瑞克一只手扶着一根粗大的树枝，另一只手帮眼睛遮光。"不过捕杀海豚的人在猎捕季节会定期巡查公园，当你独自一人时，你不会希望在这里被他们抓到，特别是他们还在发怒和微醉状态下，就像今天早上那样。"瑞克意味深长地指着深谷说，"从这个山崖掉下去，可以看起来像是自己无知、不小心所造成的意外……"

目前猎捕人没有必要巡查这个地方，清晨的大屠杀已经结束，下一场寻找海豚的行动才刚开始。猎捕人今天是否还能找到海豚，不得而知。海上吹来一阵清新的海风，然而，即使微风在海面上撩起一阵阵涟漪，我们也能非常清楚地看见——即使屠杀行动发生之后已经几个小时，海湾的潮水依然是血红的。

大批警察在太地町屠宰场前执勤。

第二章

为什么要捕杀海豚和鲸鱼?

富有魅力、一表人才、彬彬有礼、带着讨人喜欢的微笑和临危不乱的态度：拥有这些特质的森下助二让人不得不喜爱。对很多人来说，这个总是穿着得体、衣冠楚楚但不显得市侩的日本人，是体面与行为得体的代名词。甚至一些天天致力于保护海豚和鲸鱼的人士都直截了当地承认：这个英文极好、拥有哈佛大学政治系硕士学历的男子，让人极有好感。他们总是遇到他，他们彼此认识，甚至也很高兴能在一些场合再次见面，例如在国际捕鲸委员会（International Whaling Commission, IWC）每年一次的会议上。他们有时互相寒喧一些客套话，闲聊着彼此的生活。

不过，无论谁像森下助二一样，把魅力、聪明才智和谨慎运用在外交和政治事务上，都会同时成为每一个致力保护鲸鱼与海豚者的敌人，这是无可避免的。因为这个五十来岁的友善男子，是日本水产厅高级官员兼国际捕鲸委员会日本代表团的负责人。代表团常常带领一支五六十人的队伍，浩浩荡荡前去参加会议。森下助二担任此职务的主要任务是：让大家体谅捕鲸人的立场——即使捕鲸人根本就不应该继续存在。因为自一九八六年国际捕鲸委员会的一项决议通过之后，捕杀鲸鱼就被禁止了。然而，日本人找到了一个漏洞，那就是"科研捕鲸"。

在国际场合，森下助二精明地以所有外交手段和一些其他手段，为捕鲸人及其背后的强大利益集团的利益辩护。他谈到文化差异与日本的捕鲸传统。这个谈判代表很愿意赠送《鲸鱼和日本人》这本书给其他国家的国际捕鲸委员会代表、记者，以及任何一个在政治上对他们有利的机构。书里放着鲸鱼胃部被剖开的彩色照片，照片上显示这庞大的动物除了吞下其他东西之外，还吞下了：鱼。[1]

1　部分信息来自二〇〇三年六月十六日的《柏林报》（*Berliner Zeitung*）。

　　"我们并非想把鲸鱼描绘成'有害生物'。"森下助二显然是要安抚大家，当《海豚湾》的导演路易·皮斯霍斯（Louie Psihoyos）在一场国际捕鲸委员会会议的空档询问他时，他这么回答，"但我们也不能忽略渔获量持续萎缩的事实。"用日本人的方式来理解这句话，意思就是：鲸鱼把我们所需要的鱼都吃光了——这是一个通过所谓"科研捕鲸"论证过的"知识"。所以说，废除"暂停捕鲸法案"（Walfangmoratorium）以猎捕更多的鲸鱼，是一件光荣而正确的事情，因为日本这样做，将使增长中的世界人口获得更多的渔获量。说完这个结论之后，这位水产厅高级官员就不太有兴趣回答路易的问题：减少的渔获量是否也有可能和人类过度捕捞有关。

　　森下助二更没有兴趣与路易谈论小型鲸鱼和海豚："这些鱼类不属于'暂停捕鲸法案'的范畴，所以这在国际捕鲸委员会里不是个值得讨论的主题。"这个谈判代表反正不必回答非政府组织代表的询问，因为他们在国际捕鲸委员会一点发言权也没有，顶多只能当观察员。[1] 不过，在日本目前以科学研究作为借口，每年猎杀大约一千头大型鲸鱼（特别是小鳁鲸）的同时，日本近海还上演着一出更大的悲剧：对海豚和小型鲸鱼的血腥杀戮，每年差不多有两万多只不受保护的海洋哺乳动物遭到屠杀。直到现在，日本社会和全世界几乎都还没有注意到这件事。这就可以清楚说明以下事件：二〇〇六年，国际捕鲸委员会年度会议于圣基茨岛（St. Kitts）召开，芬兰的官方代表在全体大会厅提问，却碰了钉子："您运用水下噪音，将海豚驱赶到一个海湾，然后进行屠杀。请问上述陈述是否属实？"日本方面的回答是："这是一件关于小型鲸鱼的事，国际捕鲸委员会没有权限回答。"

1　从二〇〇八年举行的国际捕鲸委员会开始，每次可以有三个鲸鱼保育非政府组织，和两个赞成捕鲸的非政府组织，在全会前分别发表一篇时长五分钟的言论。

日本水产厅和它的官方发言人森下助二所举出的论证，一再使瑞克感到不知所措，他说："海豚也是鲸鱼的一种！尺寸大小根本一点关系也没有！"

从美国佛罗里达州到加勒比海岛屿圣基茨岛，对瑞克来说并不算太远。他再次拟定一个计划，可以将全世界的注意力转移至海豚屠杀事件。

再过几分钟，东道主圣基茨岛的首相登齐尔·道格拉斯（Denzil Douglas），将在大会议室发表年度会议开幕演说。瑞克站在大会厅敞开的主要入口外面，他必须再等一下，直到开幕仪式结束。今天晚上，瑞克打算在会后日本代表团离开大厅时拦住他们。

他全身的装备令人望而生畏：土黄色的裤子上面是一件黑色漆弹（Paintball）背心，这件背心也被使用在同名的动作游戏当中，比赛时敌我手持气动枪互相射击彩色子弹。背心上面固定着一台屏幕，一部二十吋的平面电视稳稳地挂在瑞克的胸前。屏幕接着一颗同时供给一台小型摄影机电力的电池。摄影机正在播放太地町海湾和渔村富户村的恐怖屠杀场景，然后将不断重复的连续镜头传输到电视屏幕上面。瑞克打算以这种方式跟随日本代表团，不管他们到哪个公共场所，他都随侍一旁。然而当真正行动时，一切都跟原先设想的不一样。

大会厅里的"恐怖分子"瑞克

大会厅入口的门保持着开启的状态，首相道格拉斯通过麦克风将扩大的音量传出门外。"这是个好时机！"在距离入口和保安人员八公尺远之处，一个新的念头闪过瑞克的脑海。"与其尾随着日本人，我不如直接走进满满都是人的大会厅！"这个突如其来的想法让他的心脏砰砰地跳，太阳穴鼓动着，胃部开始有不舒服的感觉，不过他的外表完全看不出有什么异样。他慢慢地开始行动，每走一步，脚步就愈沉重，紧张感压抑着呼吸。屏幕还没有开始播放，这个海豚保育积极分子已经走到守卫中间。那些训练有素、黑皮肤、穿着笔挺制服的当地人困惑地看着这个全身披挂莫名其妙装备的男人——然后让他进去了。

"保持镇定。"他在内心提醒自己，同时按下放映键，继续走进大会厅，希望屏幕能将一切清晰明确地呈现出来！瑞克自己不能检查影片是否开始放映，因为胸前的电视太过向外突出，他完全看不到屏幕。如果现在走过满满都是人的大厅，而屏幕上却仍然是黑暗一片，那会是一个多么可怕的状况！可是当他察觉胸前发出忽隐忽现的蓝色闪光时，他知道：影片正在放映中。这不只是令人安心，也因为瑞克根本就不希望所有的注意力都集中到自己身上。他紧张到身体很不舒服，即使他沉着的步伐几乎没有透露出任何蛛丝马迹。

首相的声音在大会厅里发出回响，瑞克这个"活动纪念碑"每经过一个楼厅，那里就响起激动的窃窃私语声。瑞克斜看左边和右边，保安人员很紧张，但仍在怀疑：这到底是正式节目的一部分？还是不被允许的行动？会场里不安的情绪愈来愈高涨，甚至连首相道格拉斯也中断了演说一会儿。终于，瑞克发现日本代表团就坐在大会厅的中央，于是他加快脚步往前走。没有时间可以浪费了，他的后面已跟着一个电视摄影小组；一些保安人员跑进大会厅，不知在激动地嘟哝些什么。

当瑞克直接站到他们面前时，日本代表团成员脸上一片惊愕。瑞克看着一张张吓呆的脸，屏幕不规则的亮光在上面闪跃着。他们是对自己国家被记录下来的残暴行为感到震惊？还是惊讶于瑞克的大胆行径？或是两者都有？窃窃私语声愈来愈大，更多的媒体记者倏忽前来摄影、拍照。首相的演讲再一次停了下来。现在保安人员搞清楚了：瑞克的行动绝对不属于开幕式的一部分！穿着暗色西装的男人断然拨开人群，冲向瑞克，一句话也没说，就快速将他拖出大会厅。四周围了一大群媒体记者。记者非常高兴有这样博媒体版面的新闻发生，让无聊的开幕仪式有所变化；他们开始"在门外"访问瑞克。屠杀海豚的惊人画面依然无声地在平面屏幕上闪烁着——无尽的可怕景象，不停地倒带循环。

当天稍晚的时候，瑞克再一次坚定地站在他第一个突发任务的起始位置：大会厅的主要入口旁，以屏幕画面作为"装备武器"，如此清楚明了，没有人不会对这些画面留下深刻的印象。没多久，国际捕鲸委员会会议的所有参与者就要从这里走出来，有各个代表团的成员、非政府组织的成员与媒体记者，大家都必须经过瑞克和他不断放映的骇人画面前。

入口旁的保安人员再度看到这个放肆的保育积极分子时，都大为恼怒。不过在他们能做出反应之前，第一批会议参与者从大会厅蜂拥而出。瑞克占了优势，因为现在每个人都认识他，他就只是站在那里，淡然注视着每一张从身旁经过的脸。很多人面无表情，或是抿紧嘴唇，挤出一点僵硬的外交官式微笑，假装忽视他的存在。其他人摇摇头，含糊不清地说一些气愤的话；在一些来自加勒比海岛国与会者的深色脸庞上，潜伏着让人不安的敌意。不过有一些代表竖起大拇指，友善地对瑞克点头微笑。非政府组织的很多成员甚至公然鼓掌喝彩、和瑞克握手，有一些则好奇地站在屏幕前观看。瑞克面前这群人，谁是敌人，谁是支持者，一目了然。

"您在这里做的事，没有马利亚特饭店（Marriot Corporation）的批准，是不被允许的。"现在加勒比海黑人保安人员又来了。"我到底做了什么？"瑞克问，"我做了什么违法的行为？一个以马丁·路德·金（Martin Luther King）为精神领袖的和平抗议行动，近距离展示捕杀海豚的真相给国际捕鲸委员会代表看？这就是我的违法行为吗？"保安人员不理会他的话。瑞克毫不反抗，让人从前厅往议会休息室的方向推着走，后面再次跟了一些好奇的人。

一个把麦克风伸过来的广播记者被保安人员粗暴地赶走。同时，一个黑皮肤、矮小结实的国际捕鲸委员会代表气呼呼地从后方一小群人中挤了过来。保安人员让他靠近瑞克，在他满是汗珠的额头下，瑞克清楚地看到一张气到扭曲的脸。"哎呀！你真是阴魂不散。"有一下子，瑞克相当高兴被保安人员包围着，因为他们虽然不是站在他这边，但也必须防止冲突扩大。这个黑人压低双下巴，表情严肃地点着头、像是准备要战斗的样子，他对瑞克比出一个绝对不会有人误解的手势，然后转身，在人群里消失。

"他属于圣基茨岛当地的代表团。"保安人员边对瑞克低声耳语，边抓着他的左手臂往前推。"他是个重要人物。现在你真的必须小心了。最好是你干脆就消失，不要让人在这里再看到你。"瑞克看到他左手边的男人露出一抹危险的微笑——无论如何这不是个好预兆。自从来到圣基茨岛后，他心里第一次浮现害怕的感觉。他不是单独一人在这里，他的太太和两岁大的养女还在饭店房间里等着他。两个保安人员陪着他走到房间门口——他们知道房间号码。

瑞克的太太海伦娜帮他脱掉惹来一身麻烦的影片放映装备后，他疲惫地沉坐在沙发椅里。冲了一个温水澡后，半杯加冰块的莱姆酒仍不能让他从极度紧张的情绪中松懈下来，这时有人敲门。穿着浴衣的瑞克烦躁地应门，门前赫然站着门房和那两个之前"陪伴"他回到房间的保安人员。"您必须离开我们的饭店，马上。"保安人员站着不走。"只有三十分钟，我们在这里等。"

一个小时后，这个小家庭坐在出租车里，前往小岛的另一端。此处没有人知道瑞克是谁，这三个美国客人在海岸上方很高的地方找到一个不被打扰的住处。

这个二〇〇六年事件的结果是，国际捕鲸委员会颁布施行无政府组织成员的"礼貌准则"。同年，森下助二率领的日本代表团在圣基茨岛提出一项提案，希望将针对小型鲸鱼，如海豚和宽吻海豚等的讨论，从议事日程中删除。会议最后以三十二票对三十票，以微小差距驳回森下助二的提案。

水产厅的谎言

在国际捕鲸委员会召开的会议之外，森下助二一定会对捕杀海豚议题发表意见。因为不管怎么说，海豚的一切都和这个外交官"不想诋毁"的鲸鱼很类似。总而言之，如瑞克所说的，海豚就是鲸鱼，只是小了一点。根据渔夫的说法，海豚一如它体型庞大的亲戚，也会把鱼吃光光，同时也"在传统上被当作食物来源"。那么捕杀海豚和鲸鱼，马上就一举四得：除掉食物竞争者、当作食物贩卖、保障工作机会以及"维护文化资产"，这是一个多么完美的解决方案啊。

关于取代"维护文化资产"一词，日本游说通过议案者还使用一个完全不同的字眼："铲除祸害"。但是，有个问题依然存在：如何解释那些直到今天仍在使用中的、虐待动物的猎捕方法，以及残暴的屠杀方法？森下助二直接忽略这些问题。"捕鲸国家证实，他们已经改善杀鲸的方法，缩短了鲸鱼死亡所经历的时间。在我们国家，举例来说，鲸鱼死亡所花的时间一年比一年短。现在，一半以上的鲸鱼立刻死亡，我们对这个数据和改进的幅度感到骄傲。"

当《海豚湾》的导演路易·皮斯霍斯追问，这一番话是否也明确包括在日本近海被猎杀的小型鲸鱼和海豚时，这个水产厅高级官员终究给了答复："是的，对待这类动物的方法也得到大幅度的改善。"路易想要再具体了解此事："你的意思是，海豚不再活生生地被绳索拖着走，并且……"森下助二打断他的话："不，不会发生这类事情。我们已调查过法罗群岛和其他捕杀小型鲸鱼地区的情况。我们的渔民接受过特别训练，他们现在使用类似法罗群岛渔民采用的技术，他们直接切开脊柱。这是宰杀小型鲸鱼最快的方法，不出几秒，小型鲸鱼就会死亡。"

路易为了他的纪录片，也询问日本水产厅代表诸贯秀树，捕杀海豚与小型鲸鱼今天在太地町的具体情况。"太地町的渔民使用特制的刀具，直接插入海豚的脊柱。"诸贯秀树重复森下助二的说法，"多数的海豚都会立即死亡。"

在拍摄这场访问的镜头前，路易拿出一个小型屏幕给诸贯秀树看。诸贯秀树双唇紧闭，注视着路易前几天拍摄的连续镜头，影片纪录了海豚在太地町海豚馆旁的海湾里极痛苦地慢慢死去，鲜血染红了海湾。诸贯秀树试着隐藏激动的情绪，为了不用对这些纪录片段作评论，他反问路易："您在哪里，什么时候，拍了这些画面？"

"文化帝国主义"对抗"传统"？

下关市会议中心前广场上一个小摊子旁，地方捕鲸共同利益集团的代表们友善中带了点机警地互相点头打招呼。"鲸鱼愈多，鱼愈少，人类遭遇困境！"这几个字写在他们穿的白 T 恤衫上。T 恤衫上画了一只吃得很饱、正在打嗝的卡通鲸鱼，后面是站在空空如也的渔网前绞着双手的渔夫。

那个初夏，国际捕鲸委员会在日本南部下关市的海峡梦之塔下开会。捕鲸共同利益集团打算利用这个大好机会，通过展现魅力和好客，在自家门口留下让人难以磨灭的印象。不过也有聚集在下关市街道上大声呼喊反"西方文化帝国主义"口号的抗议车队。捕鲸人从日本四面八方前来会合，费用大部分是由水产厅来负担。

森下助二，这个国际捕鲸委员会日本代表团的谈判者也来了。"鲸鱼在智能方面和乳牛相当，"他试着对我解释，"我们的科学研究明确得出这样的结论。"森下助二显然很喜欢这个比喻："所以说，就像欧洲和美国长久以来都是喝牛奶、吃牛肉，在日本则是吃鲸鱼肉。因此我们无法理解，为什么鲸鱼被当成如此特殊的生物。我们从来不会想到要飞往巴黎、伦敦或纽约去抗议那里的人，只是因为他们吃牛肉，而吃牛肉是他们的文化。"他不厌其烦地强调："捕杀鲸鱼和海豚在日本是一个历史悠久的传统，如果现在西方国家，尤其是美国，只因为海洋哺乳类动物对很多人来说很特别，就想要禁止日本捕杀鲸鱼和海豚，那么，这就是文化帝国主义。"

瑞克对这些论据非常清楚，因为每次他来太地町就得听一次，在每一次的国际捕鲸委员会会议上又听一次。"今天的捕鲸和几百年前以传统方法及工具捕鲸相比，就差不多像拿直升机和牛车相比。"不过，他也对日本人的敏感表示某种程度的理解："日本在第二次世界大战沦为战败国，在遭到两颗原子弹轰炸后成为精神受创的国家。直到今天，日本群众仍感觉自尊心受损，所以只要外国人批评他们视为传统与文化的东西，这里的某些人就倍感屈辱。反过来说，如果我的家乡被批评，我一定也会有类似的反应。不过，要是把什么都充作传统，那么人类不就还停留在石器时代吗？"

把"传统"拿来为不道德的行为辩护，不啻是极度滥用传统，甚至是在开倒车。从前有烧死巫婆和刑求的落后传统，而且妇女没有投票权。如果还是把"传统"拿来当借口，那么今天的一切依然会维持原样。每一次进步、每一次发展、每一个转变，都会受到阻碍。另外，日本人认为：在西方国家，大量的牛、猪和很多其他的动物都被豢养在悲惨的境况下，还被宰来吃。所以，西方人只要管好自己就好了。

不过，日本人的论调实在令人难以信服。"首先：牛、猪和其他可食用的动物，在日本也被大量吃掉。还有，我们不能拿饲养可食的动物，和猎捕及大量屠杀海豚这一类的野生动物相提并论。"瑞克说，"第二：如果实验室研究确认，被饲养的动物遭到重金属污染，那不仅在日本，连西方工业国也会马上停止消费这类肉品。"

瑞克强调：不管是日本或是任何其他国家的动物保育组织来到美国，来记录和公开屠宰场里的残酷行为，他都会张开双臂欢迎他们的到来，并且支持他们的工作。"动物没有证件，它们没有民族主义，我们帮助动物时也不应让民族主义作祟。"

实际上，西方屠宰场使用残忍手法宰杀动物，是另一个重大的动物保育议题，瑞克补充说明。"不过，难道说，西方人不应关心其他地方的动物保育状况，只因为在西方世界也有动物受到折磨？当然不是。"瑞克必须一再倾听日本人对文化帝国主义的谴责，以及回答与此关联的问题。为什么他作为一个外国人，却想来告诉日本人应该怎么做？"我们不是告诉日本人应该怎么做。"瑞克回答，"相反地，我们为他们根据宪法应享有的权利而战。他们有权利知道自己的政府和渔民系统化地隐瞒了什么真相。大部分的日本人不知道有捕杀海豚这回事，他们也想象不到，孩子们在学校餐厅吃的海豚肉受到汞污染。"

"事实上，是渔民和政府告诉日本人应该做什么与想什么。他们决定大众应该知道什么，不应该知道什么。很多西方国家的人因此错误地认为全体日本人都要对这件事负责，但其实他们对此根本一无所知！日本人有权自己决定饮食文化，而不是让政府和一些渔民强制规定他们的'文化'应是什么样子。"瑞克如此认为。

在日本也有清楚地看见问题的人们，以下几行清楚明确的句子足以说明这一点。这是日本保育积极分子仓泽七海寄给日本首相和环境省担当大臣的信："您可能可以成功地利用媒体操纵日本的大众视听，但您无法用您愚蠢的逻辑说服其他国家。"她要求：停止用所谓的"科研捕鲸"名义来编织谎言。这个勇敢的动物保育人士已在上世纪九十年代引起注意，当时她迫使日本渔夫将一百只海豚从流刺网里释放。她也反对如太地町海豚馆那样的大型水族馆经营者，他们将鲸鱼豢养在狭小的空间里，就像放在小孩房里的金鱼缸一样。

在一个政府投入很多资金为捕鲸行为辩护的国家，保护鲸鱼不是一项简单的任务。"在外国已形成全体或至少大部分日本人支持捕鲸的印象，不过这不是真的。"仓泽七海对《法兰克福汇报》(*Frankfurter Allgemeine*

Zeitung, FAZ）表示，"日本政府知道，如何将捕鲸争论描绘成东方和西方的冲突：西方国家试着抨击日本文化，迫使日本人接受他们的价值观。"她认为"捕鲸和吃鲸鱼肉是日本古老传统"的看法很可疑：日本是在第二次世界大战结束后，由于肉类与蛋白质缺乏，再加上同盟国的允许，才开始在南极大陆大规模推动捕鲸。

"今天，把鲸鱼当作食物来源是完全没有意义的。日本的年轻人宁可去观赏鲸鱼，而不是去吃它们。"反对者反驳捕鲸共同利益集团所提出的统计数字，并以自己的调查相佐证：例如二〇〇〇年的一项调查，只有百分之十一的日本人明确支持日本捕鲸，几乎三分之二的受访者表示从来没吃过鲸鱼肉。"如果今天在一些地区提供鲸鱼肉给学童吃，也只是为了不自然地让这个假定的民俗存续下来。"仓泽七海说。事实上，鲸鱼肉很贵，也不再符合大众的口味。

然而，日本少数致力保护鲸鱼的组织，还是无法让大众质疑政府的政策。在群众方面，他们总是得到漠不关心的反应；在民意代表选举上，他们迄今没有获得支持。"日本没有反对捕鲸共同利益集团的集体抗争行动。"孤军奋战的积极分子仓泽七海承认。不过，她并不想将大众的沉默当作是赞成。"媒体只在国际捕鲸委员会开会期间才会报道，而报道的评论反映日本官方立场。"但疯牛病丑闻曾经让日本兴起过一场热烈的消费者运动，而当要兴建一座新的核能发电厂时，附近的居民也会为反对而进行抗争。

对日本鲸鱼保育人士本身来说，情况特别矛盾：如果外国施加更多政治压力，他们的保育工作就更难执行。隶属日本绿色和平组织的佐久间淳子表示，一九八六年暂停捕鲸法案通过前，日本还能听到一些反对者的声音。"但是，现在反对者的立场是采取守势，并且很敏感小心。许多日本人认为，谁反对捕鲸，谁就是叛国。"东京的捕鲸拥护者深知如何煽动这样的情绪：当自己的文化受到抨击时，捍卫文化就成为全民的责任。

这时，仓泽七海在她位于东京新宿区一间不起眼的办公室里，思索着如何从围绕饮食习惯、传统和文化帝国主义的激烈辩论中找到出路。仓泽七海成立保护鲸鱼的小型团体"日本鲸豚行动网"（Iruka & Kujira Action Network），简称 IKAN。她试着借发行小册子，改善日本迄今对动物保育兴致全无的现状，唤醒大家参与。她通过网络和学校班级通讯，尽力说服国会议员制定一个把鲸鱼囊括进去的全面性动物保育法的重要性。"大型海洋哺乳动物，很久以来就归属于国家水产厅的职权范围，它们被视为原料，其他大部分的动物则隶属于环境省。这样的区分使得鲸鱼被当成一种商品，我们要改变这种局面。"仓泽七海说。事实上，人们对环保的兴趣已日益提高，愈来愈多的日本人喜欢在野外观赏鲸鱼，[1] 日本捕鲸共同利益集团其实应该把这些现象列入考虑范围。

日本政府反而早在一九九三年，通过一个大规模的宣传运动进行还击，反对所谓的"西方文化帝国主义"，支持多多消费鲸鱼肉。宣传运动没有成功。大部分的人反正负担不了又贵又不健康的鲸鱼肉和海豚肉。市场需求量很少，特别是年轻人都不购买。就是因为这样，捕鲸共同利益集团在下关市高耸的海峡梦之塔影子前的小摊子旁，想到一个独创的卖点。通过贩卖鲸鱼堡，他们想要让年轻人喜欢上鲸鱼的味道。"鲸鱼堡？"——听起来既不特别传统，又不特别日式。

1 摘录自《宁可观赏鲸鱼，不吃鲸鱼》（*Wale lieber anschauen als aufessen*）这篇刊登在《法兰克福汇报》上的文章。二〇〇三年六月十四日号刊，第九页。

捕鲸——回顾滥捕的历史

风涨满了帆，壮观的三桅帆船从视野中消失，迎向金光闪耀的晚霞。前往远方，通往自由……

多么浪漫的幻想！不过，就是这个结合了渴望发现、渴望冒险、渴望和"野兽"搏斗的想象，在十八和十九世纪引诱大批年轻男子受雇登上捕鲸船。捕鲸航程持续好几个月，有时好几年，船上的真实情况完全是自由与浪漫的反面。挤在幽暗舱房里极窄小的床板上，这些男子得忍受糟到难以形容的生活条件。面对可怕的卫生条件，辽阔的海洋唯一能防止的是不让流行病夺走全体船员的性命。

自由？捕鲸船是漂浮在无边无际海洋上的监狱。在港口招雇整批船员的船长看起来都很和蔼可亲，很有"人道精神"，不过常常一到海上就摇身一变，成为施虐残忍的暴君，如同梅尔维尔（Herman Melville）的小说《白鲸记》（Moby Dick）里所深刻描写的一样。身体的劳累是常态，暴力是家常便饭，只摄取单一营养常常导致坏血病和其他营养不良症。不管是让人冻僵的极寒，或者是灼人的热带气候，怎么也无法消除甲板下悲惨的船员房间里的湿气和霉味。裂缝中潜伏着害虫，地平线的后面是下一个风暴。

在瞭望塔上值岗尤其难受，即便是风和日丽的好天气，波涛起伏，桅杆顶端的瞭望篮令人头晕目眩地快速来回摆动，这让在甲板高处值岗成为一种折磨。此外还有迎面风、炙人的酷热，或是常见的严寒与潮湿。只要望见鲸鱼，行动马上正式展开。大家都得坐进小型猎船，连厨师也是，然后拼命划船。上船后，恐惧如影随形。一只受虐鲸鱼的尾鳍，能毫不费力击碎这样一个如核桃壳大小的船只。在这场搏斗中，被猎捕的鲸鱼有"得胜"的好机会。当时的捕鲸人，能够和全体船员凯旋回到家乡港口的，只能说是少见的例外。

韩国盘龟台半岛南部蔚山广域市附近的骨骼出土物与岩刻画证实，那里的人早在七千年前就开始捕鲸。斯堪的纳维亚的石窟绘画证明，在欧洲某些地区，捕鲸可以追溯到几千年前。北极地区的原住民捕杀鲸鱼也同样有几千年的历史——不过以前的人捕鲸，从来没有危害到鲸鱼的数量。

密集捕鲸，在早期就对鲸鱼的固定数量产生戏剧性的影响，这在十二世纪第一次得到证明。当时巴斯克人在比斯开湾，远至大西洋，密集猎捕小长肢领航鲸与北大西洋露脊鲸，结果造成后者在那一带灭绝。十六和十七世纪，在英国和荷兰，甚至连德国都捕抓愈来愈多的鲸鱼，主要目标是斯匹次卑尔根岛近海的弓头鲸。十八世纪初，那里的弓头鲸已经很稀少，所以猎捕行动转往格陵兰和加拿大近海。

捕鲸人愈来愈专业。十八世纪时，他们的帆船拥有多达六艘划艇，只要瞭望塔发现"水柱"——鲸鱼呼气喷出的飞沫，船只就尽可能地接近它们。然后，为了展开真正的猎捕行动，捕鲸人放下三至四艘船到海面上，每一艘船上都有六个人。水手划船紧随梦寐以求的猎物，用标枪猎杀它们，这是一个百分之百的冒险行动。

特别受到捕鲸人青睐的是露脊鲸。露脊鲸的英文名字直到今天仍然叫做"正确的鲸鱼"（Right Whale），这绝非偶然。捕鲸人认为露脊鲸是适合捕杀的动物，也就是"正确的"动物。因为它们游得很慢，捕鲸人较容易赶上它们，再用标枪射死它们。此外，露脊鲸体腔内有较多的脂肪组织，死亡后会浮在水面上。反观其他的鲸鱼种类，常常让猎捕人空手而归，因为这些鲸鱼死后会沉入海底。

北大西洋以前有一大群的北大西洋露脊鲸，到了十八世纪末已剧烈减少到不值得再去猎捕，捕鲸人改而集中捕杀抹香鲸，继欧洲近海和北美洲东岸近海的抹香鲸日益减少之后，捕鲸人在南大西洋非洲和巴西的近海也几乎灭绝了所有的抹香鲸。只要一个捕鲸区的鲸鱼捕杀完了，捕鲸人就转往下一个捕鲸区。在太平洋与印度洋，他们发现大量的抹香鲸、南露脊鲸、座头鲸，之后在北大西洋也发现弓头鲸。虽然捕鲸人当时必须一直迁徙，以开发新的捕鲸区，但他们还是不愿意相信鲸鱼的数量总有一天会耗尽。

除此之外，捕鲸人不只是一直在新的海域捕杀鲸鱼，他们还开始专门猎捕一些以前被视为不能捕抓的鲸鱼种类。例如对当时的捕鲸人来说，蓝鲸、长须鲸和塞鲸体型太大、游得太快了，他们没有办法坐在划艇上用手标枪射死它们。两个技术改革使欧洲的捕鲸人现在也能够追捕巨大且游得很快的须鲸科；蓝鲸和长须鲸这两种地球上体型最大的动物，也属于这个科。

爆破标枪和蒸气动力宣告现代捕鲸时代的到来。现在猎捕人用捕鲸炮发射一种有弹头的标枪，弹头会在鲸鱼身上炸开。另外，蒸气动力船只可以把气体打进被射死的鲸鱼里，让它们不会沉到海底去。大型鱼类食品加工船开始跟随机动的捕鲸船队，好在一天内马上处理几十头捕获来的鲸鱼。一九〇四年，第一座捕鲸站在南极大陆成立。

愈来愈无情的捕鲸行动演变成出乎意料的规模。"没有鲸油，政府可能不仅无法打赢这场食物战役，也无法打赢这场弹药战役。"英国军队将领在第一次世界大战后如此表示。一八四二年至一八四六年间，捕鲸人还"只"

带着大约两万头抹香鲸的油回到货舱；一九六〇年至一九六四年间，超过十二万七千头的抹香鲸大多数被日本和苏联的捕鲸船队所捕杀。[1]

在须鲸科方面，猎捕的模式也和猎捕北大西洋露脊鲸、弓头鲸及抹香鲸如出一辙：首先是欧洲捕鲸区被捕杀一空，然后捕鲸船队迁移到南大西洋和南极的海域。上世纪三十年代，两百艘捕鲸船每年在南极大陆捕捉约四万头的鲸鱼。单单在一九三一年，几乎就有三万七千头蓝鲸在南极海被屠杀——如今全世界蓝鲸的总数量只剩下几千头而已。当南极大陆周围海域里的鲸鱼数量也急剧减少时，人们发现再也不能忽视这个问题了。一九三五年，第一个限制捕鲸的国际联盟协议（Völkerbund-Abkommen）开始生效。不过，这个日内瓦公约的成效有限，因为重要的捕鲸国如挪威与英国并非国际联盟的会员。[2] 当时有两个同样非常重要的捕鲸国：日本与德国，也拒绝签署协定。

非法与不受控制的捕鲸行动是常态。例如苏联的捕鲸人，直到上世纪六十年代还在追捕濒临灭绝的北太平洋露脊鲸。直到今日，北大西洋露脊鲸仍然是受到最大威胁的大型鲸鱼种类，虽然数十年来已经不再被捕杀，但是它们的数量几乎没有恢复。很多游速较慢的露脊鲸总是和船只相撞而死亡，或是被缠在渔网里致死。根据"鲸鱼和海豚保护协会"（Whale and Dolphin Conservation Society, WDCS）的估计，如今大约还有三百头露脊鲸存活着。[3]

1　资料来源："保护海洋协会"（OceanCare），维基百科及其他。

2　资料来源：《地球生态系统》（Ökosystem Erde）。

3　根据"保护海洋协会"和"鲸鱼和海豚保护协会"的资料。

海洋园丁

一百年前航海家还如此描述：在南极海，举目所见之处，大量的磷虾将海洋染上了颜色。当时鲸鱼每年大约吃掉一亿八千万吨的磷虾——比今天人类通过渔业和水产养殖从海里取得的还要多。不过，自从南极海的鲸鱼遭到捕杀大量减少后，磷虾的数量却不升反降，减少了80%。结果真是出乎人意料之外。猎食者的数量减少，猎物不是应该从中得到好处吗？这个"南极悖论"让海洋生物学家困惑不解。

目前有一个极具说服力的解释：鲸鱼呈液状、漂浮在海平面的粪便含有养分，尤其是铁质，能使海藻繁茂生长；而磷虾靠海藻为生。被磷虾所吃下去的生物质量（Biomasse）被排泄出来后，又被微生物分解，同样也浮游在海面上。从前鲸群显然会妨碍磷虾白天潜入水里，以至于这种养分同样也停留在充满光亮的海水表面。如今鲸鱼不复存在，中断了肥料的循环。樽海鞘纲（Salpen）在这个运行良好的大自然"循环"里也扮演一个重要的角色，不过樽海鞘纲的粪便很快就沉进海里，不再参与循环。于是这个曾经相当富饶的南极海生态，受到严重的破坏。[1]

日本的捕鲸史

日本人食用鲸鱼肉，最早的文字记载可以追溯到公元八世纪。他们食

1　资料来源：《地球生态系统》（*Ökosystem Erde*）。

用的到底是海豚肉、小型鲸鱼肉、还是大型鲸鱼肉，后人并不清楚。根据记载，在此之前，住在海边的居民有时候靠食用搁浅的海洋哺乳动物为生。从一五七〇年起，日本近海的捕鲸行动开始有比较完善的记载。一六〇六年左右，太地町引进一种精心设计的围猎方式：组织良好的划艇，将小型鲸鱼和海豚驱赶到浅滩。对于新引进的倒钩长矛——猎捕者的手标枪——来说，在狭窄的海湾里面，也比较容易射中小型鲸鱼和海豚。当时捕杀海豚者已经知道通过互击石头，或者锤打插进水里的铁杆来制造水底噪音，将吓坏的海豚往前驱赶。

之后捕杀海豚者开始用渔网将海湾或海港封锁住，如此海豚才逃不出去。几百年前太地町猎捕小型鲸鱼的行动，非常能够让人联想到现代的围猎行动。这也是为什么太地町的渔夫提出捕杀海豚"为数百年之久的传统"，来为他们的行为辩护，即使今天用来猎捕海豚的快艇和"传统"几乎没有什么关联。一六七〇年起，太地町的捕鲸人也使用渔网捕捉近海的大型鲸鱼，他们把鲸鱼驱赶到布在水面上的渔网中，让它们缠在里面。通过这样的方式，捕鲸人可以在最小的风险下，用标枪打中鲸鱼。

从一八六八年到一九一二年之间的明治时代，日本逐渐出现蒸汽动力船只。然而日本捕鲸人有段时间拒绝德国和挪威的发明——捕鲸炮与装设弹头的标枪——因为这些发明可能会无选择性地猎杀所有的鲸鱼。在较早的年代，日本海岸居民和捕鲸人将鲸鱼视为神圣的生物，它们有时甚至帮助人们将鱼赶到渔网里！在历来执行捕鲸行动的少数海岸乡镇，捕鲸人一丁点也不浪费捕来的鲸鱼。他们感谢鲸鱼带给他们的东西，并祈祷鲸鱼的灵魂安息。不过从二十世纪开始前不久，日本的捕鲸人逐渐摆脱观望的态度。[1]

1 资料来源：facts-about-japan.com。

上世纪九十年代中期，一个名叫冈十郎的日本人到挪威、亚速尔群岛和纽芬兰岛考察旅行，研习工业捕鲸的技术。这个配备挪威装备、开头几年也和挪威捕鲸人一起乘坐挪威船只出海的日本现代远洋捕鲸工业，于一八九八年，在西欧和美国已建立捕鲸工业好长一段时间之后，才微不足道地开始。从一九〇八年开始，直到三十年代早期，二十八艘日本捕鲸船一年大约射杀一千五百头大型鲸鱼，这已带来了严重的后果：日本海里的西部灰鲸在极短的时间内差不多被猎杀殆尽了。一九一五年，在日本和韩国之间的海域，剩下不到一百五十头灰鲸。

一九三四年，一个日本远征队第一次与一艘鱼类食品加工船和五艘捕鲸船远征南极海捕鲸。一九三七年，日本人已和六批捕鲸船队在南极水域捕杀鲸鱼，获得的鲸油驱使捕鲸远征队一再前往南半球，对生态环境强取掠夺，将猎物变成可获利的对外贸易商品。但为了保护日本本地的农业，日本禁止将鲸油和鲸鱼肉输入自己的国家。这个情况和日本支持捕鲸人士一直提出的声明有明显的抵触：鲸鱼肉属于日本传统的基本食品。这种说法也许适用于日本一些偏远的小型海岸乡镇，但绝对不适用于整个国家。

比起一九三五年的日内瓦公约，对阻止屠杀大型鲸鱼更有效的是第二次世界大战。人类开始互相屠杀的同时，远洋捕鲸事业差不多整体瘫痪。很多捕鲸船被改装成军事用船，或是在战争中损毁。同时，日本在近海捕捉小型鲸鱼和海豚，这对地方的食物供给愈显重要，因为战争阻断了由海路运送食物的通道。一九四五年夏天，二战结束，日本战败，遭投掷人类史上最早的两颗原子弹，民族自信心受到严重的打击，而且人民都在挨饿。

这让当时美国驻日最高司令官麦克阿瑟想到一个灾难性的主意。思考占领国如何降低运送到日本的粮食费用时，他在猎捕鲸鱼这件事上看到解决方案。不过这个美国总司令还暗中策划一件完全不同的事：战争结束后一年，他签署一项指示，允许日本人在一九四六年带领两艘鱼类食品加工船及十二艘捕鲸船前往南极大陆。美国甚至提供八十万美元作为远征队的燃料费用，日本人可以留下鲸鱼肉，但他们必须把价值超过四百万美元的鲸油交给战胜国。让我们回到重点：日本今天错当"国家传统"的捕鲸产业，对日本建立工业捕鲸船队一事，不受日本喜爱的"文化帝国主义者"美国，竟要负最大的责任。

美国让日本可以多年不受控制，不受一九四六年成立的国际捕鲸委员会的管制而继续捕杀鲸鱼。直到一九五一年，日本才成为国际捕鲸委员会的成员国。到那时为止，美国借着从日本那里得到的非法鲸油获取极高的利润。所以，美国也应对日本从七十年代起成为最大的捕鲸国家担负责任。然而，工业捕鲸和取得鲸鱼肉完全无关——日本战后那段时间是个例外——它只和抢手的鲸油有关。鲸油是润滑剂、肥皂、凝胶、人造奶油、化妆品、硝化甘油，以及无数其他产品的基础。即使在猎捕人仍用手标枪和长矛射杀他们的猎物时，他们也只是刮除鲸鱼的脂肪，将其余的部分丢回海里，造成巨大的浪费，或是让它们在加热鲸鱼脂肪的厂房旁自行腐烂。[1]

一九六二年，消费鲸鱼肉的行为在日本达到高峰，当时估计有二十二万六千吨鲸鱼产品在商店柜台出售，这数目令人咋舌。然而到了一九八五年，这个数字缩减到一万五千吨。[2]一年之后暂停捕鲸法案开始生效。此法案当然无法阻碍日本以"科学研究"为幌子，继续捕杀鲸鱼，并

1　资料来源："海洋守护者协会"（Sea Shepherd Conservation Society）和其他。
2　根据 facts-about-japan.com。

全力支持再度开始的商业捕鲸。看来，日本捕鲸人也还想让小须鲸——最后仅存且数量还颇可观的大型鲸鱼——急剧减少。

让鲸鱼备受折磨的捕鲸行动

捕鲸区不平静的海面，尤其是南极大陆周围，海浪来回起伏，掷鱼标者几乎没有办法精准射中目标。因此，三分之二的鲸鱼在第一次遭受捕鲸炮射击时，虽然受了重伤，却没有马上死亡，不足为奇。

当使用电动梭标作为第二个方法，而这工具由于具有虐待动物的效果、被国际捕鲸委员会批评之后，日本捕鲸人现在使用第二支标枪射杀已经被射伤的鲸鱼——挪威人也这样做。但是，一些鲸鱼濒死的痛苦挣扎可能持续一个多小时。再者，有人怀疑日本掷鱼标者受到指示不要瞄准鲸鱼的头部。一般认为射杀头部，鲸鱼最有可能马上死亡。提出这项指示的原因，应该是因为鲸鱼头部的肉特别宝贵，这部位若受到标枪射击，就会失去价值。[1]

被收买的声音

"小须鲸是海洋的蟑螂。"小松正幸接受澳大利亚电视台访问时，不加思索脱口说出这样的言论，就好像他在谈论蟑螂一样。这个日本水产厅最高阶顾问想要表达的观点，已经很清楚了：小须鲸和不受欢迎的害虫处于同等地位，除之而后快。

1　根据"支持野生动物协会"（Pro Wildlife）。

此言论在澳大利亚和新西兰这两个坚决反捕鲸的国家引起了公愤，小松正幸对此表示无法理解。通过这个比喻，他只是想要清楚地说明，反对捕鲸者保护小须鲸的行动是多么不合逻辑，毕竟有高达七十六万头小须鲸生活在南极海。可是，小松正幸是从哪里得到这个数字的？最重要的是，这个数字是怎么计算出来的？没有人知晓。可以确定的是，在南极大陆周围波浪汹涌的海域里，小须鲸的数量还从来没有被真正计算过。也就是说，每一个数字都只是粗略估计，纯属推测。

小松正幸完全不被其他反对意见所影响："在过去几年，我一再使用这个比喻，我支持这个说法。"日本水产厅赶紧替他打圆场，他们表示：和蟑螂比较的用意，只是要让大家注意到小须鲸大量繁殖的现象。"它们绝对没有灭绝的危险。"弓削志郎（Shiro Yuge，音译）如此判断，他同样也是日本渔业顾问。[1]

这些"知识"来自"科研捕鲸"。"Research"（研究），这几个斗大又洁白无瑕的印刷字母，排列在年复一年航行至南极大陆的日本捕鲸船上，十分引人注目。以"科研"作为幌子，捕鲸船捕杀几百头小须鲸，在此期间再度开始猎杀其他种类的鲸鱼。他们根据鲸鱼胃里的填充物"证明"，这些极多产的"害虫"把人类食用的鱼都吃光了，并且像蟑螂一样不断繁殖。藉此也"证明"了他们想让商业捕鲸能再次接替"科研"捕鲸。"科研"的"副产品"——鲸鱼肉，最后反正也是回到日本的美食商场里。[2]

"日本科学家需要如此多的'测试物'，他们到底有多笨？""蓝海计划"（Project Blue Sea）提出一个大哉问。还有，到底这商业捕鲸行动是怎么变

1　资料来源：日本国际共同社（Kyodo News International）和其他。
2　资料来源："保护海洋协会"和"蓝海计划"。

成荒谬的"科研捕鲸"？联合国代表认可世界各国为下一代保存丰富鲸鱼产量的诉求，遂于一九四六年十二月二日在美国首都华盛顿签署国际捕鲸管制公约，并且设立国际捕鲸委员会。国际捕鲸委员会最初的主要任务之一：确定世界海域里的鲸鱼捕杀配额，以及规划不可捕杀鲸鱼的保护区。这个接替第一个限制捕鲸的"国际联盟协议"的组织，一九四六年成立时，共有十四个会员国。[1]

可是配额规定短时间内对维持鲸鱼数量没有多大的帮助——相反，还帮了倒忙。他们最初是以"蓝鲸单位"（Blauwaleinheiten）分配配额，一个蓝鲸单位等同一头蓝鲸，或两头长须鲸，或两头半座头鲸。此项规定不是为了保护每一个鲸鱼物种，也不是从不同的鲸鱼数量出发，结果造成大型鲸鱼的数量继续急剧萎缩。

直到几乎没有半个特定的鲸鱼物种成为捕鲸炮瞄准的目标，国际捕鲸委员会才如梦初醒——是担心物种多样性被破坏？还是被这个肆无忌惮进行猎捕、把自己推向深渊的产业给吓到，一切尚无定论。无论如何，结果是一九六三年禁止捕杀南半球的座头鲸，一九六七年跟着禁止猎杀南半球的蓝鲸，直到一九七四年，国际捕鲸委员会重新决议捕鲸准则。

即便如此，日本与当时的苏联仍然持续毫无忌惮地滥捕大型鲸鱼，完全无视不断增多的反疯狂捕鲸抗议运动。每年还是有大约两万五千头温顺的大型鲸鱼在捕鲸炮下丧生。关于大型鲸鱼的数量，没有其他可用的数据资料，于是猎捕人无耻地利用那仍旧不合理的高捕鲸配额。再加上缺乏监督，无数不法的捕鲸行动在国际海域射杀更多鲸鱼，导致超过配额的情况层出不穷。一九七九年，国际捕鲸委员会宣布整个印度洋为保护区，终于第一

1　根据 www.oceancare.org。

次通过了保护鲸鱼的决议。一九八一年，终于全面禁止捕杀目前仅有的抹香鲸。

保护鲸鱼最大的突破，最终在一九八二年以条约形式出现：塞舌尔共和国建议引进停止全部商业捕鲸的法案，获得了通过。不过，在暂停捕鲸法案正式生效之前，又过了珍贵的四年。[1] 再者，国际捕鲸委员会的各项决议都有一个缺点：它们都没有约束力。缔约国可以在一定期限内提出异议，反对通过的决议，而且不需遵守那些决议。国际捕鲸委员会有建议性质，但没有法律权力。挪威和冰岛 [2] 走上这条异议之路；这两个捕鲸国因为在期限内提出反对意见，所以按照法律条文，不受一九八六年的商业捕鲸禁令所约束。

1　资料来源：www.oceancare.org 和其他。
2　一九八六年，冰岛没有及时对国际捕鲸委员会的暂停捕鲸法案提出否决，相反，冰岛接受了这个法案。然而以科研为幌子，冰岛从一九八六年到一九八九年总共猎杀了三百六十二头长须鲸和塞鲸。在国际上广受批评后，冰岛于一九九二年退出国际捕鲸委员会。不过冰岛很快就后悔退出了国际捕鲸委员会，因为再也没有买主要买冰岛的鲸鱼肉；脱离了国际捕鲸委员会，每一次捕鲸都等于海盗捕鲸，可能招致经济制裁。冰岛使用诡计终于再次加入国际捕鲸委员会，即使冰岛仍对暂停捕鲸法案提出否决。冰岛再次加入国际捕鲸委员会的决定性因素是，冰岛承诺二〇〇六年之前不会开始商业捕鲸。这是一个谎言：早在二〇〇三年三月，冰岛提出再次"科研捕鲸"的申请。国际捕鲸委员会强烈谴责冰岛计划中的"科研捕鲸"实际上是商业捕鲸。然而冰岛不理会国际上的阻力，二〇〇三年允许捕鲸人使用标枪。二〇〇六年起，冰岛再次不掩饰他们的商业企图，并且以每年增加的配额，为非法出口鲸鱼肉到日本捕杀鲸鱼。令人惊异的是，国际捕鲸委员会最后没有把冰岛开除。谁加入一个公共机构，就应接受该机构的规章，因为除了权利以外，还有义务。（资料来源："保护海洋协会"和"支持野生动物协会"。）

挪威一开始也许因为害怕国际制裁而暂停捕鲸，但他们从一九九三年起再度使用标枪射杀小须鲸——而且是根据自己设定的配额，二〇〇六年一年就猎杀超过一千头小须鲸。有趣的是，真正猎获的小须鲸数目迄今常常比设定的配额还低；这说明了小须鲸的真正数量比支持捕鲸国所声称的还要少。

日本和这两个斯堪的纳维亚国家一样，选择了类似的路，并且坚持忽视暂停捕鲸法案。一九八六年开始，以"科研"为借口，日本已猎杀超过一万三千头的大型鲸鱼（时间：二〇〇九年），并且以逐年增高的配额扩充捕鲸计划。除了小须鲸，他们再度瞄准濒临灭绝的长须鲸和座头鲸。和只在本国近海捕鲸的冰岛及挪威相反，日本的远航船队主要在南极大陆海域捕鲸。这是受到禁止的，因为国际捕鲸委员会早在一九九四年就决议在这里划出一个五千万平方公里大小的鲸鱼保护区。[1]

日本的国际捕鲸委员会谈判代表森下助二建议：如果能以正式承认"传统"日本近海捕鲸作为交换的话，日本可以减少在南极大陆捕鲸的次数。

"日本用谎言蒙蔽大众，企图让国际捕鲸委员会的成员国同意引进一个新的杀鲸类别，这不是别的，就是商业捕鲸。"瑞士保护海洋哺乳动物组织"保护海洋协会"（OceanCare）的主席西格莉德·吕贝（Sigrid Lüber）评论说，"这会是一个不好的妥协案例，它会为无数国家广开大门，使他们开始进行商业捕鲸活动。"

日本这二十年来声称，国际捕鲸禁令已经让四个日本海岸乡镇经济受创，加速文化崩溃，因为这些海岸乡镇具有长久的猎捕小须鲸传统，并且依赖捕鲸而生活。可是根据"保护海洋协会"、"鲸鱼和海豚保护协会"以

1 资料来源："支持野生动物协会"。

及日本组织"日本鲸豚行动网"的调查研究发现，这四个城市中的两个，太地町与和田，完全无法证明它们有在近海猎捕小须鲸的传统。而另外两个城市网走与鲇川，根据调查研究，他们目前所进行的猎捕小须鲸活动大概在七十年前才开始。

声明禁止捕杀小须鲸的禁令直接导致这些地方的文化崩溃和经济危机，这是捕鲸通过议案游说者所发明的说法。与其说禁止捕鲸造成这四个海岸乡镇的经济危机，不如说是因为大众对鲸鱼肉的需求降低，还有因为这些地方缺少革新的决心，没有投资新的经济领域，例如观光业。

一九八六年之后，日本开始在附近海域大量捕杀不受国际捕鲸委员会保护的小型鲸鱼种类和海豚，像是：阿氏贝喙鲸、长肢领航鲸、花纹海豚、宽吻海豚、条纹海豚、真海豚、鼠海豚、虎鲸，以及其他各种不同的、有部分甚至是濒临灭绝的小型鲸鱼种类。而从那时起，它们在标枪和屠刀下丧生的数量比以前增加更多。

到底为什么？以发行量达八百二十万份而成为全世界第二大日报的《朝日新闻》的一项问卷证明，今天只有不到4％的日本人还固定食用鲸鱼肉，9％的日本人偶尔吃，而53％的日本人成年后就不再吃鲸鱼肉，33％的日本人根本没吃过。[1]特别是年轻的一代，对鲸鱼肉根本没有兴趣。消费鲸鱼肉是日本"传统"？美国占领军总司令麦克阿瑟曾经拥护过这样的看法。

日本渔业当局也知道，大部分日本人对鲸鱼肉没有兴趣。要是政府没有付高额薪资雇用精明老练的通过议案游说者，例如森下助二，政府也不会刻意通过大量的补助金、贷款和操纵市场来维持鲸鱼肉的需求，今天也不会有"科研"和商业捕鲸。同样的情况也适用于其他以进步闻名的斯堪

1　根据"保护海洋协会"、"支持野生动物协会"和"绿色和平组织"。

的纳维亚国家：挪威、冰岛与丹麦（例如丹麦的自治领地法罗群岛和格陵兰备受争议的捕鲸）。

过去几年，国际捕鲸委员会会员国的数目快速增加，目前这个组织有八十四个会员国（时间：二〇〇九年）。如何解释这种"门庭若市"的情况？尤其值得注意的是支持捕鲸的会员国暴增。二〇〇〇年时支持捕鲸的国家只有九个，三年后已经有二十一个国家表示赞成重新开始捕鲸。二〇〇六年在圣基茨岛马利亚特饭店国际会议中心，鲸鱼保育人士深受打击：支持捕鲸的会员国以微小差距通过一项宣言；根据这项宣言，暂停捕鲸法案已经不合时宜，而国际捕鲸委员会职能不彰，因为它没有使重新开始捕鲸的规则生效。

森下助二摩拳擦掌地说："国际捕鲸委员会毕竟是为了保护捕鲸，而不是为了保护鲸鱼而成立的。"即便如此，暂停捕鲸法案仍未被取消，因为需要四分之三多数会员国同意才行。不过日本现在力求经由多数决议，改变议事规程，只要未来能形成绝对多数就足够了。然而接下来几年，反捕鲸的国家在数量上又稍微占了优势。[1] 可是森下助二和他的共事者，是如何在短短几年之内，推翻了国际捕鲸委员会里的多数比例？

看一眼从二〇〇〇年起新加入的捕鲸支持国列表，赫然发现很多极小的岛国及非洲的发展中国家。人们很容易产生这样的怀疑：买票。"日本以保证提供发展援助，吸引其他国家加入委员会，来改变多数比例。""保护海洋协会"的主席吕贝指出，"投票赞成日本的代价是几百万元的渔业补助金。此外，日本当然承担被贿赂国家完全没有能力支付的会议代表花费。"

1　资料来源："保护海洋协会"、"绿色和平组织"和其他。

跟森下助二提起这件事时，他甚至间接承认买票这回事："我们国家和很多国家都保持渔业方面的关系，若是有机会讨论悬而未决的议题，这些国家通常都能理解日本的立场。"这样的"理解"是用日币换来的，根据森下助二的说法，那当然不是贿赂，而是"合法的发展援助"。[1]

让鲸鱼备受折磨的捕鲸行动

《海豚湾》导演皮斯霍斯，二〇〇六年于圣基茨岛召开的国际捕鲸委员会会议上，在摄影机前询问安地卡岛的代表。安地卡岛是一个日本"买进"委员会的加勒比海小岛国。"哪一些鲸鱼种类游经安地卡岛海域？"那位代表回答说："我们，嗯，我并不清楚细节。"受访者看向另一个代表团成员寻求帮助："有时候有鲸鱼游经我们的海域——我只在电视上看过鲸鱼。"[2]

"保护海洋协会"的主席吕贝想要更清楚地了解此事，遂委托专家撰写两份关于买票事件的国际法鉴定。鉴定结果：日本的做法是不正当的，违反外交惯例。两份鉴定公开发表之后，国际捕鲸委员会通过透明化决议。此决议也重申，主权国家能够完全独立决定自己的政策，以及参与国际捕鲸委员会与其他专设机构而不受其他主权国家的介入和逼迫。

森下助二丝毫没有动摇，并且再一次强调，日本重新捕杀鲸鱼的请求是多么的光荣。毕竟，他再一次重复他的论点，鲸鱼把人类食用的鱼都吃光了。"而且世界人口还在增长。"被问到为什么工业捕鲸之前的鲸鱼更多，

1　出自二〇〇四年七月二十日的《明镜在线》(*Spiegel Online*)。
2　出自电影《海豚湾》。

但鱼的数量并没有因为被鲸鱼吃掉而大量减少，森下助二把两臂交叉在胸前，说："我们也觉得很疑惑。"

太地町鲸类博物馆，被淘汰的捕鲸炮。

第三章

天堂和地狱

　　只要太地町的渔民发现瑞克或其他环保分子的踪影，那么继续待在这里就没有意义，除非是想要享受这天堂一般的安逸环境：如诗如画，又富有变化的海岸景观；探访温泉，在众多的温泉浴池中择一泡汤；或是拜访离太地町不远的联合国教科文组织世界遗产——举世闻名的熊野那智大社，否则就只能闲坐着无聊地玩大拇指了。因为直到环保积极分子和摄影小组带着他们的摄影机消失之前，渔民都不会再出海捕杀海豚了。渔民大多比我们这一伙人还更能坚持下去，因为不出海猎捕海豚，他们索性去捕鱼。

　　对瑞克来说，这意味着他必须来来去去。他待在此处很少超过三到四天，因此，他得一而再、再而三地拜访太地町。"我会继续这样做，直到血腥屠杀停止为止——或是直到我死。"瑞克二〇〇八年十月离开时如此表明；与此同时，我在太地町还要再多待一段时间。

　　一个月之后的某个深夜，瑞克再度在纪伊胜浦的浦岛饭店办理投宿登记手续。同样的行动方式，尽可能待久一点而不被发现。在《海豚湾》的拍摄工作杀青之后，瑞克将以隐密的方式拍摄海湾，而且当日文配音的光盘分送到不同的地方之后——也包括镇公所——他得更加小心，以免当地人太早发现他。他再次幸运地躲得够久而没被发现，而且天气也非常稳定。黎明破晓时，瑞克和一个澳大利亚电视小组驱车来到海湾，眼前的景象让他心中浮现"似曾相识"的感觉：神秘迷人的风情、日出前透着红光的云雾、海啸山、海豚博物馆和鲸类博物馆那令人熟悉的轮廓，最后是那个可以远眺死亡海湾的美丽小公园。

筛选：太地町的海豚交易

这一次瑞克的伪装更加成功。捕杀海豚的人看见瑞克和一个新的电视小组一起抵达海湾时，显得惊诧异常，直到一些渔夫带着"不许拍照"的警示牌过来之后，差不多已经过了二十分钟；这段时间，电视小组多多少少可以不受干扰地拍摄。可是不只是当地渔夫，瑞克与那些电视从业人员也受到惊吓，数量惊人的海豚前一天已经被驱赶进海湾，现在它们恐惧不安地挤在外面的封锁网边。

停车场上停了三辆车待命，有一辆或两辆车上的遮篷向上卷起，在一个货斗上可以清楚看到长方形的大型金属运货箱。"那是用来运送活海豚的容器。"瑞克断定。至少有二十个穿着氯丁橡胶衣服的男人和女人，正准备好要进入水里或登上渔船，他们不是渔夫。当他们看到西方男子和摄影机时，连他们也开始加紧速度了。蓝色帆布篷被很快地张开并固定在金属支架上，以遮蔽从街道到海滩的视线，遮蔽他们正在进行的事。"海豚驯养师，毫无疑问！"瑞克打量后说道，神情略带一丝丝苦涩。"现在他们有麻烦了。"早在遮篷升起前，电视小组就已经开始拍摄，而且遮篷无法掩盖所有的事情。

如同获得证实一般，早晨的太阳也开始以诡异艳丽的色彩逐渐照亮整个场景，不过荒诞的美感瞬间即逝，消失在恐怖的背景声响里。马达船发出具有攻击性的噪音，划破了清晨的宁静，捕杀海豚的人抛下更多渔网，将海湾和被捕获的海豚分隔开来。

混杂在船只噪音和人声呼喊中的，是挤成一团的海豚发出的凄厉口哨声。瑞克透过望远镜观察这喧闹的场景，喉头好像卡住了一般，一句话也说不出来。猎捕人、驯养师和商人同一阵线，对海豚惊慌失措的声音充耳不闻。他们伸出手指向最适合的海豚，穿着氯丁橡胶衣服的男人便从船上猛扑向海豚，将绳套绑在它们的尾巴上，把它们拉到海岸。在海岸上，无情的筛选作业刻不容缓地展开。

瑞克摇了摇头。"这些人之后在海豚馆的观众前，以英雄与海豚的朋友自居。"三个，有时候是四个男人，紧紧抓住一只死命挣扎扭动的宽吻海豚，测量它、查看它的伤疤，并且确定它的性别。宽吻海豚又大又有力，仅仅用尾鳍一拍击，就足以让一个人严重受伤。

尽管如此，即使是现在，也没看到它攻击任何人。它没有攻击、没有咬人，只是一再试着逃离，男人愈发冷酷地抓牢它。几乎只有雌海豚会被筛选出来送到海豚馆去，大部分雌海豚身上的伤疤明显较少，因为它们和雄海豚相比，比较不常卷入跟情敌或鲨鱼的搏斗里。

瑞克的心脏差点就停止跳动，他必须坐视右手边稍远处，一只才几天大的小海豚绝望地一边呼喊一边努力跟在妈妈的身后泅游，而一艘马达船正曳着妈妈的尾巴，要把它硬拖到岸边。两个女人抓住这只不到一公尺长、惊恐地蠕动的小海豚，把它拖离妈妈身边。

很快地测量过雌海豚后，它被放到一种空出鱼鳍位置的担架上。几个男人把这只垂死挣扎的雌海豚从水里抬了出来，将它带到一辆车的金属容器里。小海豚声声呼唤妈妈的哀鸣，让人无法置之不理。听着这样的呼喊，瑞克几乎连身体也疼痛了起来。

一个男人紧紧抓住这只可能才几天大的海豚，接着一个女人将一根软管伸到它的咽喉里。"强迫喂食母奶替代品，里面搀杂了镇静剂。"瑞克声调平淡地下结论，"这完全起不了任何作用。在几天内它就会死亡，而这会是它的解脱……"

愈来愈多的海豚被硬拉上岸，海豚的尾鳍拍击海面，激起巨大浪花，偶尔有海豚成功地挣脱正在测量与检查海豚的虐待者——可惜这只是暂时的。在一些雌宽吻海豚被放进卡车里的同时，其他被筛选出来的海豚，被放在小船上的担架抬出海湾。搬运海豚的路线往右通到港口，在港口边，用来关"销售的活商品"的笼子在海水里载浮载沉。

其他所有的海豚被拖着尾巴强行拉走，消失在海湾那无法一探究竟的"拇指"形状区域，血迹斑斑的死亡在那里等候着它们。今天，海湾被屠杀海豚所喷涌出的鲜血染成特别浓厚的红色，这样的惨况将持续好几个小时。一些猎捕人似乎陷入一种暴虐舔血的狂喜迷醉状态，其他猎捕人则无动于衷地举起屠杀工具，砍进这些海洋哺乳动物抽搐的身体里。

终于，人和海豚的呼喊声逐渐变少了，马达船发出的噪音逐渐平息，之后又是一片寂静——像死亡一般的寂静。瑞克和电视小组决定开车去海港那头看看。"几年前，我可以再细数一遍，猎捕人如何在一个工作日，成功地将大约三百只海豚和小型鲸鱼追赶到海湾里。"

瑞克将租来的车子驶进隧道里时，对着澳大利亚电视从业人员回忆说："那时他们将五种不同种类的海豚及小型鲸鱼驱赶在一起：有宽吻海豚、真海豚、条纹海豚、花纹海豚和长肢领航鲸。"瑞克摸了摸下巴，伤心地摇摇头说："屠杀持续了整整三天。我特别无法忘记长肢领航鲸被捕抓的景象，它们嘴里不停地尝到同种生物和类似物种的鲜血。然而，即使是预感到有什么可怕的事情即将来临，它们仍束手无策地表现出一种十分典型的行为：'窥跳'（Spy-hopping）。一些海豚一再从水中高高地伸出头，查看到底发生了什么事。"

太地町海港已没有什么东西可看了。海豚商人得知瑞克一行在场之后，已经尽可能提前而且不引人注意地把他们活生生的"货物""装箱了"。装载死海豚开往屠宰场的船只也全都不见踪影，码头空荡荡的，警察也没有露面。"来干嘛呢？"瑞克嘲弄地表示。现在，一座新建好的保护墙围绕着屠宰场，遮蔽住好奇人士的视线。

突然在海港入口的另一边，一只海豚跃出水面，再"啪"地落进水里。一次又一次。"那边是监狱。"瑞克解释，一排排狭小的笼子。在这里，几十只被捕的海豚等待着作为可获利的"商品"，被出口到世界各地。它们全都是在围猎行动时被驱赶到海湾、心灵受创的囚犯。

瑞克眯起眼睛看过去，他说："通过跳跃，它们试着让极度无聊的现况变得可以忍受。"外人不能走近海豚的周围区域，入口和伸展到那里的散步小径被封锁了。每天两次或三次，饲养员带着死鱼过来——在自然猎区的宽吻海豚是绝对不会吃死鱼的。在这里它们得习惯吃死鱼，不然就只好挨饿。

这些海豚之后也是以这样的方式接受训练，海豚必须在观众面前表演杂耍动作的动力是：饥饿。"一只吃饱的海豚没有表演杂技的动机。"瑞克从自身的经验得知。也就是说，饥饿的海豚为了死鱼只好确确实实地被迫表演一些特别的才艺，没有诙谐的表演，就没有食物。

活海豚的买卖取决于种类、外观、大小、年纪、性别，以及——主要是——训练状态，这有十分不同的"价格等级"。"一只刚刚抓到、还没受过训练的海豚也许可用两万美元或三万美元易主，但一只受过完全训练的海豚可以卖到高达十五万美元的好价钱。"瑞克知道行情："与此相反，一只仅供食用的死海豚最多卖个六百美元。"换句话说：在太地町近海，让渔民还在猎捕海豚的真正动力是活海豚买卖。

　　无论如何，瑞克是如此确信的：“如果把时间成本、燃料、维修费用、薪资等等都算进去，猎捕海豚可能是不划算的。”不过，不能小看“捕捉野生动物”的项目，它是个几百万美元的大生意。太地町如今被视为全世界输出活海豚最大的转运中心。

　　对海豚的需求量很庞大，单单在日本就有大约五十座海豚馆、“海豚疗法”提供者，还有海豚畅泳节目以及各式研究机构。而在日本和其他地方，新的设施还一直在增加当中。目前全球大约有两百座海豚馆，而且这数目还有上升的趋势。对“补给海豚缺额”的需求是绝对不会停止的，尤其是被豢养海豚的高死亡率，造成这些机构得经常补充新的海豚。根据瑞克的说法，受监禁的海豚其平均寿命正好是野生海豚平均寿命的四分之一。

　　虽然在监禁中也有小海豚出生，但是出生率绝不足以完全填补死去海豚的空缺。此外，还有同种繁殖的危险，瑞克认为海豚在监禁环境里出生是一点都不值得鼓励的。“在水池里出生的海豚，必然会退化与行为错乱，”瑞克请大家思索一下，“因为它们的父母被长期饲养在混凝土池子里，已经神经不正常了。而且，一只在囚禁状态下出生的小海豚，不知如何使用它的自然回声定位能力，它在自然生活空间里可能再也没有生存能力了。”

　　来自太地町的海豚，除了在日本国内，也在韩国、中国和其他亚洲国家、土耳其和加勒比海国家等地结束生命。

"太地町的十二只海豚"

　　二〇〇七年十一月中旬，多米尼加共和国总统莱昂内尔·费尔南德斯（Leonel Fernández）终止原定进口十二只来自太地町的海豚到国内海洋世界公园的计划。瑞察·欧贝瑞的"拯救日本海豚联盟"（Save Japan Dolphins Coalition, SJDC）之前呼吁多米尼加共和国政府，不要进口这些海豚。

　　"多米尼加共和国政府明确拒绝为了娱乐目的买卖海豚，值得喝彩。""保护海洋协会"的主席西格莉德·吕贝如此告诉一位"拯救日本海豚联盟"的会员。

　　国际自然保育组织通过一整页致多米尼加共和国总统的报纸抗议文，支持"拯救日本海豚联盟"的行动。若干非政府组织表示，多米尼加共和国政府如今偏爱在自然猎区观赏鲸鱼。根据瑞察·欧贝瑞的说法，这十二只原先指定卖给海洋世界公园、已经受过一些训练的太地町海豚，已被转卖给日本的海豚馆及出口到中国。[1]

　　瑞克担心，只要海豚馆访客不知道海豚是以何种残暴的方式被抓和被豢养的，海豚交易就会一直持续下去。每一次捕抓自然猎区的海豚，就会拆散海豚家庭群体的社会结构。更不用说这些海豚之后必须面对的梦魇：被迫离开家人，在一个嘈杂陌生的环境，在令人窒息的狭小空间里艰难地度过余生——而它们常常无法在这样的生活条件下存活。"保护海洋协会"的主席吕贝也证实："捕捉海豚、圈禁豢养它们，简直和捕杀鲸鱼、让鲸鱼慢慢死去，没有任何差别。"

1　资料来源：www.oceancare.org, www.prcenter.de, www.dominicananews.com。

太地町海豚馆

不论是谁住在紧邻鲸类博物馆和海豚馆旁边的花彩之宿花游饭店，早在拜访海豚馆之前，就能记住那千篇一律、连续播放、媚俗廉价的旋律，表演用海豚必须每天多次伴随着这个旋律表演特技。也就是说，海豚在这里必须呈现出可爱的模样。海啸山就位于上面，在彩绘了一只超过真人大小的露脊鲸及幼鲸的雄伟博物馆建筑物后方，只有它将博物馆区和不到三百公尺远的海湾分开；在海湾里，似乎习惯性微笑的未来秀场明星被迫离开海洋，它们的同类被大规模屠杀。有多少来来去去的访客知道这个邻近海湾的秘密？这个当地人隐瞒不说的可怕秘密？

在博物馆入口后方，左手边是商品店，往前是通往令人印象深刻的博物馆大厅，访客头顶上方悬挂着与实物一般大小的露脊鲸仿制品。三层楼高处，在鲸鱼的旁边，一艘传统捕鲸船悬空挂在那里，画得很漂亮；优雅的木制结构说明了高度发展的造船艺术。十二位划桨手通力合作，或坐或站，让船以惊人的速度前进。充满野性美的汉子头戴白色头饰带，赤裸着身体，只以一小块腰巾遮蔽身子。在船头，掷鱼标者举着倒钩长标枪，准备就绪。这是一个公平搏斗的典范，强大的海洋哺乳动物经常逃离猎人的追捕。坐在如核桃壳般小船里的勇士们，常常无法全数凯旋而归。

博物馆展示着从以前到现代的日本捕鲸史，以愈来愈大、愈来愈快、愈来愈巧妙的大炮和爆破标枪作为标志。这是一段不会在现代就结束的历史，而且在日本是会一直延伸到未来的历史。此外，还有很多关于不同鲸鱼种类、它们生活方式的说明。当然，人"使用"鲸鱼来做什么，它们在什么时代被捕抓、数量有多少，也是叙述重点。

在这里甚至能发现一些自我批判的段落，例如他们承认，因为捕鲸的关系，蓝鲸几乎灭绝殆尽，而蓝鲸的数量直到今天都无法恢复。有趣的是，如今这一切都被拿来充当"保护措施"：以捕杀小须鲸（又名"小鰛鲸"）为例，博物馆的宣传文案说明这些"海洋蟑螂"吃掉太多磷虾，导致值得被保护的蓝鲸大受影响，因此大量减少小须鲸的数量有其必要性。

我让博物馆一位不愿具名的负责人正视我对邻近海湾的观察结果。我观察到穿着潜水服的人帮助捕杀海豚者，将不适合当成活商品贩卖的海豚的尾巴系在船只上，以便猎捕者将海豚拖进死亡海湾进行屠杀。他们之中的一些人穿着氯丁橡胶夹克，上面甚至可以清楚看到"Taiji Whale Museum"（太地町鲸类博物馆）的字样，如同电影《海豚湾》里的拍摄片段。

我说："所以，太地町鲸类博物馆和海豚博物馆积极支持屠杀海豚？"受访者没有说太多话，不过他最后还是表示，太地町鲸类博物馆和屠杀海豚一点关联也没有，也不支持此行动。他们贩卖一些活的野生海豚，这些贩卖海豚的收益，帮助博物馆为研究、教育提供经费，这是很重要的。

若从南面离开博物馆，你会来到饲养活鲸鱼和活海豚的建筑物侧翼。一颗涂成红色的爆破标枪榴弹，从一个大炮的炮口伸出，直接瞄准一个类似迷你潟湖的池子。一头巨大的动物在里面游泳，这头孤单的雌虎鲸叫做"小波"（日文为"ナミちゃん"，意思是"海浪"），有六公尺长。

小波于一九八五年十月在邻近的太地町海湾被猎捕海豚者捕获，它当时大约三岁。从那时起，它在单独监禁的状态下艰难度过一生。这头三吨重的鲸鱼被认为个性任性，因为它终身只学会很少的"特技"。今天小波也只表演一些跳跃动作，对站在池子边的人没有兴趣。这头长期被无聊感折磨，显得对一切漠不关心的虎鲸，为什么能撑过如此罕见、漫长的、悲伤的一生？对此我们只能猜测了。[1]

"太地町的五头鲸鱼"

一九九七年二月九日，太地町捕杀海豚者用"声墙"将十头虎鲸赶到畠尻湾。这些身长最长达七公尺的虎鲸是如此的巨大，以至于完全搁浅在海湾里。它们不积极反抗人类，也不自卫，虐待者无耻地利用了这一点。五头虎鲸已预计出售给水族公园，一头值二十五万美元。这群极社会性的虎鲸中余下的五头，不愿意离开它们的亲属——直到猎捕海豚者用暴力将它们驱离海湾。一头虎鲸流血了，一头小虎鲸的状况非常不好。没有人知道，这头小虎鲸是不是其中一头被捕抓的雌虎鲸的孩子，没有人知道，这五头被赶走的虎鲸之后如何。

可以确定的是，五头被拘禁的虎鲸今天没有一头还活着。

太地町鲸类博物馆留下"小九"（クーちゃん），一头四公尺半长的雌虎鲸。直到二〇〇三年，它和小波共享一个池子。然而，心灵受创、行为异常的小波难以和小九和谐相处，小九于二〇〇三年十月被迁移到名古屋的水族馆。在这里，它同样必须孤单地过完一生，直到二〇〇八年九月十六日因疱疹感染而死去。

恰好在一年前的同一天，雌虎鲸"飞鸟"于伊豆·三津海洋天堂去世。其余的三头虎鲸，有两头雄的、一头雌的，被卖给南纪白滨冒险世界。被捕抓之后的两个月，被捕时已经怀孕的雌虎鲸于一九九七年四月流产了。一九九七年六月十四日，其中一头雄虎鲸死去，而三天之后，雌虎鲸也死了。第三头虎鲸于二〇〇四年九月十八日去世。

生活在自由猎区的虎鲸，平均年龄至少约三十五岁。猎捕行动十一年之后，五头被捕抓的虎鲸已经没有一头存活。然而，人们遵循吊诡的市场逻辑，高喊"坏掉的商品"，要求赔偿……所以，太地町镇长三轩一高打算让人捕捉更多的虎鲸。一如他所说的，"为了研究，以及改善与中国的关系"，贩卖虎鲸到大连和北京。二〇〇九年秋天，全世界有四十一只虎鲸被监禁饲养。[1]

一面渔网使小波陷身小海湾的最后方，接连着的是池子的其他部分，一座混凝土防波堤将博物馆的海湾和辽阔的大海分隔开来。可想而知，潟湖里的海水循环一定很差。这里饲养的海洋哺乳动物，除了小波之外，还有长肢领航鲸、伪虎鲸、宽吻海豚和点斑海豚。它们常常被关在窄小的钢铁栅栏里，被迫在自己的排泄物里游来游去。

人们走到一个木制堤道旁时，一些长肢领航鲸和伪虎鲸马上把头伸出水面。当人类走近它们时，它们发出听起来很忧伤的口哨声，等待着被喂食死鱼。观光客可以在一个同时陈列出售鲸鱼肉的摊位购买死鱼，再把死鱼递给饥饿的鲸鱼吃。一个小女孩伸手拿着一条沙丁鱼，当一头雄长肢领航鲸从水里伸出张得大大的嘴巴时，小女孩吓得直往后退，她的父母亲边笑边摄影。

拜访另一栋小建筑时，我更加忧虑了。这里展览活的海豚，池子里的

1 资料来源：www.orcahome.de, www.gopetition.comu.a.。

水深仅勉强到我的胸膛。此时也是喂食时间，死沙丁鱼躺在池底，三只点斑海豚缓慢绕着总是一样的圈圈游泳，虽然活着，却有如死去一般。它们在和地狱不相上下的猎捕行动中被迫离开海洋，在这里的生活空间约为六公尺长、二点五公尺宽、一点五公尺深。只要一只海豚死了，人们马上在博物馆防波堤的那一边弄来新的海豚填补空位。

在离点斑海豚五十公尺远处，逼仄的环境对四只在海豚馆的宽吻海豚来说，并没有那么具有压迫感。不过，它们也是公式化地在一个玻璃隧道上方泅泳，访客通过隧道时，完全可以在池子里漫步。宽吻海豚游过来打量我们——调剂一下令人窒息的无聊感。

有一只海豚相当引人注目：它大约在肛门的高度上有另外一对像手掌那样大小的鳍——可以说是"肛门鳍"。当这只宽吻海豚掉进陷阱里时，这对异常的器官引起了渔夫的注意，他们把海豚驯养师叫过来看。驯养师将海豚捞出来，同时拍摄整个捕抓行动，并且拍照存盘。海豚馆的一个电脑屏幕展示着捕捉这只"引起轰动的海豚"的影像，以庸俗甜蜜的音乐当作配乐，却对屠杀它整群同类生物的悲剧避而不谈。

朝主建筑的方向往回走，扩音器再次汩汩地传出合成音乐。对四只身在一个过于窄小的表演池里、训练有素的宽吻海豚来说，这是今天第三次的傀儡时间。女驯养师们比出手势与吹口哨，饥饿的海豚听话行事以换取死鱼，纯粹是例行公事，每一天至多五次。"太地町鲸类博物馆和海豚馆，是唯一一个可以看海豚表演，同时吃着海豚肉的地方。"瑞克讽刺地补充说明，"这可是当地特产。"博物馆商店真的陈列为数可观的鲸鱼肉，在两三公尺远处，架上贩卖着可爱的绒毛海豚娃娃。

日本和全世界的海豚馆

在花彩之宿花游饭店七楼的走道上，透过大窗户可以清楚看到相邻的太地町海豚馆和鲸类博物馆。瑞克和美国有线电视新闻网小组已启程离开，可是我还要停留一个晚上，经历了所有这一切之后，我震惊到心情难以平复。

真是恐怖的一天……黎明破晓后，死亡海湾里的可怕场景，就在海啸山的后面，离我现在的房间只有三百公尺之遥。那些杂沓的声音、那个味道、捕杀海豚者的暴力攻击、开车前往海港、警察、血色海湾。之后我们提前中断作业，往渔村方向离开，当地人的眼神满含敌意，我们再一次驱车经过可怕又美丽的海湾。这种种一切，再加上当时睡眠不足，让我的头有点昏昏沉沉的。

当我精疲力竭沿着通道走回房间时，从一个打开的窗户传来海豚馆区兴奋的声音、如雷掌声和飞溅起来的水声。我好奇地探身窗外，下方是海豚馆区一个类似"后院"的场地，访客禁止入内。场地全部都被矮树篱、栅栏、围墙和树木遮蔽起来，甚至也遮住了从饭店往下探看的视线。即便如此，还是能看到小小的、照得通亮的、覆盖着泡沫的池子轮廓。在池子周围和里面有一些穿着潜水服的女人和男人，他们紧紧抓住什么东西。水花四溅，再一次"啪嚓"一声重重摔落的声音。一个男人手里拿着什么东西走了过来，注射器？镇静剂或麻醉剂？确定的是：下方蠕动着一只海豚，一再用尾鳍用力拍打。是恐慌还是疼痛？或许两者皆是！

当我往那里看时，突然感到深深的忧伤。这下面有一只聪明、感觉高度敏锐的海豚正在受苦。直到生命结束的那天，它都被拘留在一个沉闷窄小的混凝土笼子里——没有提前释放的机会。水里面含有化学物质，它被冷酷的手抓住，毫无抵抗的余地，而且极其孤单。可是，广袤的海洋却离它只有三百公尺远。

半个小时后，我再一次走到走廊上，这只可怜的海豚仍然一直拍打着尾鳍。再往前三十公尺，从小小的表演池传来其他海豚呼哧呼哧的呼吸声。在其他的早晨也是这样，它们总是在那里——因为它们没有办法离开，只能待在太地町——全世界几百个海豚机构之一。现在，在这一刻。

网络上海豚馆的列表很长，非常地长。我算了算，全世界有一百九十八个海豚机构（时间：二〇〇九年）——我很清楚，这份清单并不完整。除了没有被算进去的，还有军事和民间研究机构，或是那些饲养鼠海豚的水族馆。和其他国家相比日本的海豚馆清单是最长的，即使是以全国人口数来换算，也是一样。日本有广大的国内市场，可以销售大部分来自太地町的野生海豚。光是日本一地就可以列出三十六座海豚馆，而事实上这个数字应该是五十座左右。[1]

太地町在清单上就占了三席："太地町鲸类博物馆"、"世界海豚度假胜地"，以及"太地町海豚总部"。在海豚总部那一项，清单上加注了"海豚商人"的字样。即使人们既不会日本语，也看不懂日本文字：这三个机构的广告图画已说明了一切。戴着圣诞老公公帽子的海豚；轻推球、叼来塑料玩具和表演其他滑稽动作的海豚；孩子或女人（从来没有男人）和宽吻海豚畅泳，或面带微笑，愉快地抚摩宽吻海豚。[2]

欧洲、北美洲，以及加勒比海国家的海豚馆数量也很多。根据"保护

1　参见 http://en.wikipedia.org/wiki/List_of_dolphinariums。

2　参 见 www.dolphinbase.co.jp; http://wave.ap.teacup.com/rajya; www.dolphinresort.jp; www.town.taiji.wakayama.jp/hakubutukan/index.html。

海洋协会"、"鲸鱼和海豚保护协会德国分会"和"支持野生动物协会"的全面调查研究，欧洲现在拥有六十座海豚机构[1]，同样比维基百科清单上列出来的数量还多很多。十座——因而是最多的——海豚机构在西班牙。欧洲在一九六〇年时还没有半座海豚机构，如今已有六十座。墨西哥（二十一座），以及因为很差的饲养条件而臭名昭彰的加勒比海国家（二十座），情况看起来也很类似。不过，海豚馆和类似机构是从美国开始的。

鲸豚表演是怎么开始的

他的哲学是"愈大愈好"，典型美式风格。这个美国马戏团开路先锋对大多数人来说，素以"流氓、声名狼藉的说谎者和毫无廉耻心的骗子"著称；他是一个"在观众面前，尽最大努力秀出一连串巧妙又诡诈的欺骗行为的人；他由高处俯视台下，观众如同一大群傻子"。玛莉安·穆瑞（Marian Murray）在其著作《马戏团！》中如此写道。

这里说的"他"，指的是费尼尔司·泰勒·巴纳姆（Phineas Taylor Barnum）（1810–1891）。

十九世纪中期，位于纽约百老汇的"巴纳姆美国博物馆"（Barnum's American Museum）是这个城市里最能吸引观众的地方。"动物宝宝演出、狗狗演出、家禽和花卉展览、罕见动物、'被驯服的印地安人'——这些都属于博物馆的日常节目。"威廉·琼森（William Johnson）在《马戏团的魔法》（*Zauberder Manege*）一书中写道。[2]

1　资料来源：www.oceancare.org/de/pressecenter/2009/07/delfinarien.php。
2　德文翻译本。原文标题是：《*The Rose-Tinted Menagerie*》（《欢乐的动物园》）。

一八六〇年，巴纳姆是世界上第一个想要展示活鲸鱼的人。他亲自沿着圣劳伦斯河向上航行，购进两只白鲸（又称"贝鲁卡鲸"）之后，旅行七百英里，用火车将它们带回纽约，再将它们放进一个注入淡水的大容器里。当然，白鲸在几天内立即死亡。于是巴纳姆盖了一个正方形、七公尺乘以七公尺大的容器，将容器灌满海水，再将另外一对白鲸放进去。它们同样马上死去。巴纳姆不是那种会受"厄运"阻碍的人，所以他又设法弄到另外两只白鲸。这一次白鲸活得够久，可以将它们展示给观众观赏。之后，他又加进鲨鱼和海豚，扩大了水生动物的收集范围。[1]

　　之后直到一九一三年，才又看到鲸鱼被关起来饲养。纽约水族馆的馆长查尔斯·哈斯金斯·汤森（Charles Haskins Townsend），于一九一三年底让人从北卡罗来纳州运送五只宽吻海豚到纽约。一九一四年夏天，汤森写道：在水族馆十二年的历史中，从没有任何展览比这一次还成功。最后一只海豚于一九一五年因为肺炎而死；它"无论如何"也努力撑过了二十一个月被监禁的日子。

海豚的寿命

　　根 据 联 合 国 粮 食 及 农 业 组 织（Food and Agriculture Organization, FAO）的统计，在自然猎区生长的海豚可以活到三十多岁，被关起来饲养的海豚平均寿命为五点三岁。虽然这几年来在一些机构，海豚的寿命稍有延长，但总的来说生活条件是非常不同的。例如从一地迁移到另一地的表演节目，主要是在新兴工

---

[1]　资料来源：威廉·琼森：《马戏团的魔法？》。

业化国家，只提供海豚极其简陋的生活空间，海豚几乎无法活过一个或两个演出季——然而，这为时短暂的展示表演活动却足够让饲主的投资回本。

不过，还要再经过四分之一世纪，海豚才被训练来表演"特技"。一九三八年，佛罗里达海洋世界（Marineland of Florida）开幕，他们也饲养宽吻海豚。根据描述，他们可以说是偶然想到训练海豚的主意。据说，他们在海洋世界喂养海豚期间，海豚逐渐养成高高跳起的习惯，以接住投掷给它们的鱼。这个高高跳起的动作，成为真正吸引观众、海豚饲养员和馆长的精彩节目。

一九三九年，赛西尔·渥可（Cecil Walker）晚上值班，负责不同器材的保养。他观察到一只海豚将一根羽毛沿着水面推向他。他拿起羽毛，再把它丢回水里。让他感到惊奇的是，海豚马上把羽毛带回来给他。渥可开始以脚踏车内胎、球、石头和其他物品做实验。游戏的形态逐渐清晰，当其他的海豚也加入时，已让人联想到现代海豚馆表演的全部节目。

观光客千里迢迢来看"独一无二、名副其实、美妙的、受过训练的海豚"，学术权威也来造访佛罗里达海洋世界。瑞士著名的动物学家海尼·黑第格（Heini Hediger）一九五四年拜访了迈阿密之后，热烈地谈论"巨大的水池"，表示它们"有资格"不再被称为水族馆，而可以被称为"海洋馆"了。作家琼森对此反驳说，仅仅在一个这样的"庞大"水池里，就饲养了十一只海豚，实在是太多了。水池的直径只有二十二点五公尺——换句话说，没有比公共游泳池大多少，而且深度只有三点六公尺。

在一篇一九五二年发表的论文里，黑第格继续报告，当时有名的海狮驯养师阿道夫·福隆（Adolph Frohn）——瑞克之后也遇见过他——接受委托，教会生活在佛罗里达海洋世界"大规模设施"里的海豚表演特技，水池的直径大约八公尺，水深一公尺半。黑第格写道：在此，在这个特别的训练池里，福隆训练特别有天赋、被称为"飞力琵"（Flippy）的宽吻海豚。

"要是我们揣摩这篇学术论文字里行间的意思，可以看出学术思考和我们称为人类良知之间的抗争。"英国作家琼森对此评论。"飞力琵"不是鱼，黑第格写道："当它侧着身子，眨着一只眼睛，从半公尺内的距离和人对望的时候，人几乎得抑制自己想要提出它到底是不是动物的疑问。这个生物是如此的新、如此的陌生、如此的特殊，以至于人们宁可把它视为某个中了魔法的生物。那么在动物学家的脑袋里，也许就不会一再出现和枯燥的学名（例如'宽吻海豚'［Tursiopstruncatus］）有关的客观联想，这些联想在这个奇妙的时刻可以说很令人尴尬。"

"同样的矛盾，发生在理性和感性之间的冲突；这教人害怕、神秘的亲缘关系感，一些海豚驯养师、学者和一些观察海豚的孩子也都感觉到了。"琼森继续写道，"灵敏的感觉或直觉通常被看作是对理智的威胁，以至于它们不是被忽视、压制，就是被蹂躏，这对人类来说很可惜，对海豚来说更是，对世界来说也一样。"

"由于池子如此浅，"琼森的书继续引用黑第格的话语，"海豚没有足够的保护，受到夏日艳阳炙晒，产生晒痕，主要是在灰色、柔软、像塑料般皮肤的白色部分上所呈现的一片通红。"不过针对这种展示形式，这位学者看来没有找到其他有伤道德的观点。

上世纪六十年代，世界知名的《飞宝》电影，和取得举世瞩目的同名电视剧——瑞克在幕后训练"飞宝"海豚——促使海豚馆产业最终获得国际性成功。一开始反对的声音很微弱,而且海豚馆很早就以诸如"环境教育"或——很讽刺地——"动物与物种保护"这类理由做好万全准备:亲身接触被监禁豢养的海豚,人们将来很可能会投身保护物种的行动。

再者,海豚馆喜欢装作是为了保护海豚、使海豚在危险的海域里免遭厄运,而将海豚圈养起来。它们努力塑造海豚和人类之间古老又神秘的连结,"游乐园"呈现"对'可爱的'迪斯尼乐园、商业梦工厂持有的庸俗幻想。海豚必须为梦工厂效劳,它们填满一个产业部门叮叮当当响的收款机,满足人追求消遣娱乐永不知足的渴望"。琼森继续写道。

使人迷惑不解的数据

总而言之,据估计,直到上世纪八十年代末期,全世界至少有两千七百只宽吻海豚因为豢养的需求而被捕抓。不过根据国际捕鲸委员会的资料(时间:上世纪九十年代初期),人们也知道到那时为止,还有其他四千五百只齿鲸被捕捉。然而这些数据都很让人困惑不解,特别是上世纪六十年代至七十年代这段时间的书籍所记载的数据并不精确。此外,这些数字没有提到非法猎捕的海豚。

如果观测今天全世界的游乐园、动物园、马戏团、所谓的治疗机构与研究协会里的海豚数目,毫无疑问,海豚的聪明、温厚和游戏方面的幽默感,对人所形成的吸引力并没有减少。不过，对于人类和海豚之间历史悠久的亲密情谊"想象"，实际上已经不再和这个吸引力有关联。虽然海豚和人类成为朋友、海豚和孩子一起玩耍，或者海豚保护游泳者免受鲨鱼吞食之类的故事还时有所闻。"可是，这些故事通常被海豚遭受渔夫屠杀的可怕报道给遮蔽了。"琼森写道。

此外，还有前面已经提到的：价值好几百万美元的海豚猎捕产业。琼森也很明白，这个产业的运作方式是个机密，"主要是因为只有大众相信，海豚尽管被关禁起来还是快活的，他们才能继续剥削海豚"。

然而，有大量证据说明情况正好相反，海豚并不快乐！即便如此，这个幻想仍然被这个产业的广告专家持续维持着。在很多分散在世界各海域的海豚种类之中，宽吻海豚是可以活过最长监禁期的海豚。宽吻海豚的嘴以特别的方式往上翘，以至于人们脑海中总是有"海豚在微笑"的印象。这对饲主来说，是个利好。

海豚馆产业的缄默，当然也和捕捉海豚有关。"猎捕海豚，对一些海豚来说常常意味着死亡。"琼森如此写道，"这个'损失'，商人如此委婉称呼捕抓过程中海豚遭受伤残的事实，有时候甚至会超过一半，其中包括怀孕的雌海豚和还在哺乳期的小海豚。在捕捉过程中幸存下来的海豚，必须接着忍受可怕的运送过程，这过程常常造成更多的死亡。

"海豚一般被放在铝箱或木箱里那个挂在系带上、装满水的担架上运送，以稍微保护海豚极重要的器官；人一把海豚从它自然的、被浮力支撑的海洋生活空间中搬出来，海豚的器官便特别容易受损。如果把担架向上捆扎，担架也可以变成让海豚陷入恐慌的'拘束衫'，之后人类常常给海豚喂食精神安定剂'烦宁'（Valium），安抚它们的情绪。"

反对声浪萌芽

愈来愈大的批判声浪中，最初发声的当然是瑞察·欧贝瑞。他从一九七〇年起，已开始反对海豚馆产业。稍后，以前担任鲸鱼和海豚驯养师的英国人道格·卡礼基（Doug Cartlidge）也成为最激烈且最坦率的海豚产业批判者之一。和瑞克相似，卡礼基有一段沉痛的关键经历，促使他永远放弃海豚驯养师的工作，这段经历是发生在他去澳洲大堡礁近海捕捉一只海豚时。

"我们想要把三只刚抓到的海豚带到陆地上来。"卡礼基回忆道，"不过，第一只体型太过庞大不适合表演。第二只身体上布满了疤痕，也许是鲨鱼的杰作，所以我们把这两只海豚扔到船外。可是第三只很完美，它是一只雌海豚，六英尺长，皮肤美丽纯净。我们心里很清楚：这一只我们要留下来，然后我们准备回航。然而那两只刚刚被扔回水里的海豚，还一直在距离我们不远的地方游泳，目送着我们。突然间，我觉得自己是有罪的。我意识到：我们抓了它们的孩子。海豚爸妈跟随着我们，直到我们到达主船。我很想哭，它们是怎么注视着我的啊！它们侧着身子，用一只伸出水面的眼睛往上看着我们。"

卡礼基说，就是这次特殊的心灵冲击，没有其他的，让他决定反对这个产业、走向群众。

"这不是个抗争运动。"他坚持地说，"我只能发表有关这个产业哪里不好的信息，直到大众自己看到弊病。如果大众能够看到这些，那么那两只远在太平洋、失去孩子的海豚父母，也许能稍稍得到安慰了。"[1]

瑞士教授乔治欧·皮雷瑞（Giorgio Pilleri），同时是鲸鱼专家与伯尔尼

1　资料来源：《欢乐的动物园》。

大学的前系主任，对此表示："海豚在自然生活空间里，是非常合群的生物，并且具有一套完善的社会结构。海豚会顶住受伤或生病的同类，让它们浮在水面上，以及留在它们的附近，直到它们觉得好多了。这社会团体里的一些成员，甚至会成为真正的助产士。"因此，夺走它们之中的成员，破坏那样的团体，是一件"极度残忍"的事情。

皮雷瑞如此强调说明，并表示："海豚馆产业没有考虑过这些事。它们把海豚变成一个迪斯尼角色，一只经常微笑、开心和欢乐的海豚，人们称它为'飞宝'。不过'飞宝'不是海豚，就像'米老鼠'不是老鼠一样。"

一九八三年，皮雷瑞的一份报告将海豚产业卷入一场国际论战。在他的《鲸目调查》（*Investigations on Cetacea*）第十五册中，皮雷瑞得出这样的结论："不管人们作出什么样的努力，关禁豢养海洋哺乳类动物将会一直带来问题，因为将习惯广袤海洋的生物饲养在狭小的环境里，本身就是一个矛盾。"琼森也认为，没有比把海豚监禁起来更不自然的事了："每一只海豚从被捕捉的那一刻起，就必须借助人工维他命、琳琅满目的抗生素、杀真菌的药剂及荷尔蒙，不自然地被饲养成'无忧无虑'的样子，我们可以知道这是一件多么违反自然的事情。"

另外一个很少被注意到的压力来源，但对海豚的免疫系统有极大损害的，是恒常存在的噪音。海豚对噪音特别敏感。琼森继续批评："压滤器、迪斯科音乐、池子的混凝土结构强烈传送噪音，海豚得忍受噪音带来的持续性痛苦。"不过，琼森将"无聊"作为被拘禁海豚的死敌：作为"活动治疗"，驯养师无疑帮助海豚转移生活在混凝土监狱里的沉闷无聊。"但是，假装海豚好像很享受训练和演出这一类无意义的例行公事，就像声称犯人享受一天两次出去放风一样虚伪。"

皮雷瑞补充："把习惯大海无穷无尽的美丽，而且常常游很远的海豚囚进极小的容器里，对海豚来说，没有比这更大的折磨了。"在海洋里，环境是多维的，他解释说："海洋里充满了有趣的动物、植物和风光。"与之相反，在池子里什么"都没有"。

所有这些引起"根本性神经错乱和神经官能症的行为，可以和人类单独监禁中表现出来的行为相提并论"。教授补充，因为海豚必须持续表演带有自我贬抑意味的把戏，也造成更多恶化的症状，"包括丧失沟通能力、绝望、自杀行为，以及不自然、因为狭隘环境而增强的攻击性"。

早在上世纪七十年代，法国海洋研究者雅克—伊夫·库斯托（Jacques-Yves Cousteau）在观察到他捕捉的海豚自杀之后，就作出类似的结论。那些为了科学研究目的而被豢养的海豚以头撞击池子的边缘，直到死去。震惊的库斯托最后建议，人类不应该将海豚移出它们的自然环境："生活在池子里的海豚，所有感知能力变得混乱；对如此敏感的动物来说，会更进一步造成心理失衡与行为的改变。除此之外，由于海豚社会结构遭受破坏，也会引发海豚的心理危机。"

皮雷瑞独特的发现之一是，被拘禁豢养的鲸目动物，随着被圈养的时间变长，它们不再发出用来沟通和定位的声呐音波。他表示，一如其他被抓来饲养的野生动物，人们也发现海豚的大脑缩小了40%。

其实这并不令人惊讶，海豚不再需要回声定位，因为它们有死鱼可吃，不再需要捕鱼了。再者，冰冷又单调的平滑混凝土墙将发送出来的高频声波反射回去，使海豚迷失方向，陷入惊恐不安。"假如海豚在池子里使用声呐触觉，它们的感觉也许就会像是人们置身在无限镜室里一样。""鲸鱼和海豚保护协会德国分会"的鲸鱼暨海豚专家尼可拉斯·恩图波（Nicolas

Entrup）如此表示。

可是，琼森认为这些发现对立法的可能影响是很微小的："不只因为经济利益通常凌驾于伦理之上，也因为很多具有影响力的学者，将他们整个研究海洋哺乳动物的生涯，归功于可以探索被拘禁的海豚呈现错乱状态的实况。"

在海豚馆产业形成之前有好几年的时间，商人能够不受限制地从事获取暴利的交易，但自从上世纪七十年代初期起，西半球开始通过一连串规范捕鲸的国家法规和国际法规。

从一九七三年开始，美国人只有得到美国政府的批准才能猎捕海豚，而且得到批准是很难的事。除此之外，从那时起，饲养海豚必须符合最低限度要求；海豚大部分的疾病、死亡、出生和金融交易都被记录和存底。这条法律果真导致一些极不道德的海豚"黄牛"消失。其他企业则利用国际法的漏洞和典型、纷乱的官僚制度（有部分通过发展中国家的贪官污吏，或许也通过和东欧海豚馆的商业关系），以谋取私利。

不过，鉴于全世界一直还在增加的海豚馆数目，可以断定，这些法律没有产生多大的效用。琼森甚至认为，这些规定"看来与其说是对海豚有利，不如说是对海豚饲主有利"。这是因为，海豚基本上被视为"私人财产"——有时候甚至只被当作"日用品"；而且，立法没有禁止将海豚转卖到欧洲和美国之外的游乐园。"有时海豚被卖到第三世界的企业，它们的设备是如此简陋，以至于出口许可实际上是一张死亡保证书。"[1]

再者，立法把海豚简化为单纯的数字和统计资料。作者琼森认为："系统性地取消身份，是每一间监狱、兵营、集中营或俘虏收容营的特征。"撒

1　资料来源：《马戏团的魔法？》。

开额外的支出不看——大一点的池子、更好的兽医照护，或是"教育辅助工具"[1]——国际海豚交易无论如何还是可以一直"展望相当有保障和有利的未来"。[2]

世界动物园协会能够做些什么

然而，在太地町鲸类博物馆和海豚馆做了这么多恶劣勾当之后，它们至少得开始担忧自己的未来了。这是瑞克的看法。瑞克应"保护海洋协会"的邀请前往瑞士，希望在伯尔尼更进一步推动拯救海豚的抗争行动。将日本沿海的海豚大屠杀，和内陆国家瑞士的首都连结在一起的方式如下：据瑞克的了解，太地町鲸类博物馆不只是全世界交易活海豚产业最大的商人和转运中心，同时也是日本动物园暨水族馆协会（Japanese Association of Zoos and Aquaria, JAZA）的一员。而日本动物园暨水族馆协会是世界动物园暨水族馆协会（World Association of Zoos and Aquaria, WAZA）的成员，这个世界协会的所在地位于伯尔尼。

世界动物园暨水族馆协会是一个强大的联合会，在全世界差不多有一千三百个会员。根据世界动物园暨水族馆协会的报告，每年总计有六亿以上的人次拜访这个协会的设施。这是一个具有严格的、书面规定的道德行为准则的组织。例如："世界动物园暨水族馆协会反对不好好对待，或残酷折磨任何动物。"

更具体地说：世界动物园暨水族馆协会站在"反对以残暴且盲目的方法

1　瑞士的"康妮乐园"（Connyland）海豚馆是个"好"例子。
2　资料来源：《马戏团的魔法？》。

捕抓野生动物"的立场。此外，其道德准则中记录着："世界动物园暨水族
馆协会与其会员，应当在它们的权利范围内竭尽全力，致力于让饲养条件不
充足的动物园和水族馆获得改善，达到可以接受的水平。倘若那些动物园和
水族馆找不到资金，或是没有改善的意愿，世界动物园暨水族馆协会主张将
之关闭。"

因此对瑞克来说，事件马上变得很清楚："太地町鲸类博物馆和海豚馆
作为带动者，必须对太地町猎捕海豚一事负责，也就是说对残暴且盲目地捕
抓野生动物负责，正如同世界动物园暨水族馆协会所明确谴责的。再加上太
地町海豚馆里的海豚豢养环境绝对是一场大灾难，双重严重违反世界动物园
暨水族馆协会的道德法令。所以，对瑞克这个海豚保育人士来说，世界动物
园暨水族馆协会唯有使太地町鲸类博物馆马上关闭，或者是把它从协会开除，
才是完全合乎逻辑的。

不过，出乎意料的是，瑞克的这些看法对世界动物园协会的格哈尔特·迪
克（Gerald Dick）来说不是可以讨论的主题。这位世界动物园暨水族馆协会
的会长证实了我的询问："太地町鲸鱼暨海豚博物馆是日本动物园暨水族馆
协会的成员，并且卷入所谓的海豚围猎行动。"他强调："世界动物园暨水族
馆协会强烈谴责海豚大屠杀，以及在日本近海进行的海豚围猎方法。"但这
位官员表示：可是我们也必须明确指出，根据日本法，这样的进行方式是合
法的，而且太地町博物馆本身并不是世界动物园暨水族馆协会的成员。"换
句话说，这个情况只能在日本境内，并且以政治方式来加以改变。"

瑞克完全无法理解这样的立场："那么，世界动物园暨水族馆协会正应
该把整个日本协会开除。日本动物园暨水族馆协会属于世界动物园协会，却
做出违反世界动物园暨水族馆协会法令的行为，可以说是已不符合世界动物

园暨水族馆协会的要求。"然而，当瑞克带着这件他深为关切的事情，亲自来到位于伯尔尼的世界动物园协会小门按铃时，没有人应门。

世界动物园暨水族馆协会的会长拥护另一个立场。他承认，虽然对日本动物园暨水族馆协会容忍它的会员有那样的行为感到遗憾，"但对我们来说，开除日本动物园暨水族馆协会是不可能的。第一、若是真如此做，我们再也不能施加间接的正面影响力。第二、开除日本动物园暨水族馆协会，涉及到非常多和在太地町发生的事完全无关的机构。我们尽力和日本动物园暨水族馆协会对话，而不是开除它，这样我们才能办成更多事情"。

瑞克很失望。"假若一个协会不监督与贯彻自己的规则，那我们到底为什么还需要它？此外，道德行为准则是被直接会员所违反，亦或只是被间接会员违反，根本无关紧要。"瑞克有种怀疑："这主要是和世界协会可能失去的收入有关，假如它将日本协会和它那大约一百五十个会员开除的话。"

尽管如此，我们还是可以相信，瑞克向各种不同组织不屈不挠的公共宣传，影响了世界动物园协会。早在二〇〇五年十月，世界动物园暨水族馆协会发表了以下的声明："世界动物园暨水族馆协会的会员不购买以围猎方式捕抓的海豚。世界动物园暨水族馆协会提醒它的会员，必须遵守协会关于道德与海豚身心健康的法令，并且必须保证不购进以残忍方法捕捉到的海豚。"

在二〇〇四年十一月于台北召开的世界动物园暨水族馆协会的年会中通过的一项决议，清楚地载明，用一种名为"围猎捕鱼"的方法来捕抓海豚，都属于这类不能被接受的猎捕方式。世界动物园暨水族馆协会也呼吁那些不是协会会员的水族馆和海豚馆，放弃购买用围猎方式所捕捉的海豚。

二〇〇八年十月，世界动物园暨水族馆协会在澳大利亚的阿得雷德（Adelaide）召开年会并再次宣布："讨论诸如在太地町和其他日本城镇发生的事情"（引自格哈尔特·迪克）。可是他们得出来的结果却对大众隐瞒，在这期间，世界动物园暨水族馆协会的会长谈到了"进步"。二〇〇九年夏天，他对我说明，从去年开始"已举行了几次讨论会，世界动物园暨水族馆协会和日本协会的代表仍在继续商讨太地町事件"。

迪克的观点是，"围猎"方法是"取得肉品的一种捕鱼法"。这些海豚中的一小部分，之后也会活生生地为水族馆使用。"也就是说，行动的主要动机是取得鱼肉，而这和水族馆一点关系也没有。"他如此声称，关于这一点，还有其他的方面是十分重要的："例如从健康的角度来看，海豚肉的含毒量极高。还有在日本，有关部门确定每年官方且合法猎捕鲸鱼和小型鲸鱼的配额之事实。"当然也应当考虑到整个文化政治环境。

"一些海豚，在一定程度上作为附加的捕获物，在海豚馆里可以派上用场；而且，把'海豚肉作为食物'和'给水族馆的海豚'这两个动机混为一谈是极其不利的。"迪克继续表示。世界动物园暨水族馆协会试着在它的影响范围内，强调作为国际标准的"道德法令"。世界上也有运作相当好的饲养海豚计划，例如在美国。"日本水族馆也必须更加密切注意这样的事情。"

我用电子邮件将一张我在太地町海豚馆拍摄的照片寄给迪克，请他作评论。照片上有三只点斑海豚，它们必须在一个不到六公尺长、二点五公尺宽、一点五公尺深的小小池子里苦度一生。

这位世界动物园暨水族馆协会会长的答复是："您作为记者当然很清楚，照片可以骗人。因此，单单根据一张照片来发表看法，是不够严谨的。不过，大家都很清楚，不可以将海豚豢养在一个浴盆里！"

在太地町鲸鱼博物馆里，海洋哺乳动物展现出超可爱的模样。

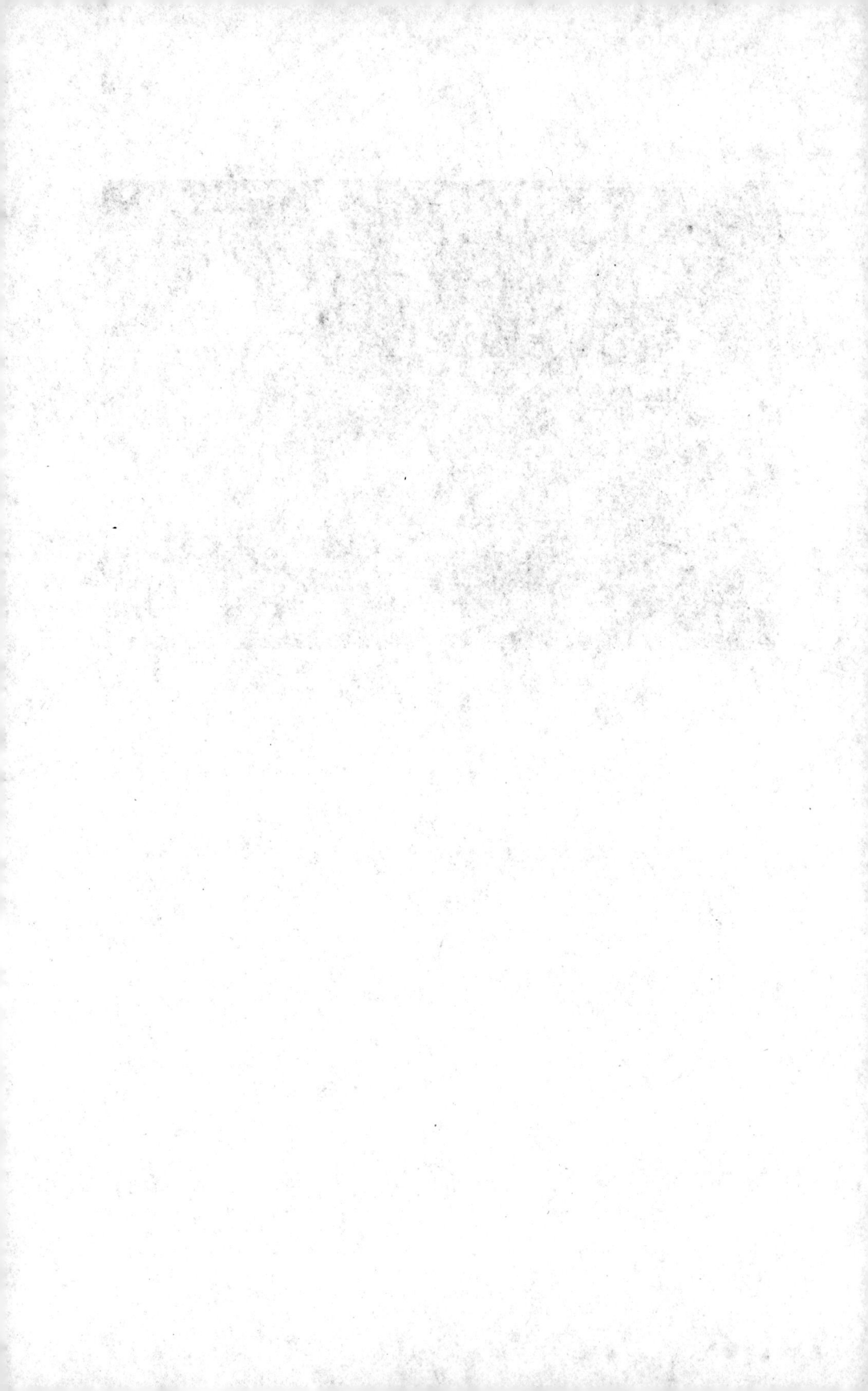

第四章

从《飞宝》驯养师到海豚援救者

　　"鲨鱼！"两个寻宝潜水员凄惨地喊叫，声音令人毛骨悚然。瑞克马上停船掉头，只见到处都是背鳍在海面上破浪前行，蛙人疯狂地踢着脚蹼。瑞克跑到船尾，把两位同伴拉进船里。他们都已上气不接下气、怕得不得了。不过，似乎有什么东西不对劲……瑞克戴上潜水面镜，将头伸进水底：这不是鲨鱼，而是海豚！举目所见皆是。他欢呼一声跳进水里，而且它们没有游走！

　　瑞克朝上看船里的阿尔特·麦基[1]（Art McKee）；不过阿尔特忧心忡忡地抬头看这时已临近的暴风云。"你自己瞧瞧！"瑞克迎着风大喊、双手举高，好似要证明他不是开玩笑的。"妙极了，阿尔特！我还从来没有经历过这样的事！从来没有！"阿尔特对同伴的满腔热情毫无反应："我们必须离开！"他指了指天空，马达开始启动，隆隆作响。瑞克百般不情愿地上了船。可是，他的世界已大不相同了："从那一天起，再次和野生海豚一起游泳，成了我的梦想。"

海军和寻宝潜水员

　　"潜水是我的生命。"瑞克说，"在水里生活，观察鱼，还有海豚。"

　　早在瑞克还是个孩子的时候，他就强烈地被海洋吸引。他的父母亲在迈阿密的比斯坎湾（Biscayne Bay）经营一家餐厅，所以他可以每天在沙滩上玩耍。就他记忆所及，海豚是他生命中的一部分。在他还是个小男孩时，每当野生的宽吻海豚从离沙滩很近的地方游过，有时候还一整群一整群的出现时，他惊叹不已地观察海豚的背鳍如何划破水面。那时妈妈一再告诉

1　阿尔特·麦基：有名的美国寻宝潜水员。上世纪六十年代初期，瑞克为他工作。

他这些故事：飞机驾驶员带着降落伞，从损坏的战机往下跳之后，无助地在海上漂流。然而，它们来了……海豚！并且推着那些男人，直到他们抵达获救的海岸。

"这些故事深深地铭刻在我的心里。"瑞克说，"我从没听说过其他的野生动物会拯救人的生命——这是真正的利他主义。"

一九四五年的夏天，当时瑞克才五岁，玩耍时在沙子里发现一张美元钞票。这在当时可是一大笔钱，而且是第一笔属于他的钱。"看，我有什么！"他边对他的哥哥杰克说，边欢欣鼓舞地挥动着纸钞。然后，小男孩跑了整条街到运动商品店，买了一副蛙镜，这是当时最新的款式。小男孩马上跑回沙滩，戴上蛙镜，将头伸进水里到处看。真是令人心醉神迷啊！"看见另一个世界，美不胜收，十分安静，一如在梦中。——而且这个世界属于我。"渐渐地，瑞克得到他第一套潜水装备的仅缺物件：脚蹼和一根呼吸管。

他以潜水员作为真正的事业，是从美国海军陆战队开始。一九五五年，他自愿服兵役。"我当时十六岁，不过看起来比实际年龄年轻。我想要去'水下破坏小组'，但是要加入得年满二十一岁才行。所以我决定自己教自己潜水。"瑞克的役期开始于航空母舰，然后他有一年的时间在弗吉尼亚州的海军陆战队单姆内克（Dam Neck）基地驻扎。五年服役期限的最后一年，他在地中海的驱逐舰"福尔斯号"（U. S. S. FURSE）上度过。

"直到在'福尔斯号'上，我才开始真正潜水。"当瑞克在船下其中一个舱层刮漆的时候，发现了一顶"杰克·布朗式"（Jack-Brown）潜水头罩，配备二十公尺长、提供恒定空气供给的管子。这个年轻的水兵马上请人将"美国潜水手册"寄来，开始在空闲时间研读手册，直到几乎全部背起来。"这是我的《圣经》。之后我和一些其他的同伴在意大利、摩纳哥、法国、直布罗陀的沿海地区、亚速尔群岛、西班牙和古巴的近海潜水。"

　　瑞克的潜水才能让他成为广受欢迎的人物：瑞克在马略卡岛近海，在艰难的条件下打捞一个掉到船外的船位灯；在意大利的拉斯佩齐亚（La Spezia），于十七公尺深的地方将船尾推进器从一面网子解开；在意大利的萨丁尼亚岛近海，在水下八公尺深的地方修理声呐仪器；在法国圣拉斐尔，在四十公尺深的地方教授水肺潜水；以及在西班牙的波兰西亚海湾（Pollencia-Bucht）和摩纳哥近海，在二十五公尺深的地方打捞掉到船外的装备物品。

　　在表扬瑞克的功绩中如此写道："……从个人对潜水的兴趣出发，自告奋勇承担任务……"瑞克回想起当年，笑了出来："个人兴趣？这实在是太过轻描淡写了——我可是为潜水疯狂！"

　　一九六〇年夏天，瑞克的服役期结束，他回到美国。他不知道现在该做什么，最后打电话给家人的一位老朋友：阿尔特·麦基，一个瑞克在孩提时期视为偶像的男人、潜水员和寻宝者。阿尔特有工作给这位年轻的退役军人。"清除飓风后的残骸，似乎不是个特别有前途的开始。不过我热爱海洋，在这一方面很内行。"

　　于是，瑞克和这位有名的寻宝潜水员肩并肩工作，也理所当然地跟着满脑子淘金热："没有像阿尔特那样严重，但是一样真实。我完全没有办法想到其他的事。"那是一段充满不安感的生命时期，做着徒劳无功的粗重工作是家常便饭。"寻宝潜水是一个常态性的紧急情况。在我的一生当中，我从来没有如此辛苦地工作，却赚那么少的钱。"

瑞克，猎捕海豚的人

　　当瑞克有结婚打算时，他开始寻找一份有固定收入的工作。因此阿尔特把这个有本事的年轻人介绍给一位老朋友，迈阿密海洋馆（Miami Seaquarium）的威廉·格雷（William B. Gray）船长。瑞克马上可以担任潜水员的工作。"早在我第一次踏进迈阿密海洋馆时，我就希望将来能在那里工作。"当时是一九五五年的圣诞假期，瑞克还是个水兵，他第一次上岸度假，和母亲及两个兄弟一起造访海洋馆。

　　"这次让我永生难忘，我看到戴着'米勒·顿'（Miller-Dunn）全罩式潜水头盔的潜水员——缓慢得如同在一场梦境里——在池子底部走来走去，喂食巨大、危险、带有异国色彩的鱼类。那一瞬间我知道：'就是这个！'从那一刻起，我的眼前有了一个清楚的目标。"当瑞克几年之后真的在海洋馆工作时，"从事极感兴趣的工作，还有薪水领"这个想法一再让他觉得很有趣。

　　不过，这个二十一岁的潜水员一开始是属于迈阿密海洋馆"猎集小组"。"我们的远征负责提供这二十六个围绕海洋馆的池子和可以容纳九十万升水量的暗礁展示缸里的海洋生物。展示池、暗礁展示缸，应该是巴哈马暗礁的真实写照，许多在里面生活的物种也包括在内。暗礁展示缸内装有好几十种热带鱼种，更确切地说，装有好几千条鱼。除此之外，我们的捕获物被运往全世界其他的大型海洋馆。"

　　这条名叫"海洋馆"的捕鱼船有一个十八公尺长的钢铁船体。这艘运输工具的特别之处在位于船尾的大容器。大容器大约七公尺长、二点五公尺宽和一公尺深，功用是装载活鱼。

"非常大的鱼，例如大鲨鱼，甚至连小鲸鱼也装得进去。"瑞克回忆说："若是捕到较小的鱼种，我们可以用滑动墙板把贮水槽缩小。"

有时候远征捕鱼只持续一天，不过有时候也长达一个月。"用渔网的话，我们会捕抓绿蠵龟、大海鲈、海牛、笛鲷、颌针鱼、海鳝或海马。至于大型肉食鱼类和鲨鱼，我们就放置钓鱼线。"大型的金属网捕鱼笼也可以用来捕鱼；鱼被钓饵吸引，会通过一个指向内部、呈漏斗形状的开口游到里面去，但是找不到出来的路。至于小一点的鱼种，可以使用一种细网眼的渔网。

当他们在找寻一个特殊的物种时，瑞克就随身携带一个有透明塑料针筒的大注射器。"我游到想捕捉的鱼类藏匿处，握住塑料针筒，将喷嘴置于上方，然后把这些不幸的生物直接吸进注射器里。"瑞克有时携带氨，氨在水里的作用有如刺激性气体。"当我找到一个有趣的藏匿处时，我喷一些氨进去，所有的动物马上四处逃窜，直接进入我的网子里。"[1]

很多被抓到的鱼类死亡。瑞克估计，只有十分之一的鱼最后能幸存下来："我们在巴哈马捕抓到一千只鱼，大约四百五十只在归程中已经死去，剩下的五百五十只进入海洋馆的水族箱里。在那里，大部分的鱼在一个礼拜内陆续死去，最后剩下差不多一百只，它们挺住了所有的劳累，活了下来。"

直到今天，瑞克还在思索，可以将这个死亡数字降低到何种程度，因为也许十分之一的存活率"仍然是一个相当好的结果"："让遭受关禁豢养

1　今天很多捕鱼的潜水员将氰化盐（Cyanide）或其他毒物喷射进珊瑚礁，使鱼昏迷，而从它们的藏匿处漂出来。可是氰化盐也将一半的鱼杀死，很多其他的鱼因氰化盐中毒而死亡。此外，毒物会杀死鱼类生活其间的珊瑚。（根据"善待动物组织"［People for the Ethical Treatment of Animals, PETA, www.peta.de］和"支持野生动物协会"［www.prowildlife.de］的资料。）

的野生鱼类活着，是一件极为困难的事，尤其是咸水鱼，极端敏感，光是被捕捉的压力就能杀死它们，在它们生活空间里的最小改变也会使其致死。"[1] 瑞克早就意识到，从动物和物种保育的观点来看，捕抓野生的热带鱼也能发展成多么可怕的产业，而瑞克参与了这个产业的开端。[2]

作为"海洋馆"捕鱼船上的潜水员，捕抓海豚也属于瑞克的职责。"一个让人挥汗如雨的苦差事，不断地撒网再收网。通常我们捕捉年轻的雌海豚，皮肤仍然完美无瑕、不太具有攻击性，而且因为年轻，比较容易训练。除此之外，理论上来说，它们有能够繁殖的优点。"在猎捕海豚时，瑞克很少空手而归。在一般情况下，每一次出海，小组就能捕获四至五只海豚，有一次甚至捉到十只。"当海豚惊慌失措，像疯了般地胡乱拍打时，我们试着防止它们互相伤害。毕竟它们很珍贵，而且受过训练的海豚如苏西（Susie）或卡西（Cathy）[3] 是无价的。"

捕获一只海豚是一件非常特别的事，如今已成为海豚保育人士的瑞克继续叙述："因为海豚是唯一会自己探访船只，并在船只前行激起的波浪里乘风破浪的动物。"迈阿密附近比斯坎湾里的猎捕者利用海豚这种行为捕捉它们。当他们看到一群海豚时，就驾驶着猎船驶向海豚，海豚随即来到船

1 节录自瑞察·欧贝瑞的书《海豚微笑的背后》（*Behind the Dolphin Smile*）里的描述。
2 如今每年有大约十五亿只的水族馆鱼类被送往世界。野生捕获物的部分估计占百分之十至三十。换句话说，年复一年地，一直还有几千亿的野生鱼类被捕捉，并送往水族馆。咸水鱼的野生捕抓比率特别地高。（资料来源：www.beobachter.ch。）
3 卡西和苏西是最常在同名电视剧《飞宝》里扮演"飞宝"一角的两只海豚。瑞克亲手捕抓和训练它们。参阅本章后面的部分。

只前行所激起的波浪里。"也许只是因为有趣，也或者是为了节省体力，当船差不多向它们的迁徙方向行驶时。"不过，猎船移动激起的波浪成为它们的陷阱。

瑞克描述"猎集小组"使用的典型捕鱼方法。"我们用尼龙做的捕鱼网大约有一英里长、七公尺深，上面边缘的软木塞和下面的铅锤能让这面海豚网垂直地在水里漂浮。"网子的一端被固定在母船上，其余的部分在船尾被细心地摞起来。"我带着网子的另一端登上小艇，格雷船长密切注意在船头波浪上头嬉戏的海豚，他对我比了一个手势——一个劈开的手势——我启航驶出。就这样拖着渔网围着"海洋馆"捕鱼船绕了一大圈，同一时间"海洋馆"慢慢地画出一个大弧线，进入我放置的渔网圈。"

当围绕一群海豚的网子愈收愈紧时，海豚意识到危险，它们大多迷惘而且惊慌失措地到处游窜。"它们当然试着借助声呐音定位网子与其他的海豚所造成的混乱。它们碰到网子时，开始狂乱地拍击、来来回回地蠕动。这样的压力，对平均十只海豚中的一只来说是致命的。它们缠结在水下的网子里、溺死了。我当然试着防止这样的事情发生：每当我看到这样的情况，就将海豚拉到我这里来，以解开网子；或是跳进水里解救它们——即使我得把网子剪开。不过，有时候我来得太晚。"

卡罗来纳雪球（Carolina Snowball）

当迈阿密海洋馆"猎集小组"捕抓一只白化症宽吻海豚时，瑞克才刚来小组没多久。在南卡罗来纳州海岸前的捕抓行动，当时已挑起当地人的大规模抗争。但他们这群猎捕人不为所动，毕竟名利双收的前景实在是太吸引人了。"我们是全世界最顶尖的海豚猎捕者，"瑞克认为，"并且以此为荣。不过这只白化症海豚很机灵。它知道所有的绝招，每次都很幸运地逃脱。"然而有一天，这只有名的海豚还是落入猎捕人的网子里。

这只雪白的雌海豚被命名为"卡罗来纳雪球"，数十万人来看这新奇之物。但是它不是非常好学，"尽管它拒绝让人训练它——我因此私底下很欣赏它——'卡罗来纳雪球'仍然是迈阿密海洋馆的明星。"瑞克说。

"然而有一天它开始完全没头没脑地到处游，而且让游客惊骇的是，它会猛烈地撞击透明玻璃墙，发出一声可怕的沉闷声响。不久以后，它就死了。兽医在解剖时发现一大堆毛病。它有一颗网球般大小的胃肿瘤，外加肝硬化、肺气肿，在不同的器官里有囊肿，肌肉里面有寄生虫。"[1]

猎捕小组不感兴趣的海豚——雄海豚、年纪较大的雌海豚或身上有鲨鱼啮咬疤痕的海豚——都会被再次释放。尽管如此，猎捕小组在迈阿密近海仍捕获"非常多的海豚"，如瑞克自己说的："由于我们主要捕抓最多每年生育一次幼仔的雌海豚，在一定程度上是自作自受，因为我们其实是在有系统地减少自己所依赖的补给品。不过只要自己过得好，谁会开始想到未来的事？海豚的供应似乎是取之不尽的！假如我当时确实花费精神思索这整件事，我可能会得到的结论是：这是神的安排，而这是个毫无疑问的结论。"[2]

1　节录自瑞察·欧贝瑞的书《海豚的微笑》（*Das Lächeln des Delphins*）里的描述。
2　节录自瑞察·欧贝瑞的书《海豚微笑的背后》里的描述。

飞宝，家喻户晓的海豚明星

"您有兴趣也做水底表演吗？"迈阿密海洋馆的格雷船长约瑞克进办公室时问他。对这位鱼类与海豚捕捉者来说，问题来得完全出人意料之外——这是一个礼物！"通常我都试着不让人察觉我的感觉。"瑞克说，"但是那时我忍不住违反我的意志咧嘴而笑，格雷也咧嘴对着我笑回来。"

从在捕鱼船上的工作转换到水底表演，对瑞克来说意味着巨大的改变："这差别就如同白天和黑夜，如同工作和游戏。在捕鱼船上是在做苦工；相反地，喂食海洋动物是游戏。"瑞克穿着工作服——完全不引人注意地——从潜水员旁边走过。观察他们已有一段够长的时间了，他们看起来真时髦：潜水头盔、黑色的潜水服、佩带在小腿旁的潜水刀——如同在电影中一样。"女孩子们也注意到这些，而我看到她们注意到这些。这些马戏团潜水员有一些不真实的特点，他们轻轻滑过主要展示缸的底部，宛如在梦境中一样。"在他们抚摸和喂食异国鱼类的同时，广播员响亮的声音对着入迷的观众解释他们的每一个动作。"现在，各位女士、各位先生，请您注意……"

瑞克担任水底表演的潜水员还不算很久，也成为海洋馆当时的海豚驯养师杰米·克莱（Jimmy Kline）的助手。瑞克主持的第一场海豚表演铭刻在他的回忆里，永生难忘："你可不要紧张喔？"克莱问他，一点笑容也没有。"不会。"瑞克说谎了。人群坐在那里，翘首以盼，海豚在试跳——表演可以开始了。"去吧，换你了！"克莱大声告诉瑞克。

"当我在主要表演池上方、那船首型的表演台就位时，我的心紧张得都快跳到喉咙了。"瑞克回忆说："这比我想象中的还要美好，在我的右手边和左手边，海豚高高地腾跃起来、翻跟斗、用尾鳍跳舞般地走路……"观众屏息欣赏——他自己也是。"终于！终于！人生就该是这样！"瑞克当时心想。

　　很快地，瑞克周末主持表演，或者当克莱无法出现时替他表演。"理论上来说，我是海豚驯养师，可是到那时为止，我还没教过半只海豚什么东西。"克莱已为演出顺序训练好它们，所以即使是瑞克上场，海豚也自动做好所有的事情，就像克莱在场一般。一天四次，总是同样的表演。

　　"如果有人把动物视为机器，这个表演正好落入这个思维窠臼中。"[1]每当演出的时间到了，海豚便开始表演——是谁登上那船首型的表演台都无所谓。它们知道得很清楚，表演什么时候开始；当观众围绕着主要表演池聚集起来的时候，它们从观众的喧哗声中意识到表演开始了。然后，它们跳跃到空中、嘎嘎地叫，并且做了几次试跳。对海豚来说，现在是喂食时间——它们肚子很饿。

　　瑞克虽然还没有训练过海豚，不过他已经和海豚一起度过非常多的时间，所以很少人能像他那样，对海豚具有如此丰富的经验与知识。这位年轻的美国人在海洋馆的升迁阶梯上快速攀升，原因也在于他的动机和工作态度。"我早上都是第一个到，晚上最后一个走，一个礼拜工作七天。"有时上司甚至要求他，在业余时间和度假期间不要又进入海洋馆。不过，瑞克将可能空下来的一分一秒都拿来和宽吻海豚一起度过。他在池子边观察它们——更喜欢在水里观察它们。时间长达数小时之久，并且乐此不疲。他认识、也爱这些海豚，而它们认识、也同样爱他。

　　瑞苏·布朗宁（Ricou Browning）注意到瑞克，他曾是美国喜剧片《飞宝》的共同作者和共同制片人。《飞宝》是一部空前卖座的影片，他想要

1　节录自《海豚的微笑》。

继续开发这个成功的作品。第二部影片《飞宝新历险记》(*Flipper's New Adventures*) 将成为计划中的电视剧《飞宝》的试播片，为了电视剧的拍摄工作，布朗宁的摄影小组已经搬到迈阿密海洋馆了。苏西，一只年轻的雌海豚，是瑞克亲手捕抓的；在它的妈妈去世之后，由瑞克一手照料带大。作为饰演海豚"飞宝"的女演员，苏西也应该在那里接受训练。

瑞苏和瑞克这两位名字近似的男子，一开始合作时就非常合得来。他们一起训练五只海豚，五只海豚都是瑞克亲手捕抓的，现在要一起扮演"飞宝"的角色。训练项目有：跳跃；在水里游泳；游到一个定点；把背鳍伸出来，这样驯养师可以抓着、让海豚拖着走；身体绕着软管游泳，或嘴巴咬着绳索游泳，用来拉某种东西；叼来物品等。

瑞克是第一个和海豚在水下一起工作的驯养师，这计划极为成功，连较为困难的任务，聪明的海豚也能很快、毫不费力地胜任。比方说一只橡胶鱼——海豚马上能分辨这是不能食用的，因此不会吞下去；还有用嘴巴将橡胶鱼抛进一艘敞开的小船里。瑞克早就懂得这个原则，也学会充分利用这个原则：一只肚子饿的海豚为了一条好鱼，或者只是一小块好鱼，几乎什么事都会做。饥饿，是宽吻海豚演出任何诙谐动作的唯一动机。只要它们肚子饱饱的，就不用去想训练海豚这回事了。

在《飞宝新历险记》还没在电影院上映之前，美国电视台"国家广播公司"(NBC) 于一九六四年，决定制作一部十三集的《飞宝》电视连续剧。《飞宝》工作小组平均每个礼拜可以完成一集，预算大约十万美元——在上世纪六十年代，这是一大笔钱。故事情节结构很简单，基本概念总是同一个：飞宝，也被称为"海中的灵犬莱西"，必须拯救这两位童星，杉谛·瑞克斯 (Sandy Ricks) 和他的弟弟巴德 (Bud)，或是逮住坏人。

飞宝歌（德文版）

飞宝是我们最好的朋友，

它一出现，欢乐常在。

它要娱乐大家，棒呆了的绝技，

它带给我们快乐时光。

只要喊飞宝、飞宝，它马上就来，

每个人都认识它——聪明的海豚。

我们喜爱飞宝。飞宝，所有孩子的朋友，

大人和孩子一样，也喜爱飞宝。

（海豚汉斯和它的孩子们演唱）[1]

"有很多不同的剧情呈现，"瑞克回忆说，"不过，基本上两位年轻的主角，总是生活在惊心动魄的冒险和令人恐惧的问题世界里，于是每一次飞宝都出现。飞宝，他们的朋友、奇妙的海豚、海洋之王，治理一个充满声音的美妙世界。我们必须把声音转化成图像，才能了解这个美妙世界。飞宝运用它的才能，解决瑞克斯一家人每个礼拜碰到的问题，并且是以高亢的顿音、格格笑声和开心地摇着尾鳍的方式解决问题。如果撇开"生活应该很美好、人们应该都很友善"这样的基本氛围，这部剧就没有什么好说的了。"[2]

当瑞克试着确定电视上的飞宝现在到底是谁时，他既不是想到那五只（或只是被计谋诓骗来）扮演这个角色的海豚，也不是想到屏幕上这个电视从业

1　取自维基百科。

2　节录自《海豚的微笑》。

人员创造的想象产品，他首先想到他自己："我清楚知道飞宝会什么、不会什么；我知道它在想什么、有什么样的感觉、对特定东西如何反应，以及更多。当我想到飞宝，我就想到自己，因为我是它的一部分，很大的一部分。"[1]

第一季《飞宝》连续剧后紧跟着第二季，第二季后是第三季。瑞克度过了多年训练海豚与拍摄电视剧的生活。剧中主角一家居住的房子，实际上是瑞克的家，他在那里住了七年。房前不远处是人工铺设的盐水池，电视里的飞宝经常在一块木板小桥底端露出头来。

在持续好几年的拍摄期间，瑞克和雌海豚卡西建立了最紧密的关系。随着时间的推移，卡西逐渐替代苏西，扮演"飞宝"这一主角。"《飞宝》总是在星期五晚上七点三十分播放。"瑞克回忆说："然后我拖着长长的电线把电视机拿到木板小桥的底端，和卡西一起在那里观赏《飞宝》。"和卡西一起看电视时，瑞克有个惊人的发现：每当卡西在电视上看到自己时，它都会以自己的身体语言做出反应。它认出它自己了！它能够很清楚地分辨"飞宝"一角是它饰演的还是另外一只海豚，例如苏西……在那一刻瑞克领会，海豚具有自我意识——一点都不用怀疑。"人类如果能意识到这非人类的聪慧，一定也能领会这个生物不该被囚禁起来。然而，我什么都没做……还没做。"

"摧毁自己建立的一切"

所有人都知道，这出电视连续剧总有一天会结束。尽管如此，《飞宝》工作小组仍然用一切都会一直继续下去来哄骗自己。然后，当这一切突然

1　节录自《海豚的微笑》。

真的成为过去式后,所有人都四散而去,除了瑞克。他必须随时准备好海豚,以免其他电影哪天需要用到它们。

有超过一年的时间,瑞克照料它们——卡西、佩蒂(Patty)、"喷射器"(Squirt)、苏西和丝考缇(Scottie)——喂养它们、训练它们,以及与它们一起生活,就像以前一样。然后,这也成了过去式,瑞克突然之间不知所措。"感觉上,就好像一个家人去世了。我觉得他们卑劣地对待我们,像日用品一样,一旦不再需要,就被人直接放回架上去,我再也不了解这个世界。"瑞克中断和外在世界的联系,隐居起来,过着没有收音机、电视、电话的生活。他卖掉昂贵的名车,以及所有其他的东西,只留下一辆脚踏车。他成为素食者,聚精会神地思考身上发生过的事情。

瑞克在迈阿密海洋馆仍然持续工作了几年,主要工作是受委托照顾虎鲸"雨果"(Hugo)。瑞克和雨果进行令人惊叹的音乐实验,并意识到它是一头惊人地温顺而且谨慎对待人类的生物。因为雨果的关系,瑞克也第一次,而且愈来愈常被参观者质问,为何将虎鲸单独豢养在狭窄的饲养环境?他们气愤地表达不满。

当瑞克前往印度旅行时,他大约三十岁。

然后,一九七〇年四月二十二日的"地球日"到来,那一天永远改变了瑞克的人生。当有人敲门的时候,他才刚从印度回来没几天。瑞克必须马上前去海洋馆,卡西的情况很糟糕。"我一跃跨上脚踏车,满身大汗地抵达,直接骑过大门,然后继续骑,不管一个新的守卫在我后面喊叫些什么,直接骑到那个据说是卡西被单独塞进去的展示缸。"在那里的是卡西,是的,不过不是他认识的那个卡西。太可怕了!他很震惊,目瞪口呆。

卡西全身布满了恶心的黑脓疱,几乎一动也不动。"我的天啊!我的天啊！"他大喊，"我做了什么？！"瑞克没有换装就马上跳进水里走到卡西身边。"它游进我的臂弯里，我抱着它，它翻白的眼睛看着我。"它吸了一口气……最后一次。瑞克感觉到，生命从这只雌海豚的身体里消逝了。"卡西在我的怀里结束自己的生命。"瑞克轻声地说，"我知道，海豚'自杀'听起来令人难以置信。不过，海豚不像我们是无意识地呼吸。它们的每一次呼吸都是自主的——或是决定不再呼吸。"

卡西的喷气孔周围冒出气味腐烂的泡沫，瑞克把泡沫揩掉，用大拇指把喷气孔打开，小心地注意不要让水漫进去，瑞克抱着卡西的身体，有韵律地压着它的肋骨，让它再次呼吸。不过他知道：卡西死了。"我不知道这样做了多久，最后我让它离开。它的身体马上沉到了池底，我觉得自己非常、非常地脏。眼泪爬满了我的脸。我试着说些什么，可是一个字也说不出来。我只能啜泣，直到最后大声呼喊：'我们为什么这样做？！'"

几天后他坐在比米尼岛的监狱里——因为他试着释放海豚查理·布朗。

那天是一九七〇年的地球日。"我当时很无知，而且无知了很久。"瑞克说，"我用了十年的时间，帮忙建立海豚馆产业。而这四十年来，我顷尽全力要摧毁它。"

释放海豚

对瑞克来说，一个全新的人生开始了。"我决定释放每一只我能够释放的海豚。"不过不再像在比米尼岛那样。瑞克当年三十一岁，创建了"海豚计划"（Dolphin Project），一个直到今天仍然存在的机构。[1]"海豚计划"有

1　参见 www.dolphinproject.net。

一段时间很成功，不过也有一段时间备受挫折。

上世纪七十年代初期，海豚馆产业已经太过强大了，以至于人们无法毫无顾虑地挑战它。瑞克虽然有影响力很大的朋友，但也树立了拥有很大影响力的敌人。所以迈阿密海豚馆上上下下的主管，以及对瑞克来说到那时为止如同"一家人"的《飞宝》制作单位，都不想再和他有所牵连了，其实这一点都不令人感到意外。再加上美国境内与境外贪污腐化的政客、行政机关和繁文缛节的法令，都因为他的立场，给他制造无数的麻烦。

这些在在令他神经紧张，很是折磨人。除此之外，还出现了一个全新的问题：瑞克得一再为钱发愁。不过无论如何，"海豚计划"一直在持续进行着。朋友们纷纷帮助遭遇困境的"海豚计划"，瑞克朋友圈里的著名音乐家一再举行义演音乐会。瑞克直到今天仍以被驱逐者的角色坚决地进行"无尽"的抗争，这在他的第二本书《释放海豚》（*To Free a Dolphin*）里有透彻的描述。

一九七二年，瑞克的妻子马莎产下一子，取名叫林肯。这个小家庭常常过着流浪生活，因为——直到今天依然如此——"如果有海豚遇上麻烦，我的电话就会响起来，无论在世界的哪个角落。"另外，上世纪七八十年代，瑞克多次在不同的电影和电视里担任演员，他起初还用瑞克·欧费德曼（Ric O'Feldman）这个名字，并担任水底替身演员和负责水底任务的专家。一九八三年，他在一场和鲨鱼的惊险表演中，被一种水下武器射掉了右手大拇指的一部分，这是在和肖恩·康纳利（Sean Connery）一起拍摄 007 系列电影《巡弋飞弹》（*Never Say Never Again*）时所发生的事。

不知道在什么时候，瑞克那常常充满危险、漂泊不定，并且从经济方面来看很不稳定的生活，对马莎来说已经再也无法忍受了。因为在她丈夫的生命里最优先的顺序，永远都是拯救海豚，所以她选择了离婚。

一九八八年，瑞克在中国武汉的水生生物研究所和南京师范大学担任顾问，工作和拯救白鳍豚计划有关。一九八九年，瑞克出版他的第一本书《海豚微笑的背后》（ *Behind the Dolphin Smile* ），这本书不久以后也以《海豚的微笑》（ *Das Lächelndes Delphins* ）为书名在德国上市。一九九一年，联合国环境总署（ United Nations Environment Programme, UNEP ）因为瑞克努力不懈拯救海豚，颁发环境奖给瑞克。世界动物保护协会（ World Society for the Protection of Animals, WSPA ）也委托瑞克在巴西拯救、照料一只名叫"飞宝"的宽吻海豚，将它"解除训练"，最后让它回归自由。

几年之后，瑞克受托使三只之前由美国海军以战争为目的而训练的海豚进行回归海洋前的准备。在一只海豚被鉴定为不适合释放的同时，其他两只于一九九六年在墨西哥湾重获自由。可是，之后它们在一个海豚馆产业和美国海军一起策划的行动中，再次被捕抓。[1] 对瑞克来说，这是一次令他感到相当痛心的挫折。一九九六年、一九九七年，他负责主导"欢迎回家计划"，这计划也和使两只受监禁的海豚对野放做好准备有关。最后，这两只海豚在佛罗里达州墨尔本市附近的印第安河潟湖进行释放。[2]

差不多在同一时间，瑞克遇见了海伦娜·赫塞拉格（ Helene Hesselager ），一位来自丹麦、专门研究野生动物的自由女记者，他们约定在巴黎举行的鲸鱼暨海豚会议之后进行访谈。"我不知道她长什么样子，不过我仍然能在一百五十个宾客中马上认出她。她看起来和她在电话里的声音完全一样，单纯、一头淡金色头发，坐在后面那几排人群里。她穿着一

1 在瑞察·欧贝瑞的书《释放海豚》（美国，二〇〇〇年）里有详尽的描述。
2 同上。

件棕色的大外套，袖口卷起来。'一定不是个跟随流行的女子。'我想。她也没有化妆，完全是非常自然的装扮。'多么清新啊！'我心里这么想着。我向她挥手示意，她也向我挥挥手。我走向她，牵着她的手，领着她走向最前面几排的位子。之后我们漫步在巴黎的大街小巷、吃东西、喝酒、谈论海豚。"

　　不久后，海伦娜来到佛罗里达，为一份和释放海豚有关的新闻报道做调查研究。瑞克越认识她，越被她宁静的、永恒的美所吸引。"她比我年轻，不过，我的内心深处有种神秘的东西、有个细微的声音告诉我，这样很好。这个年轻女子和我是天造地设的一对，我需要她。"海伦娜和瑞克结婚了，他们几年前收养了麦莉，小女孩麦莉最初被发现时，是被丢弃在中国一条街道旁的厚纸盒里。

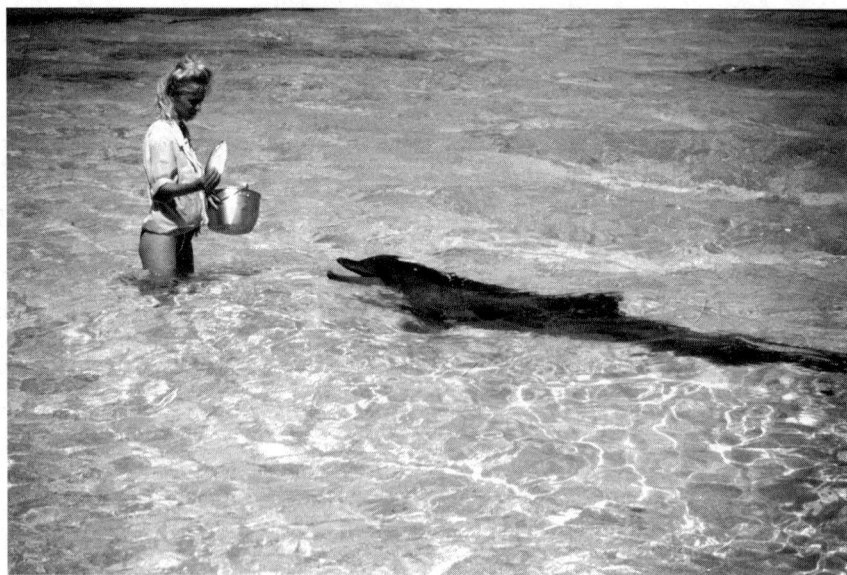

海伦娜·欧贝瑞（Helene O'Barry）让雌海豚史蒂芬妮亚对野放做好准备。

从二〇〇七年起，瑞克是地球岛协会（Earth Island Institute）的海洋哺乳动物专家，也是拯救日本海豚联盟的总干事。直到今天，他在海地、哥伦比亚共和国、危地马拉、尼加拉瓜、巴西、巴哈马群岛和美国等地，拯救和释放了大约三十只海豚。瑞克在这期间已累积了五十年和海豚打交道的经验，再加上他第一手的知识，其中也包括捕抓与训练海豚的方法，使他成为一个在全世界极受欢迎的专家，经常受邀参加会议和发表演说，他也成为海豚馆产业所害怕的敌人。由于他的直接投入，遍布四大洲一大部分海豚馆和类似的机构必须永远关门。

我是在二〇〇二年参加于苏黎世举行的"鲸鱼区域"学术交流会上认识瑞克的。这是一场鲸鱼暨海豚学术交流会，由"保护海洋协会"主办。这位满头白发的友善男子沉着、好相处的作风，一开始就让我印象深刻。在他的演说中，他用令人信服的、清楚明了的话语解释如何释放海豚。

"被监禁豢养的海豚变得完全依赖人类，它们忘记如何捕鱼。它们既无法直直地游一段较长的距离，也无法施展全速向前游的能力。它们不认识自然生活空间里最简单的东西：退潮和涨潮的韵律、汹涌的波涛发出的轰隆声、潜入深海逐渐增加的水压。它们不能辨识海洋的味道，或者是一只大鲨鱼突然出现时可能带来的危险。它们再不敢发出真正响亮的声呐音，在展示缸的窄小世界里，发出声呐音是没有意义的，混凝土反射回来的回音令它们感到痛苦。"

"身在海洋馆的人工假象世界，海豚变得没有能力保护自己，"瑞克解释，"既无法防御鲨鱼，也无法抵抗疾病。它们不知道在哪里能够找到食物、安全和爱，或是如何帮助别的雌海豚生产，它们不认识海豚群完善的社会结构。总之，它们在自然猎区里没有生存能力。"这个专家最后做了结论。

如果要将海豚野放，必须解除它们身上的人为训练。"怎么做？"听众席中传来一个询问。"通过人类健全的判断力。"瑞克回答，并会心地微微一笑。因为在上世纪六十年代，《飞宝》的制片人布朗宁曾教过瑞克，用"人类健全的判断力"训练海豚。瑞克学到，如今正好使用这个方法来释放海豚，只是恰好是反向操作。在监禁时，海豚为了得到一条死鱼，它的求生策略是表演特技，这在大自然里是行不通的。"换句话说，我们得让海豚戒除整个训练过程；在某个意义上，我们得重新为海豚制定新的计划。"

瑞克以乔伊（Joe）和萝西（Rosie）为例。一九八六年和一九八七年，瑞克受委托为这两只受到七年监禁的宽吻海豚"解除训练"："当它们想要引起别人注意，当它们为了乞讨食物在空中翻跟斗时，我忽略它们。它们应该学到，未来即使做了什么把戏，也得不到报酬。"瑞克在绿茵礁岛（Grassy Key）上的工作，在外人眼中，一定显得相当被动。但是这是一个很辛苦、旷日持久的过程，需要经常在场、全神贯注和付出耐力。"只有当萝西和乔伊什么都没做的时候，我才把鱼丢进饲养场里。"

不过，这两只宽吻海豚还得戒除吃死鱼的习性，它们必须学习捕抓自己的食物。"因此我总有一些钓竿垂在水里，以捕捉金头鲷、细刺鱼或笛鲷。"瑞克将第一只活鱼丢进饲养场里时，海豚伸嘴咬鱼的速度太慢，鱼飞快地逃到安全的地方。但是乔伊和萝西学得很快，从此以后，它们着了魔似地期待能够自己捕捉下一餐，接着它们开始猎捕误闯饲养场里的野生鱼类。

瑞克于二〇〇二年那场在苏黎世的演讲中，做了一个很值得我注意的论断："我试着重新弥补这两只海豚所遭受的不幸。我意识到，我自己也得消去在我身上形成的东西，因为有的驯养师相反地也会被它们的海豚训练。假如海豚已经训练出一个驯养师，那个驯养师就是我。"

萝西和乔伊的野放成功了。一九八七年七月十三日，瑞克打开栅栏，两只海豚飞快地游了出去，冲向自由。在接下来的两年，这两只海豚还被观察到九次。一位住在本地的动物学家和导游，根据它们背鳍下的个别记号，两次无疑地识别出它们。在这两次的观察中，它们和其他的海豚一起游泳。当这位动物学家第二次观察它们时，他发现两只小海豚在萝西和另一只海豚的附近游泳。

太地町之钥

"一九七六年第一次来到这里时，我对日本小渔村太地町的宁静海湾所发生的事情一无所知。"瑞克轻轻地摇了摇头，眯起眼睛看着洒满阳光的大海。"一个如同风景明信片般的宁静小镇，位于太平洋旁，远离尘嚣。"当地人隐瞒海湾里的残暴事件。当时和瑞克一起拜访此地的宾客，没有人曾听到些什么，一丝风声也没听闻。"当太地町的海豚和其他小型鲸鱼的大屠杀在很多年后被公之于世时，我吓得完全目瞪口呆。我认为，财力雄厚的环境组织在日本设立的办公室，肯定会处理这样疯狂的事情，并且终结它——结果，我错了。"

瑞克第一次前来太地町，是和他当时的妻子马莎及儿子林肯一起来的。为了"滚椰子回顾"（Rolling Coconut Review）这个召集全日本环保积极分子的计划，这三口之家周游日本以企划组织这场日本的"胡士托音乐节"，并将音乐节的收益用于保护鲸鱼和海豚上。音乐界里好些名人和瑞克是朋友，例如弗烈德·奈尔（Fred Neil）、杰克森·布朗（Jackson Browne）、戴维·科斯比（David Crosby）或史蒂芬·史帝欧斯（Stephen Stills）都支持瑞克投身保护鲸鱼和海豚的行动。他们在瑞克的家乡举行了多场音乐会义演，已募集到足够资金负担瑞克的日本之行费用。

这是一趟如同深入虎穴一般的旅程，我们可以如此认为。毕竟日本当时是最大的捕鲸国——而瑞察·欧贝瑞这位积极分子是要前去阻止猎鲸行动。再者，美国绝对不是日本人会喜欢的国家。不过不管瑞克在哪里下车，当地人都张开双臂迎接这位美国人。《飞宝》在上世纪七十年代中期，仍然非常受日本观众欢迎。一知道瑞克是《飞宝》"幕后的英雄人物"，他对媒体和人群马上产生一种简直是不可思议的吸引力。

"整个公事旅行期间，我在很多的访谈中一再强调，我不赞成抵制日本产品。"瑞克回忆道，"因此，我有别于几乎所有来自其他团体的美国人，他们因为日本捕鲸，呼吁抵制日本。"媒体接收到这样的信息：瑞克虽然憎恶捕鲸，却同时喜欢日本人民。为了一小部分人而用抵制的手段来处罚所有日本人，是错误的。大部分的日本人能够接受他这样的立场。

看来，太地町镇长也阅读了这篇访谈，所以为瑞克举行了欢迎会。"对我来说，这是个荣誉。镇长友善地微笑，微微鞠了个躬。他握了握我的手，隆重地将'镇钥'，一个钥匙形状的金色领带夹，递给我。我也微微鞠了个躬，感激地收下礼物，将它别在我的 T 恤上，同时意识到，我其实需要一条领带，好别上这把'钥匙'。"

瑞克的运动不是以"拯救鲸鱼"（ Save the Whales ）的口号进行，而是以"庆祝鲸鱼"（ Celebratethe Whales ）这个口号。所以，捕鲸人和动物保育人士在某些情况下，甚至能和平地坐在同一张桌子旁。这是解决问题的绝妙之道吗？和平地结束一个不再赚钱、早就成为日本补助金支出沉疴的行业？理性会得胜，"工业捕鲸已经过时"的醒悟终将得胜？世人终于醒悟：工业捕鲸已发展为吞噬一切的恶魔，而恶魔追捕许多鲸鱼物种直至灭绝的边缘、令这些高度进化的动物遭受无尽的折磨？

　　从东方吹来一阵清新的微风，闻起来有冬天的气息。瑞克仍坐在一块岩石上回想，在他的背后，不到一英里的距离，太地町海豚馆在夕阳下闪着白光。而且就在旁边，在一片杂乱的礁石间难以认出的是——海湾。瑞克将他橘色夹克的领子高高翻起，继续述说。

　　"当我和我的小家庭从太地町往下一个地点继续旅行时，我还没有料到，一些来自这个宁静安逸村庄的渔夫，一年有六个月差不多每一天都在干屠杀海豚的残忍勾当。"

　　今天瑞克回顾从前，他知道当时反对抵制日本产品是对的。另外，同样是一九七六年的那一次旅行，他也获赠大阪市的"市钥"，大阪是日本最重要的捕鲸城市之一。不过，那个瑞克花了很多心力组织的日本"庆祝鲸鱼"大型系列音乐会，并没有取得预期的成果。捕鲸还要再持续十年，直到一九八六年日本屈从于国际捕鲸委员会的暂停捕鲸法案——但也只是为了马上在自家海岸附近猎捕更多的海豚与其他的小齿鲸，并开始从事"科研捕鲸"。

　　"我觉得很奇怪，当时没有任何当地人跟我提到太地町海湾的海豚大屠杀，大部分的人一定知道这件事情。有很多年的时间，我都对此感到讶异。如果我当时，即使只是风闻一点蛛丝马迹，我也会中断旅行，马上处理这件事。"

　　之后通过西方媒体，捕杀海豚的第一批资料慢慢泄漏出去。瑞克惊愕地捧着一本杂志，上面有张照片清楚呈现这令人毛骨悚然的悲剧。"一张使人震惊的照片。不过跟真实情况相比，这照片根本是小巫见大巫。自从我亲眼目睹这恐怖景象、听到害怕和痛苦的呼喊、鼻子里充满死亡的气味后，就再也无法把这一切从我的脑海中消除。不过，直到时机到来之前，我走我自己的路，深信大型环境组织会来关心这件事。我？当时非常地忙碌。我忙海豚的事情忙得不可开交，而且只能做我能做的事。"

几年后，瑞克的命运有了戏剧性的改变。那是二〇〇三年。瑞克在旧金山渔人码头的淘金者酒店（Argonaut Hotel），和大约一百五十名海豚保育人士聚会。

"海洋守护者协会"（Sea Shepherd Conservation Society）的创始人，保罗·华生（Paul Watson）船长，打来的一通紧急电话在会议中骤响起来。他征求一位志愿者投入在太地町海湾的一项危险工作；他的组织在那里派遣常驻一些志愿者，负责留意二十几个渔夫以"传统"的方式围猎海豚，但有一个人因故必须回来。他已到处询问有没有人可以承接这个职务，但徒劳无功。"在保罗的号召宣布之后，我环顾所有与会者。大家一动也不动，所以我举起手。转眼之间，我就坐在飞往日本的飞机上了。"[1]

1　除了很多个人访谈和没有其他标注的地方，本章主要依据瑞察·欧贝瑞的英文原著《海豚微笑的背后》和《释放海豚》。

第五章

如同谍报片的纪录片

"我要强调，我们试过以合法的途径拍摄这个故事。"电影《海豚湾》一开头的话听起来冷静客观，纯粹是解释性质。不过导演路易·皮斯霍斯的声调中带有一丝紧张，因为这句话意味着，这部影片得使用不合法的手段，至少是在日本，才能拍摄成功。这部划时代的纪录片开头的影像也充满了张力：黑夜、灯光、黎明破晓、车子里蜷缩着的蒙面伪装者。伪装者视线投向日本南部海岸不知什么地方的一座小村庄：一座表面上看起来很不起眼、宁静和平的小村庄。欢迎来到太地町。

过了一会儿，观众才明了，为什么制片人在影像传达上必须回避或跨越一定的法律界限。"第一次前往日本的时候，我们在镇长的会议室，和渔业合作社及全部相关部门有过正式的会谈。"查尔斯·汉布腾（Charles Hambleton）回忆道。路易招募查尔斯参与电影拍摄工作。

路易补充说明："为了达成协议，我们协商了七个小时，包括我们不会放映血腥场面，也尽量考虑他们的观点。所以我们在那里，表达双方的立场。然而之后我们领会到，他们对我们隐瞒了什么。"查尔斯摇摇头说，"我们必须不停申请许可证，经常为了取得某张许可证去申请另一张许可证。而且，没有一纸证明在手，那边根本没人愿意配合做任何事。"

在整整两天的协商之后，通知来了：没有拍摄许可。"他们放了一张畠尻湾的地图在桌子上，在纸上用红笔打叉，告诉我们不能到这儿、不能到那儿去，也不能上那儿去。"查尔斯露齿而笑，有力地点头说："所以我问，我们是否可以留下这份草图，才能了解我们什么地方不应该停留。就这样，这张地图成了理想的图样——上面还有叉号，清楚指出我们一定要去的地方。"

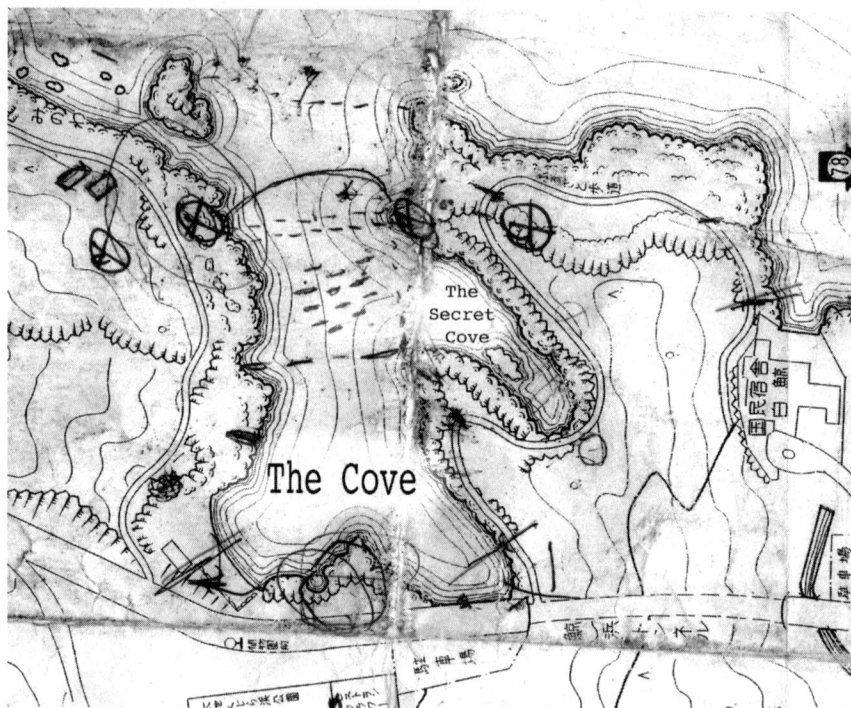

海洋保护协会小组从日本行政机关得到的海湾地图。打叉的地方，标示着小组绝对不能前往的地点……

纪录片《海豚湾》问世

当路易回忆最近几次的潜水航行时，他的蓝眼睛望向远方，眼神迷离。"我有几十年的潜水经验。当我回到以前潜水时、对我来说称得上是'天堂'的地方，内心总是充满无可名状的悲伤。我看到太多令人着迷的缤纷世界，如今只剩下槁灰的大片废墟：珊瑚白化、使用硝化甘油炸药捕鱼、垃圾、过度捕捞、掠夺式开采。"

有超过十年的时间，路易和詹姆士·克拉克（James Clark）——硅谷图形公司（Silicon Graphics）的创建者、3D 电脑动画与第一个商业化的网页浏览器"网景"（Netscape）的研发者——一起潜水。这位《海豚湾》的导演把吉姆·克拉克（译注："吉姆"为詹姆士·克拉克的昵称）称为"先知，他对其专业领域的未来，有令人信服的远见；不过，对我们自然环境的衰败，也有准确无疑的眼光"。

震惊于发生在两人眼前的环境破坏，吉姆有天对路易说：必须有人主动做点什么。"为什么不是你和我？"路易建议。因此，他们于二〇〇五年一起创建了"海洋保护协会"（Oceanic Preservation Society, OPS）。这是一个基金会，目的是用影片和图像记录滥捕海洋生物的事件，以及海洋各物种的消弭现象。

到那时为止，路易并没有处理过动态影像。他是一位有名气的摄影师，有好几年的时间为《国家地理杂志》工作。"不过，电影和照明技术对我的创作一向有重大的影响。"这名导演强调，"对我来说，摄影和拍摄影片的共通点在于，我随时都在尝试找寻能够传送更大真相的图像。"

《海豚湾》是"海洋保护协会"的第一部纪录片。不过影片问世后的模样，完全超出当初的计划。为了能够呈现海洋的美，同时在第一部纪录片说明"海洋生活空间遭受令人触目惊心的快速毁坏"，路易开始做调查研究。他参加和海洋哺乳动物有关的国际会议，设法了解最重要的议题概况。"所以，我参加一场在圣地亚哥和海洋哺乳动物有关的大型会议，两千名全球顶尖的海洋哺乳动物专家出席，而且瑞克本来是主讲人。"然而在最后一分钟，赞助者将瑞克的名字从名单里删除。路易感到很好奇，于是进行调查。赞助者的名称是"海洋世界"（Seaworld）。结果，还有什么比直接跟被取消发言资格的瑞克联系更好的主意？

"海洋世界"帝国

"海洋世界"是美国的连锁海洋主题乐园，隶属安海斯—布什（Anheuser-Busch）啤酒关系企业集团，是海豚馆（里面还饲养其他的鲸鱼种类，以及海狮、海牛、北极熊和企鹅）和游乐园的综合体。

它的第一座主题乐园于一九六四年在圣地亚哥开幕，第二座于一九七三年在佛罗里达州的奥兰多（Orlando）开幕，第三座于一九八八年在得克萨斯州的奥斯汀（Austin）开幕。位于俄亥俄州的奥罗拉（Aurora）的海洋世界乐园被再次关闭后，原本打算在杜拜盖另一座乐园，且预定在二〇一二年开幕，却因为经济危机被暂时搁置。这个海洋世界计划从一开始就是个极为成功的商业案例，直到今天仍是如此。

"海洋世界"，特别是因为豢养虎鲸，而遭到各种不同的保护组织的大力批评，例如瑞克的"拯救日本海豚联盟"与"鲸鱼和海豚保护协会"。全世界四十二只被关禁豢养的虎鲸中，有二十只（时间：二〇〇九年）被关在"海洋世界"的池子里。批评点是那些在本书里深入描述过的，由于窄小、不自然、缺乏刺激的环境，以及噪音、打扰、压力等，对所有鲸鱼物种所造成的后果。有好些海洋世界公园所发生的事件是众所周知的，例如驯养师被海洋哺乳动物伤害；还有另一个例子是，虎鲸攻击一只同类，致使它丧命。[1]

---

[1]　资料来源：维基百科（德文和英文）、"海洋世界"、"拯救日本海豚联盟"、"鲸鱼和海豚保护协会"、"保护海洋协会"。

路易和瑞克很快就见面了。此次会面让人初步了解这些会议的奇怪结构，包括：很多海洋哺乳动物专家从哈布斯海洋世界研究学院（Hubbs-Seaworld Research Institute），即"海洋世界"的公益分公司，得到资助。

瑞克解释："他们不喜欢我，主要当然是不喜欢我关于海豚被囚禁的观点。所以他们取消对我的邀请，因为他们不想要我谈到太地町的海豚大屠杀。"路易听得目瞪口呆："海豚大屠杀？那到底是什么？"瑞克马上插话："下礼拜我要去那里，你要一起去吗？"

路易去了，而且不久就对他开始参与什么事情感到万分震惊。"因此，我坐在地球的另一端，被关进车子里，和这个作伪装打扮的偏执狂在一起。"回到离太地町只有几公里远的浦岛饭店后，瑞克再一次被便衣警察拦住，在饭店大厅接受审讯。路易开始渐渐明白情况的严重性："他们隐藏某个东西，一个丑陋的秘密。"同时他看到在背景处有海豚形的观光船发出"突突"声开过来。"一切是如此的超现实，我简直是哭笑不得。"

路易预感到的，在隔天逐渐增强为苦涩的确信。在浦岛饭店上头的山崖，他透过望远镜观察一场海豚围猎。"一定有几百只海豚，我还从来没看过这么多的海豚，而且全都在为求生而逃，惊慌失措地想逃离渔夫锤打铁杆制造出的噪音墙。那时是二〇〇五年十月，猎捕季节是从九月持续到翌年三月，他们算是相当早就开始了。"

当猎捕船消失在山崖的后面，瑞克和路易都知道：这些海豚的命运，已经被太地町附近那小小的畠尻湾里的渔网裁定了，而且在次日清晨，它们会在那被隐藏起来的海湾支流里，在自己的鲜血里，痛苦地死去。"到那时为止，还没有人看到那里真正发生了什么。"瑞克说，放下望远镜，"我们必须去拍摄那里究竟发生了什么，我们必须找出真相。"

不过，怎么做呢？如何克服用刺铁丝缠绕起来的障碍物？如何到达那个禁区，而不被值岗的人和巡逻队发现？被那些可以在白天任何时间，主要是在夜晚——身上配备着灯具和刀子——出动的男人发现，尤其是他们还容不得有着西方脸孔、不请自来的客人。瑞克的话听来不怎么令人振奋："我们也许需要一支海豹部队 [1]（Navy SEAL Team）——至少。"

海洋保护协会小组

在日出的光芒中，路易亲眼目睹了海湾里筛选海豚的恐怖景象。当鲜红的海水从隐蔽的支流涌出，他做出了决定："不管怎么样，我们要记录这个事件。"路易回到美国后，开始挑选组织一个"海洋保护协会小组"（OPS-Team），仿照突击队的命名方式，并根据"海洋保护协会"组织的缩写，以文字游戏的方式取了这样一个名字。"为了这个任务，我们需要一群专家，可以和电影《十一罗汉》（Ocean's Eleven）里的特别小组相提并论。一群胆量过人、富有同情心的人。"

路易首先询问查尔斯·汉布腾，一位他于上世纪九十年代在安地卡岛认识的朋友。路易称查尔斯为"肾上腺素上瘾者、乘帆船环球航行者，以及从事危险行动的专家"。查尔斯曾经是"样本"（The Samples）乐团的吉他手，也为三部《加勒比海盗》（Pirates of the Caribbean）电影，在拍摄地点传授主要演员与临时演员航海诀窍与当时的时代背景。"我仍清楚记得那

---

1 "美国海军海豹部队"是美国海军的一支特别部队。"海豹"（SEAL）这个词是"海"（Sea）、"空"（Air）、"陆"（Land）的首字母缩略词。"海"、"空"、"陆"三个词表示这支特别部队的执勤地点。

通电话。"查尔斯微微一笑说，"他们说我应该去日本。当我们在太地町下了火车后，瑞克——和警察，已经来迎接我们了。那一刻我对路易到底在那里参与什么事感到很讶异。"

乔依·齐士鸿（Joe Chisholm）是在物流管理与执行大型摇滚演唱会方面经验老到的专家。他可以说是电影监制，协调调度技术装备和人马。

再加上齐尔克·魁克（Kirk Crack）和曼迪—雷·克鲁克沙克（Mandy-Rae Cruickshank），两位世界顶尖的自由潜水大师。"自由潜水是潜水的原始形式，意思非常简单，就是憋气。"曼迪，这位六度世界纪录保持人解释道，"我们看自己可以一口气潜到海里多深的地方，或是我们可以在水里待多久。"二〇〇七年，他在"恒定重量潜水"（Constant Weight）这个比赛项目中，仅仅借助脚蹼的推动力就下潜至八十八公尺深的地方，再浮起来——只用一口气。这是世界纪录。

"当他们问我们，是否愿意参与揭发海豚大屠杀的一项秘密任务，我们毫不迟疑地一口答应。"齐尔克回忆说。他和曼迪将负责不携带潜水器具，潜到死亡海湾的海底，在那里安装防水的摄影机和录音机。"海洋保护协会小组"想要从每个角度，从水上、从水下，还有从空中，用影像和声音揭发海湾里的可怕秘密。

唯一有军事经验的人是西蒙·哈金斯（Simon Hutchins），他是加拿大军队的电子天才。在此小组里，他是挖空心思想出摄影技术、夜视仪和水下摄影录音的特效艺术家。路易很简单地形容这位拥有即兴创作天赋的天才设计者："只要你想得出来的，西蒙都做得出来。"西蒙帮忙在一架遥控直升机上安装一台防震摄影机，也帮忙在一架小飞艇上安装一台高分辨率摄影机。"背后的想法是，即使事情败露、我们被逮到了，至少还能表彰我们每个人对齐柏林飞船的爱。"路易解释并露出微笑，"孩子、警察、所有人。我们把飞艇彩绘得像一只海豚，把它命名为'卡西'——以示对瑞克的敬意。"

史考特·贝克（Scott Baker），一位专门研究脱氧核糖核酸（DNA）的科学家，也是小组的一员。他在饭店房间设立了一个可携式实验室，以分析脱氧核糖核酸。海洋保护协会小组把从不同商店货架上收集来的鲸鱼肉和海豚肉样本交给他，由他分析包装上标示的成分是否真的存在于包装内。

对路易来说，他之前的一个助理也提供很多的帮助。这位助理已成为好莱坞梦工厂"光影魔幻工业特效公司"（Industrial Light and Magic）（科纳光学公司［Kerner Optical］）模型制作的负责人。"虽然他刚好在忙《加勒比海盗》和《王牌天神续集》（Evan Almighty），他还是很关心我们的事情。"路易回忆道，"他们为我们制作出人造石头，可以在里面安装高分辨率摄影机。"制作出来的成品，在形状和颜色上几可乱真。查尔斯不只一次开玩笑说："如果我们把这些隐藏摄影机收回来后发现，我们带回来的不是那批人造石头，而是真的石头，那该怎么办？"

一项高度复杂的行动逐渐成形。这个共同的使命，将第一流的各类专家结合在一起，成为一个不管遇上什么情况都患难与共的小组：海洋保护协会小组。他们配备最先进的高科技，包括：高分辨率摄影机、夜视仪、一台军用等级的红外热成像摄影机（其实是根本不可以带出国的）、水下听音器、一架遥控直升机、一架小飞艇、一个脱氧核糖核酸实验室、用来藏匿摄影机的人造石头和掩体、大量的伪装器材等。

路易和吉姆·克拉克的友谊当然也是个幸运的机缘。这位身为制片人的亿万富翁愿意以几百万美元的预算，慷慨大方地预先资助这项花费大量金钱、精力的冒险计划。

在几个月缜密的准备后，海洋保护协会小组于二〇〇六年一月第一次启程前往太地町，带着大量的行李。"我们带着大约八十个手提包、箱子和行李箱到达机场。"查尔斯边回忆边露齿而笑。"他们不会允许我们入关的。"我心想。不过，路易对此以一个绝妙而又简单的解决办法做好准备：诚实。"为了让我们的特殊器材得到日本的入境许可，我声称我们要拍摄一部关于日本的海洋世界，以及日本渔业的纪录片。这不是谎话。"

可是，这一行人在太地町会很引人注意。查尔斯形象化地描述："一群西方人，带着为数众多的黑色手提包和箱子，来到一个西方人不去的偏僻小地方，不太可能不引人注目……"海洋保护协会小组甫一抵达，不管走到哪里都被盯梢。

小组成员不受动摇。他们收集了几个星期的情报，拟定策略，这项在海湾里的任务不能出错。他们知道值岗的人什么时候巡逻、盯梢的人或警察跟踪他们的距离间隔有多长、警察需要多长时间从邻镇赶到太地町。即便如此，对路易来说也许是一生中最可怕的一晚来临了。"我们没日没夜地辛苦工作了很多天，不过我们也许没有办法隐藏自己。"那里几乎没有藏匿处。

"快，行动开始了！"厢型车的拉门打开，齐尔克和曼迪朝着海水的方向快速地往下跳。这是他们的夜晚，他们得把水下听音器放到海湾里。乔依继续开车，路易和查尔斯负责把风。"该死！把水下灯留在下面！几英里外的人都能看到它了！放下来！"——"我以为，它们已经沉到水里了。"

在夜视仪的照明下，所有东西都笼罩在使人迷惘的绿光里。那里——两个刺眼的白点："我看到灯光了。两盏灯……在转弯处有值岗的人！现在情况危险。我们必须离开！走！现在走！用无线电联络乔依。"——"五分钟。"——"水下传声器已经安置好了。"——"值岗的人移动……值岗的人过来了！从这里离开。"一辆厢型车驶近。原来是乔依——谢天谢地。"大家都在车里吗？"——"百分之百！"乔依大力踩油门，离开。"真是一个棒呆了的夜晚，真是一个棒呆了的夜晚！"

　　将水下听音器安置好，只是完成一半的工作，之后还必须将它们打捞出来，同样的冒险行为再重复一次。成功了！小组成员聚集在饭店一个房间里，聚精会神地听来自海湾的第一批水底录音。他们非常清晰地听到很多海豚的哨声。"即使是门外汉，也能毫无困难地辨认出：这是在最紧迫的困境中所发出的声音。"路易回忆说，"因为恐惧和绝望所发出的无助呼喊。"海豚的呼喊声愈来愈少，水下听音器录下猎捕人一只接着一只刺杀海豚。在曼迪、齐尔克、查尔斯、西蒙、乔依、路易和瑞克震惊地倾听的同时，海豚的声音永远沉寂了。

　　之后，渔夫有一段时间不再出海捕杀海豚，直到这些不受欢迎的西方人启程离开为止。然而，海洋保护协会小组又回来了，因为在海湾里，又有新的海豚在和死神对望。不过，现在大家已为"大合奏"行动做好所有的准备：水下听音器、传声器和五架摄影机应该被隐藏在死亡海湾，一架摄影机也应该被安置在水下。

　　一个协调一致的夜晚行动，每个细节都要配合得天衣无缝。瑞克驾驶租来的车子，第一个开了出去。太地町整晚埋伏的盯梢人马上驾车跟上，跟踪瑞克。不久以后，小组成员可以不受阻挠地驱车前往海湾。"祝你们好运！"瑞克还对无线电对讲机大喊。

　　"大合奏"行动成功了，一晚之后的收回行动也成功了。现在，小组成员第一次能够看到在神秘的死亡海湾所录下的影片。影像之血腥，使所有人都惊骇到透不过气来。

冲浪客、明星和濒死的海豚

有几天时间，戴维·拉斯托维奇（David Rastovich）也是小组的一员。戴维，一个精力充沛又另类的冒险家，长得很好看、个性友善、二十九岁、在澳大利亚新南韦尔斯省的自家花园里种植有机蔬菜。

这位有名的澳大利亚、新西兰裔的自由冲浪客、电影制片商、专业乐队成员兼"支持鲸目冲浪者"（Surfers for Cetaceans）组织的创始人，本身曾受到一只野生海豚保护，免于遭到鲨鱼袭击。"几年前，一个朋友告诉我在日本发生的事。我完全吓呆了——每年屠杀两万三千只海豚和小型鲸鱼，而且没有人知道这件事。二〇〇七年，我想要采取行动，将这个议题公开化。让我最吃惊的是：我的冲浪团体里没有人知道这件事。"

二〇〇七年十月二十七日，凌晨三点十五分，畠尻湾，太地町。厢型车以步行的速度缓慢前进，没有停下来。天色漆黑，大雨如注。乔伊用红外线热成像摄影机快速侦查海湾，没有丝毫动静。"一切就绪——出去吧！"路易、查尔斯和美国记者彼得·黑乐尔（Peter Heller）从车子里挤出来，跳过矮篱笆，经过公共洗手间，继续往下走几步，马上就到达沙滩的掩蔽处。他们一跃跳过一个封锁用的障碍物，没有太大问题，继而跑在沿着海湾而筑、被封锁起来的散步小径上，奔向暗夜。

很快地，第一个伪装成石头的摄影机安置好了。接下来，查尔斯将一个"鸟巢"——伪装成鸟巢、可以遥控的摄影机——安置在较外围的一棵树上。"我们的动作要加快。"查尔斯跳下来后说，"天很快就要亮了，然后那些名人和环保积极人士就会蜂拥而来。"彼得看着查尔斯幽灵似的影子说："这就像是一场不寻常的梦境。""别害怕，还会更疯狂。"查尔斯边用涂上掩护色的胶带黏牢"鸟巢"的天线边回答,"只要再等一下就好,直到你看到直升机。"

　　这三个男人迅速穿上伪装服,将脸部涂黑,躲起来等待天色破晓。曙光逐渐笼罩海湾,将海水染成蓝色。从藏匿处可以直接看到对面的死亡支流。淡绿色的遮篷被卷起来,捕杀海豚者可以用钢索拉遮篷,盖住死亡海湾的整个后面部分,隐藏他们所做的事情。"今天我们不需要看大屠杀。"彼得松了一口气,他想。海湾空空的,没有网子,没有海豚在陷阱里。

　　当地人虽然对隐匿起来的摄影机和秘密藏身处一无所知,不过他们知道摄影小组的存在。尽管条件非常适合猎捕行动,渔夫从一个星期以前,就没有追赶小型鲸鱼或海豚进海湾了,以避免引发不必要的舆论。他们想再一次"冲过风暴",直到这群西方人撤退。

　　然后他们来了。一整个车队从隧道开出,直接开到街道旁的停车场。在四个月之内,戴维成功地为了这个行动,招来很多来自电影界和音乐界的名人,以及冲浪客团体里一些有名的脸孔。估计有三十多人穿着冲浪服,从车辆里蜂拥而出,手臂下夹着冲浪板,快速往下冲到沙滩。彼得可以认出海蒂·潘妮迪亚(Hayden Panetierre),电视剧《英雄》(Heroes)的女主角;伊莎贝尔·卢卡斯(Isabel Lucas),瑞士和澳洲裔的电视明星;戴维的太太汉纳·莫梅(Hannah Mermaid),水下摄影的顶尖模特儿;以及卡丽娜·佩特欧尼(Karina Petroni)和詹姆士·布莱本(James Pribram),两位来自美国的专业冲浪客和环保作家。

　　之后,彼得惊讶得下巴都快要掉下来。停车场上一辆卡车上的木板箱打开了,出现在眼前的是——卡西,那艘"齐柏林飞船"!"他们到底是怎么把这架小飞艇带到日本的?!"这个记者感到很惊奇。

这一刻，一切都进行得简捷迅速，就好像很熟练了一般。他们排成一行，从戴维那里收下一朵花，之后走进水里。这是什么样的景象啊！在穿着黑色氯丁橡胶衣服的捕杀海豚者和海豚驯养师往常肩并肩进行海豚筛选作业的地方，在戴维的带领下，此刻有差不多四十人趴在冲浪板上，游进海湾。在中间地带，大约是在进入死亡海湾入口的位置，他们排列成一个圆圈，将花朵轻轻放进水里，手牵着手祈祷。"我们以这种方式和死去的同伴告别。"戴维解释。不过，海上的这群人，是为所有不得不在此结束生命的鲸鱼及海豚的灵魂祈祷。

一架遥控直升机几乎无声无息地越过邻近的礁石，飞了过来，飘过这群人的头顶。"我们的好家伙！"如同一出戏的终场般的设计——藏在幕后的是，错综复杂的导演工作，全部都通过无线电连接在一起。路易指挥调度，另外一个助手詹姆士·枚克（James Mack）负责操纵直升机；第二个助手控制固定在上面的摄影机。穿着伪装服的查尔斯，从他的藏身处向外操纵"鸟巢"的遥控器。行动成功了，大部分人还在同一天驱车回几百公里远的大阪，庆祝这个成功的和平行动。

之后来了个迎头重击。隔天：十月二十八日，下午五点钟，戴维打电话召开紧急会谈。他刚才从还留在太地町的瑞克那里得知，猎捕者将差不多三十多只长肢领航鲸追赶进海湾里。次日天色破晓时，它们将被宰杀，大家都觉得这是个天大的讽刺。戴维非常气愤；他想要回去，在黎明时和伙伴们游过网子，在猎捕人屠杀长肢领航鲸的同时，游到被血染红的海域——直到屠杀者的标枪前。

半夜一点，戴维、他的妻子汉纳、卡丽娜、伊莎贝尔和海蒂将冲浪板再次装进厢型车里。彼得身为记者，也将一起游出去，用一台小型的安全帽摄影机将一切拍摄下来。海洋保护协会小组已经出动了，躲藏在海湾旁的岩石边，以便把所有发生的事情都记录下来。车程很长，戴维的小组正好在天空刚露出鱼肚白时抵达太地町。在村庄入口的硕大座头鲸雕像旁，这六个人在厢型车里蜷缩着身体等候着，而且都已经穿上冲浪服。所有人都很紧张，心情也很沉重，不过决心远比恐惧还要强大。

"他们在屠杀！"路易通过无线电对讲机大叫，"快！快！"

一到达海湾，一切进行得如同闪电般快速。那里没有警察和守卫，砾石在迅速移动的脚步下喀喀作响，之后所有六人已趴在冲浪板上游向海湾。当他们穿过第一道网子，看到稍远处外面的长肢领航鲸，它们恐慌地挤在封锁住海湾的外网，大约十只或是十五只——昨天还有三十只。当冲浪者来到拐角处，支流的死亡之口敞开。在破晓的白昼下，海水闪耀着鲜艳的红色，如浓重的颜料，好像嗜血的咽喉吐出鲜血一般。这六个人排成一个紧密的圆形，手牵着手，祈祷。长肢领航鲸———一种大型的海豚种类——愈来愈平静。一只小宝宝把头从水里伸出来。

一艘马达船绕过山崖，从外头疾驰前来。一个愤怒到脸部扭曲的渔夫叫喊、挥动双臂，朝着这些不受欢迎的西方人比手势，要他们马上离开。他将船倒退着驶近这群人，用船尾的推进器吓唬他们。大家都保持冷静。不过，当推进器很危险地靠近的时候，海蒂得把一只脚缩回来。渔夫破口谩骂一气，最后边咒骂边驶向沙滩。

戴维指示大家，不要游进去了，继续往外游向领航鲸。很勇敢，因为他知道，警察现在列队严阵以待。他们漂浮到接近活着的长肢领航鲸的位置，听到它们清楚的呼吸声。它们在已经死去的家人流出来的鲜血里游泳。海蒂开始低声哭泣，然后是伊莎贝尔、汉纳和彼得。

　　当他们围成一个新的圆圈时，那艘船从海岸再次急速冲过来，现在有四个猎捕人在船上。他们开始使用船尾推进器佯装攻击，戴维一行人靠在一起。船上的一个男人狂怒地胡乱吼叫，攥住一支分成叉形的杆子，戳向最接近他的冲浪板。他碰到汉纳的臀部，把海蒂的冲浪板推开。在他们的身后，长肢领航鲸尾鳍击打着海水，游向网子，害怕到快要疯掉了。"好了，这样够了。"戴维说，"我们游回去吧，沿着山崖。"到了沙滩，海蒂整个人跪倒在地，放声啜泣起来。

　　不久后，这六个人将冲浪板扔到厢型车后面，蜷缩着身子，驾车离去。几秒钟之后，好几部警车警笛大作地迎面开来，从旁驶过去。当他们之后朝大阪的方向前行、要离开和歌山县时，这群冲浪客还是被警察拦截了。十三辆警车排在那里，其中有一辆囚车，还有超过三十名以上的警察。然而，警察有礼貌又拘谨，他们只登记了个人资料，之后挥手示意，让厢型车开过去。到了大阪，所有人都更改了班机，在有关当局改变主意之前，尽快离开日本。[1]

1　得到美国记者彼得·黑乐尔的同意，这一节的内容绝大多数是采用他二〇〇八年于《人类日志》（*Men's Journal*）杂志里的纪录，而且做了一些调整。黑乐尔这些纪录的删减版于二〇〇九年起，刊登在电影《海豚湾》的网页上（www.thecovemovie.com）。黑乐尔全程近距离随同名人与环保积极人士参与畠尻湾"游出去"的整个行动。黑乐尔也为美国的"国家公共广播电台"（National Public Radio）、《户外杂志》（*Outside Magazine*）与"国家地理历险频道"（National Geographic Advnture）工作。除此之外，他写了三本书。其中一本的德文版以《我们进行干预——保罗·华生对抗全世界的捕鲸船队》为名于二〇〇八年出版。

四十小时的噩梦

为了传达一个概况，以及让人容易理解，电影《海豚湾》只收录了两次行动：首先是安置水下听音器，之后是"大合奏"行动——将四个隐藏式摄影机，放置到环绕畠尻湾的死亡支流的灌木丛里与水里。

事实上，突击行动涵盖的时间范围还要长得多。海洋保护协会小组成员于总共七个不同的时间点，在海湾装置隐藏式摄影机。他们每次都在黎明开始前几个小时闯入海湾，安放里面藏有摄影机的人造石头，然后直接按下"录像"键。从按下的那一刻起，摄影机进行"假"拍摄，直到破晓时分才开始录像。这些要价八十美元一颗的远征队专用电池，以及摄影机的存储容量，应付四小时的录像绰绰有余，足够将清晨的大屠杀从开始直到令人心酸的结局都完整拍摄下来。

"可是，我们每一次都必须再把装备从海湾里拿出来。"路易强调，"也就是说，海洋保护协会小组的成员一共必须闯进海湾十四次。"此外还有无数次侦查禁区的其他行程。"不过，事情进行得很顺利，我们没有一次被逮到。"

但棘手的情况发生不只一次，一开始的某个星期天行动，就已出现难以处理的情况。从前一天起，大约有十来只长肢领航鲸被囚禁在海湾。从星期六跨到星期天的那个夜晚，海豚驯养师已经捕捉一些活的长肢领航鲸，用卡车将它们运到水族馆贩卖。

黎明破晓前，穿着全身伪装衣、脸涂得黑黑的路易，以暗夜作为掩护；在海啸山寻找一个藏匿处。"我想要用一台 Sony HD350 摄影机拍摄。这次的行动其实是练习性质的，因为瑞克曾经对我说过，猎捕人在星期天通常不宰杀动物。"但是天刚破晓时，早上五点三十分，三艘船，每艘船上三个人，来到了海湾。"他们用强烈的灯光探照整个海湾。我蜷缩在向下倾斜的小礁石上，躲在矮树丛里没有被看见。"然后他们开始把长肢领航鲸驱赶到一起，在海湾的支流进行屠杀。路易开始摄影，在同一个夜晚，有四台摄影机已经被藏在死亡海湾里。

这位躲藏起来的观察者，已经好几个晚上失眠睡不着，现下已经疲惫不堪。当对面的死亡海湾里长肢领航鲸因大量出血而死亡，他开始以为自己是在做噩梦。"这一切，和让人兴奋的肾上腺素同步刺激下，让我产生了幻觉。"因此，当离他不远处响起尖锐刺耳的叫喊声时，他在白日梦的恍惚状态下，一开始还以为是哪个女人被强暴了。

"之后我得知，他们在上面公园附近一个也能观看死亡海湾的位置，逮住一个女性环保积极分子或是女记者。"她一定是中了圈套。"守卫者在海啸公园里通往好的观察点的路上，偷偷堆了干树枝。"路易解释，"只要愚蠢地踏进去，便会发出泄漏行踪的喀嚓声响。并且，断裂的树枝会留下清楚的痕迹，引领守卫者前往不受欢迎的观察者所待的地方。"

不过，他仍一直躺在藏匿处。死亡海湾里的骇人景象过去之后，沙滩和海湾的人行道很快就被星期天散步的当地人占据了。此刻路易意识到，他不可能不被看见地从这里离开。"长达十五个半小时，我固定在一条绳索上，在一个极小的藏匿处耐心等待，直到下一个晚上到来，才总算可以出来。如果不这样，我可能会危害到整个行动。"

可是，最奇特的印象却出自隐藏式摄影机的影像。在这方面，路易提到了"大屠杀之日常"。传声器偶尔将小鸟悦耳动听的鸣啭录了下来，而同一时间，死亡海湾里的鲜血喷泉在四处飞溅，染红了海洋。

安置隐藏的装备和之后的收回，是一件很费时间的苦差事，不只要在陡峭湿滑的茂密灌木丛里攀爬，常常还得在倾盆大雨中执行工作。找对位置放机器也需要一点点运气，常常发生的情况是看不清楚在暗夜中拍摄的影像片段。只有在观看影片、进行评估的时候，才会知道位置是不是真的合适。

　　一件碰巧的事——或说是幸运的偶然事件更为恰当——是某天早上一台"石头摄影机"的位置。西蒙将它藏在紧靠砾石沙滩后面的树丛里，镜头面对着死亡海湾。事后评估影像的时候发现，这个位置完全"命中目标"，绝对能够引起轰动。离镜头几公尺远的地方是猎捕人的火堆，当猎捕人谈到辉煌的捕鲸时期，当时在南太平洋还有那么多的蓝鲸，他们不停发射捕鲸炮直到双臂疼痛时，在这个诡谲美艳的早晨，正在死去的海豚蜷缩在自己的鲜血里。

　　男人们站在那里、喝咖啡、抽烟、在火堆旁暖手，就好像他们刚搭好了鹰架或装卸了一箱箱啤酒一样。然后他们持刀再回到海里，继续屠杀。其中一个男人伸手抓住位于火堆上方的一个钩子时，眼睛直直地盯住摄影机的镜头……他起了疑心，皱起眉头想要更仔细地察看。就在此刻，另一个渔夫在叫他。被分散注意力的他，抓起钩子就走人了。之后，当最后几只筋疲力尽、血流不停的海豚死亡后，另一个猎捕人用锅子装来海水，浇在火堆上。海水的颜色是红的。

　　"好莱坞恐怕无法更有说服力地呈现这样超现实的疯狂。"路易说，"有些评论家敢打赌这一切都是安排好的，不过，事实很显然不是。"然后，导演想起很多其他因为片长因素没被采用的细节："例如两位捕杀海豚者的对话，在上面提到过的火堆旁被我们的伪装摄影机录了下来。一个猎捕人对另外一个抱怨健康上出现愈来愈多的毛病：视力障碍、健忘、身体行动受限、痉挛。"路易的蓝眼睛一亮，说，"这是水俣病的症状！汞中毒！这个男人吃了太多的海豚肉！海豚肉的汞含量非常高！"

一般而言，他们没有多余时间仔细挑选、整理资料，所以路易总是尽可能快速地将这些敏感的数据载体送出日本。在日本的太地町和其他地点的隐藏拍摄，以及随着时间推移，拍摄工作逐渐公开，这样过了一年半后，需要的资料都已收集齐全。几百个小时的影片资料准备好等着剪接。

"现在开始，才是最困难的时期。"路易若有所思地说，"我们成为可怕事件的目击者。我们看到、听到、闻到、感觉到不幸与死亡……这些我一辈子不可能忘记的东西。可是，隐藏起来的摄影机，有部分从最近处还拍摄到更惨烈的影像；它们以一种看似寻常平庸的紧迫感，让我激动到无法喘息。"光是海湾支流大屠杀的影像资料，最后就有差不多四十个小时的长度，其中有很多内容都太恐怖，无法在完成的影片里呈现。

例如拍摄到还活着的长肢领航鲸一只接着一只、被一阵密集的刺刀和长枪攻击受到致命伤之前，却仍在混杂大量鲜血的浓浊海水里到处游，试着帮助正在死去或已经死去的家人，这念头支撑着它们，让它们浮在海平面上，如此它们才能够换气。摄影机也录到尖锐的哨声慢慢地消失……直到现场愈来愈安静，只剩下男人粗野的叫喊声和马达发出的噪音——或是鸟鸣声。

每当导演想到这些，就连现在，都还得竭力使自己镇静下来。"这些动物直到死时仍保持的社会行为与忠实，对猎捕人最有利。所有的长肢领航鲸——其他海豚也是——始终以群体的方式在一起，留在正在死去的同伴身边，直到再也没有一只活着。也有影像呈现当长肢领航鲸的主动脉被刺中的时候，鲜血如同喷泉一般喷射出来，喷到两、三公尺远的地方——跟随心跳的节奏——逐渐微弱下来。"

不过对路易来说，最难忘的是当他看见一只海豚宝宝从水里一跃而起、猛烈撞在锐利礁石上的情景。"这是怎样的一个可怕深渊，当一只海豚做这样的事，它是想从什么样的地狱逃脱……"在剪接台旁工作的那段日子实在是很难忍受。"在那段时间里，我没有一个晚上，眼睛里是没有泪水的。"

观众起立鼓掌

从海洋保护协会收集来的材料里，应该可以剪出四部电视节目长度的纪录片，主题分别是：猎杀海豚、捕鲸、捕抓鲔鱼和过度捕捞。最后问世的是《海豚湾》，一部惊险同时真实的惊悚片，具有电影的长度，将这四个主题集中在一起。

"我们从没想过，让海洋保护协会小组成为故事的一部分，"路易·皮斯霍斯导演说："但我们将自己的行动也拍了下来，包括夜晚穿的装备，结果产生了惊心动魄的电影素材——我们如何爬过路障、用智谋骗过看守人和跟踪者以及逃走等等。之后当我的好友亨特·汤普森（Hunter Thompson）也建议将海洋保护协会小组加入故事里时，我们就这么决定了。"由于这吸引人、同时又真实的亲身演出，一个崭新、相当精彩刺激的纪录片种于焉产生，甚至可作为其他电影制作的标杆。

"这部影片也许也是我小时候看太多雅克·库斯托节目和詹姆斯·邦德（James Bond）电影的结果。"导演笑言，"顺便一提，史蒂文·斯皮尔伯格根据他拍摄《大白鲨》的经验，劝告我绝对不要拍一部在船上或是动用到动物的电影，所以我已经预先被警告过了。今天，我也许还可以为初出茅庐的电影导演再添上几个警告：绝对不要拍一部你的拍摄对象想要把你干掉，而你得在半夜工作、触犯法律，警察也掌握你行踪的电影。不过，《海豚湾》就是这样产生的。"

这部生态惊悚片包括五条情节支线：瑞察·欧贝瑞的人生经历，以及他直到现在仍全心投入拯救海豚的行动；日本猎捕海豚的行为，围绕着捕鲸的阴谋诡计和国际捕鲸委员会；通过食物链，环境毒素积聚与其后果，以及过度捕捞和掠夺海洋资源。这位不可或缺的制片人兼演员费舍·史蒂芬斯（Fisher Stevens）以同等敏锐的感觉，和其他的参与者一起将这五条情节支线交织入一部引人入胜的惊悚片剧情里，使之成为一部冒险纪录片。

这是一部引人入胜、使人惊慌失措、振聋发聩的影片——并且如同《碧海蓝天》（The Big Blue）、《十一罗汉》和詹姆斯·邦德电影的混合体般紧张有趣。一部关于过失、责任和救赎的影片，它提出问题、让人愤怒，并稍稍改变我们观看世界的目光。多年来致力于维护海洋生活空间的演员皮尔斯·布鲁斯南（Pierce Brosnan）对这部电影评论如下，这绝非偶然："《海豚湾》的故事听起来很像好莱坞间谍惊悚片的剧本。不过，在这部电影里，危险和其他的一切都是真实的。——这使它比詹姆斯·邦德的电影还要精彩刺激！"

终于，《海豚湾》在美国的圣丹斯影展（Sundance Film Festival）首次上映。"事实上，我们直到首映前几小时，都还在对这部影片做精密调整。"路易回忆道，"我们不知道它是否会受欢迎。"首映结束后，放映厅里充斥着震惊后的寂静。然后，非常有批判力的影展观众发出震耳欲聋的如雷掌声，长达数分钟之久。二〇〇九年一月二十四日，评审团将最受觊觎的"圣丹斯影展观众票选最佳影片奖"颁给《海豚湾》。

　　之后，这部纪录片在美国境内和境外的无数影展上大获成功。光是到二○○九年十一月为止，它就得到十六项大型影展的奖项，美国和国际媒体的赞誉之声如潮水般涌来。享有盛名的影评人预言，《海豚湾》极有可能得到奥斯卡金像奖的提名，肯定有机会获得二○一○年奥斯卡金像奖。事实也的确如此。

　　二○○九年十一月，《海豚湾》和其他十四部影片一起被提名奥斯卡金像奖，放映权共销售至少二十几个国家。可以确定的是：这部影片在电影银幕之后，会成为电视节目，然后以 DVD 的形式流传下来。电影的效应继续发酵，已经引发和推动了很多事情。

　　可是，一个问题仍然还没有解决：我们能把《海豚湾》这部影片带到日本吗？"它毕竟是关系到日本的事件。"路易强调，"所以，这部影片能在日本被看见，是最重要的！"《海豚湾》可能登上日本电影院的银幕吗？如果"是"的话：谁将去日本推介它？这部影片毕竟记录了海洋保护协会小组如何"逾越"日本的禁令。"也就是说，我不得不如此认为，日本已对我发出逮捕令。"路易推断，"在日本展示自己触犯法律、被拍摄下来的证据，并非令人愉快的想象！"

《海豚湾》在东京上映

　　然而，拒绝随之而至。其实，对《海豚湾》在日本的公开首映来说，东京国际影展是最合适不过的了。它是全世界唯一设置环境议题的大型影展；从二○○八年起，它用回收塑料瓶制作的绿地毯来取代红地毯，并采用"为地球行动"这样的口号。但是，第二十二届东京国际影展不愿将《海豚湾》列入节目单里。《海豚湾》的内容"太棘手"、"太血腥"、"大肆批评日本"——东京国际影展的主办单位以这样或类似的说法为自己辩解。

"太荒谬了。"美国演员本·斯蒂勒（Ben Stiller）生气地说，"一部非常精彩刺激的电影，与日本高度敏感而具迫切现实意义的环境议题相关，却无法在日本环境影展上放映！"斯蒂勒在纽约看完《海豚湾》后，深受感动地对瑞克说："这部片子使我成为保育积极分子。"他的结论很清楚：撇开机关审查不谈，如果这部影片不能在东京国际影展放映，那东京国际影展的绿风格根本就是虚伪之物。该届东京国际影展评审团主席亚利桑德罗·冈萨雷斯·伊纳里图（Alejandro González Iñárritu），和一些捍卫言论自由者仔细听取了斯蒂勒的论点，对主办单位一点也不让步。

所以这部影片最后还是进入影展节目单。它应当于二〇〇九年十月二十一日上午十点三十分，在一家只有一百六十五个座位的普通电影院放映，完全不引人注意。但消息在网络上公布之后，电影票几乎瞬间卖完。东京国际影展的主办单位还指定一个"放映给新闻媒体观看的场次"，不过却"忘记"通知媒体。

"东京国际影展一点也不支持这部影片。"戴维·库必亚克（David Kubiak）说："尽管如此，不过也许正因为这样，《海豚湾》令所有参展影片黯然失色。"库必亚克受《海豚湾》的制片人委托独立宣传该片，并和一些助手日夜努力工作，以使影片获得最佳的媒体效果。

不过，之前必须搞定一个问题：导演是否敢亲自前往日本介绍影片，冒着被拘捕的危险。路易的犹豫不决完全可以理解，但路易最后还是同意冒这个险。他在他的律师陪同下飞往东京，"很多新闻媒体已经在成田国际机场等我了。他们是怎么知道我到来的时间，对我来说，直到今天仍是个谜。"然而，新闻工作者没有成为目睹路易被戴上手铐押走的证人，反而在机场不受干扰地对路易进行访问。"尽管如此。我时时刻刻都很害怕被逮捕，然后被禁闭三个礼拜之久，诸如此类。如果是这样，我的律师也无能为力。"还好这样的情况没有发生，不过东京国际影展还是准备好一些出其不意的事来招待路易。

当路易、美国有线电视新闻网，以及其他的电视小组、摄影师、通讯社和很多其他媒体于二〇〇九年十月二十一日，到达位于东京六本木的电影院入口时，他们首先发现东京国际影展主办单位一夜之间更改了摄影许可规定：不能拍摄路易站在电影院入口的绿地毯上的镜头；在这里，衣香鬓影的名人通常一个接着一个，在影展的徽标下摆出适合上电视镜头的姿势，接受此起彼落的镁光灯洗礼！此外，新闻媒体也无法进入电影院放映厅。路易和随行人士马上被推进休息室，而且直到电影放映后的问答座谈会前被断绝与外界的联系。

媒体工作者也受到相当程度的干扰。"我们被挤散，最后有六个摄影小组滞留在逃生梯。"美国有线电视新闻网的主持人宽子评论。然后在"售票完毕"的放映厅里，马上发生下一件意想不到的事：库必亚克算了算，还有超过四十个空位。没有时间愤怒了，库必亚克将危机变为转机。他玩了个"把戏"，用他从已坐在放映厅里的人们那里收集来的入场卷，将十几个媒体工作者带进来就座。"我一点也没有良心不安的感觉。"库必亚克说，"因为东京国际影展主办单位很清楚自己为什么不想放映这部影片。他们可以分辨红、绿两色的不同，也知道海豚眼泪如血雨般落下，将随时为那些列队通过绿地毯的伪绿色人士投下阴影。"

之后另一件让人意外的事是，突然有一大群来自太地町的人走进放映

1 潜入另一个世界……
2 日本的文化遗产，蕴含几千年的文化积淀，价值无限。

3

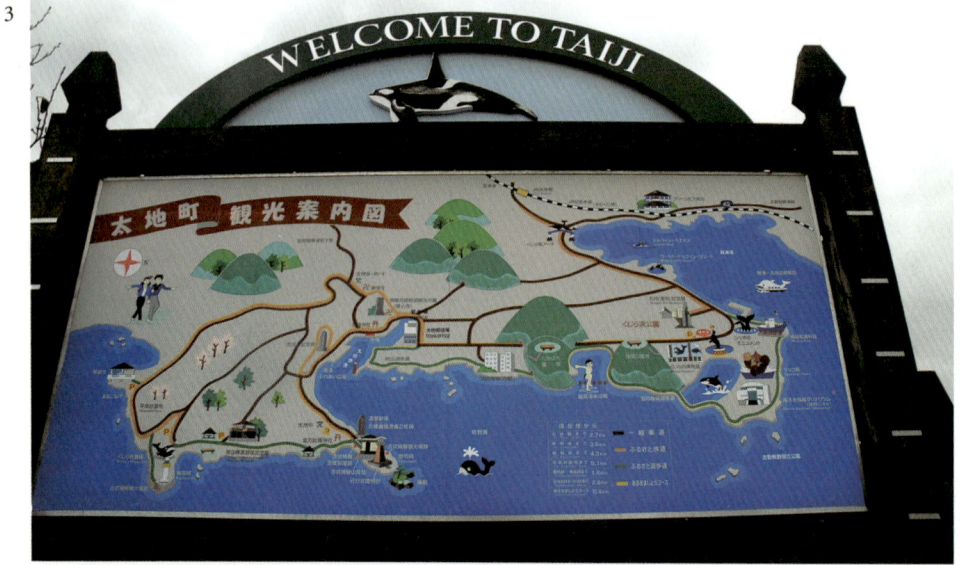

4

3 "欢迎来到太地町"。图示中，右有鲸类博物馆和海豚馆，左有死亡海湾，以一个正在游泳的小孩为标示，再左为太地町海港。

4 死亡海湾正好离海豚馆（右）三百公尺远。海湾和海豚馆之间，有一座以海啸公园作为观景处并可充作窥视点的丘陵。

5 一个热爱和珍惜鲸鱼与海豚之地——至少表面上看起来是如此。

6 虚幻的美景：手套形的畠尻湾。右边为筛选海豚、贩卖活海豚之处；左边，被屏蔽起来的"大拇指"部位，是小小的死亡海湾。

7 前往死亡海湾的通道被封锁了。

8 不欢迎观察者进入。海啸公园里封锁道路的网子。

9 太地町鲸类博物馆和海豚馆。

10 瑞克不只一次亲眼目睹死亡海湾里的血腥杀戮。

11 太地町港口的猎船。清楚可见两根固定在船舱、捕杀海豚者用来发出巨大噪音的典型铁杆。背景右后方是一艘捕鲸船。

12 平静无波的海洋，最好的天气。对旅客来说非常美好，可惜对海豚来说也是：它们纷纷出游。

13 瑞克与海豚卡西。

14 瑞克和助手将"飞宝"（最后一只在巴西被禁闭豢养的海豚），从池子里救出来，之后它
   被空运到位于海岸边的一座饲养场。瑞克在那里协助它做好回归海洋的准备。

15 瑞克参与秘密释放海豚行动，通常是在夜间出动。

16 自由潜水世界纪录保持人曼迪－雷·克鲁克沙克与一只座头鲸的美丽相遇。
17《海豚湾》导演路易·皮斯霍斯。

18 迷彩伪装的海洋保护协会小组。

19 拍摄影片最重要的是：团队合作！

20

21

20 查尔斯·汉布腾准备隐藏式摄影机。

21 飞船"卡西"和一架遥控直升机，两者都是为了从鸟瞰的角度拍摄影片而特制的。

22 围猎开始。

23 只有利用遥控直升机才能成功拍到这样的照片。

24 这个当地人（右，海洋保护协会小组戏称他为"私人领域"）一直不断拍摄保育积极分子和记者，并试图妨碍他们工作。

25 汉斯－佩特·罗德，本书作者之一，躲藏起来拍摄海湾。

26 海豚驯养师强迫喂食一只刚在海湾被捉到的海豚宝宝。一般情况下，这样的小海豚不会存活很久。

27 在畠尻湾筛选海豚的过程。好些海豚被卷进渔网里，然后溺毙。

28 在富户村，直到二〇〇四年，筛选海豚都是直接在港坞内进行。这是最近几次猎捕行动中的一次。

29 盲目的刺杀——太地町海湾的大屠杀开始了。

30 死亡海湾里的条纹海豚。虽然日本海域里的条纹海豚几乎已经捕杀殆尽了，且条纹海豚
   受到国际保护，但是在这里，它们仍一直遭到无情猎捕。

31 富户村海港。一九九九年秋天。

32 一九九九年于富户村。在前往屠宰场的途中，海豚还活着。

33 猎捕海豚者攻击潜水客。这些潜水客前来抗议太地町海湾内的长肢领航鲸屠杀行动，当中包括电视女星海蒂·潘妮迪亚（Hayden Panettiere）等人。

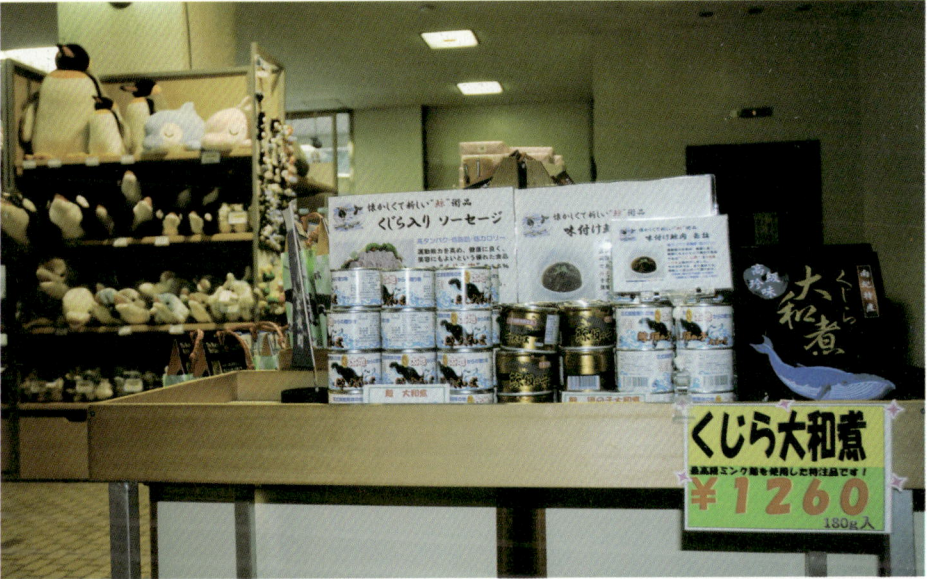

34 宗教仪式木碑，为凭吊死去鲸鱼和海豚的灵魂而竖立的。这座木碑离富户村的屠宰场不到两百公尺远。

35 海豚保育人士采购海豚肉（检测用）。这是瑞克在离太地町不远的一家超级市场里。

36 太地町海豚馆贩卖鲸鱼肉和海豚肉，背景是海豚绒毛玩偶纪念品。

37 太地町鲸类博物馆里极小的海豚饲养场。它们在这里被监禁到生命结束。

38 在这里，海豚必须表现出可爱的样子。它们全都是在太地町捕来的。

39+40 一切都没有改变。今天的特技表演和五十年前一模一样。上：二十世纪六十年代，
年轻的瑞克在迈阿密海洋馆。下：现代的海豚馆。

41+42 二十世纪六十年代在富户村捕杀海豚。前海豚捕杀者石井泉先生提供的历史照片。

43 太地町海豚馆，恶劣的狭小环境。

44 倡导教育从根源做起。瑞克在日本爱知县附近一所小学进行海豚相关的演讲。

45 两位前海豚猎捕者合照。瑞克和石井泉在富户村附近观察海豚。
46 石井泉每年带领大约两千名游客去观赏海豚。

47 看到抹香鲸！赏鲸豚，富户村近海的未来展望。

48 海豚回归浩瀚无垠的海洋。

厅，在一排"意外"空下来的位子上就座。其中有三轩一高镇长和那位积极的捕杀海豚者"私人领域"，他也在电影《海豚湾》里一再因其侵略性和尝试挑衅而引人注目。同样在场的还有日本水产厅的政府顾问小松正幸。他身为发言人，用例如小须鲸是"海洋的蟑螂"这类言论，一再为日本的捕鲸行动辩护。还有诸贯秀树这位二〇〇八年引退的政府渔业代表，他在《海豚湾》里，在摄影机前让人拿一根头发去实验室检验汞含量，分析结果证实为阳性。

对路易来说，这是"非常好的意外。梦想成真！我一直希望，《海豚湾》放映时，我能够有机会和这些人一起坐在放映厅里观看。他们现在全都坐在那里！"可是，小松正幸总是怒视着前方、发出咕哝声，整体来说显得相当无动于衷。路易的言语中略带讥讽："希望这不是汞中毒症状才好，因为这个政治人物吃了太多鲸鱼和海豚肉……"

导演马上自己安排了下一个惊奇。他宣布，假如《海豚湾》在日本找到影片发行公司、太地町愿意终止捕抓海豚和鲸鱼，他将把这部电影的所有收入提供太地町镇使用。不过，太地町来的那群人没有听到这番话；电影结束后，他们马上边骂边踏着沉重的脚步走出放映厅。

根据主持人库必亚克的评估，这一点也能解释为什么东京国际影展对待媒体的态度那么糟。"渔业代表和镇代表在准备阶段即威胁恐吓东京国际影展主办单位：如果影展将这部影片纳入节目单，他们就要控告影展。主办单位害怕极右派分子可能趁着各种抗议行动，用装有扩音器的卡车发出震耳欲聋的噪音轰炸整个市区。"

极右派分子没有到场，多数的日本观众不仅在电影结束后，也在问答座谈会后，都报以热烈掌声。然后，媒体被"丢出会场"，一如宽子在离开时对着美国有线电视新闻网的摄影机所说的。根据主持人库必亚克的说法，东京国际影展的人有计划地试图将媒体和观众区隔开。尽管如此，宽子仍采访到一位观众的看法："大家辩论这些有争议的议题前，应该先看看这部影片。"泷泽健吉（Kenkichi Takizawa，音译）这个日本年轻人在影片放映结束后表示。他是少数有机会看到这部影片中的一位……

《纽约时报》也访问到两位日本观众："我很吃惊。"十八岁的高中生石泽由纪子（YukikoIshizawa，音译）表示，"我觉得特别震惊的是，海水是怎么变红的。"还有，二十九岁的上班族雄口太郎（Taro Oguchi，音译）认为："日本是否应该终结猎杀鲸鱼和海豚是一回事，但我们至少应该知道有围猎这回事。"

日本籍自由记者田中响子对这件事也有类似的看法，她与人共同负责私人组织的公关事务，以及在东京国际影展之外，围绕《海豚湾》的媒体报道："全世界现在都知道这个棘手的问题，只有我们在日本不知道，这真的相当难堪。我们至少应该知道，在自己的国家正在发生什么事，我们有得到信息的权利。东京国际影展阻碍媒体工作，没有在这方面发挥正面的影响力。从外界看来，没有给日本留下一个好名声。"

库必亚克和他临时组成的小组，安排在影片放映后于附近一家饭店举行记者招待会。估计有四十五个媒体出席。路易结束马拉松般的媒体访问后，隔天在"谷歌新闻"（Google News）找到约九百则和此主题相关的报道。

第六章

我们的朋友和好帮手

对普通人来说，乍一眼看到鲸类动物（鲸鱼和海豚）时，它们给人的印象就像是巨大的鱼类。因此"鲸鱼"（Walfisch）这个说法，直到今天在德语惯用法中仍然广泛使用，而鲸类动物的体形和鳍确实跟鱼类有极大相似处。

日本的捕鲸人和捕杀海豚者，看来也把鲸类动物当成鱼类来对待，而不是高度进化、聪明，并且对疼痛相当敏感的海洋哺乳动物。

然而再进一步细看，鲸类动物或"鲸目"（Cetacea），一如学者所命名的，和鱼类之间除了生活空间一样之外，并没有什么共通之处。鲸鱼和海豚是生活在水里的哺乳动物，生活在水中的环境，使这些温血动物承受一些挑战，例如：在水里要如何用肺呼吸？如何给幼儿哺乳？如何保持恒定温暖的体温？

鲸豚小百科

直到今天，有八十六个物种被归类为"鲸目"。"鲸目"下有两个亚目：齿鲸亚目，其中包含十个科、七十二个物种；另一个是须鲸亚目，包含四个科、十四个物种。海豚科包含了最多的物种，几近四十多个，从小只的淡水豚到身长九公尺的虎鲸都是。虎鲸同样属于海豚科。

鲸类动物，在世界各地的海洋均有分布。一些鲸鱼种类和海豚种类的居住地是相当固定的，其他的则会长途跋涉进行洄游。抹香鲸是用肺呼吸的动物中，潜水纪录的保持者；它是这个地球上最大的猎人，在追捕巨乌贼时，可以潜泳至海底三千公尺深。实在令人难以置信。

在鲸目动物中，有两种取得食物的方式：掠食和滤食。属于齿鲸亚目的鲸类都是猎人，从一公尺多长的鼠海豚，到超过三十吨重的抹香鲸都是。

它们追捕猎物，并用圆锥形的牙齿抓住猎物，然后将它们整只吞下。

虽然大部分的鲸类动物，不管是在水里还是在水面上，视力都相当不错，但它们主要还是依赖声音讯号，因为即使是在非常清澈的水里，能见度还是很少能超过四十公尺。因此，它们具备令人印象深刻的发音器官。

"鲸歌"是鲸鱼之间典型的沟通方法，齿鲸亚目的听觉简直可以说好得吓人。它们的听觉是如此敏锐，以至于它们通过听就能准确"看见"。它们善用听觉，用所谓的回声定位捕捉猎物，通过在呼吸道的振动，发出频率位于超音波波段的高频嘀嗒声。和蝙蝠一样，传播出来的声波被物体（例如鱼或同种生物）反射回来，然后作为"回声"，被鲸鱼或海豚的灵敏听觉清楚地接收。

传到听觉里的回声，在鲸目的脑部形成一个"图像"，完全不受环境是光亮、清澈、浑浊或漆黑的影响。海豚"用听觉来看"，得出如此精确的图像，让它们可以使用超音波回声定位估计鱼群距离它们多远，或是测定鱼群里几千只中的其中一只猎物。

每小时游速可达五十五公里的海豚，狩猎时可以潜至大约三百公尺深的地方，最多能停留十五分钟；但潜水时吸进的每一口气，大部分只能持续几分钟。一些海豚种类挖空心思构想联合同伴的狩猎方法，它们或是包围猎物群，或是将猎物群驱赶至海岸；它们以经由喷气孔喷出的水泡，或是以对猎物来说犹如一道墙的整面"水泡帷幕"，把鱼群弄糊涂。一般而言，海豚有圆锥状的牙齿，能够紧紧抓住猎物，然后将之整个吞食下去。

虎鲸是海豚科中唯一除了大型鱼类之外，也把温血动物视为食物来源的物种，例如企鹅、海豹，甚至还会捕食其他鲸鱼和别种海豚，但从来不攻击人类。虎鲸分布在所有海洋里，并且由于其巨大、具有隔绝效果的身体，也能忍受南北极水域的酷寒。长肢领航鲸多亏其可观的身长（可至六公尺长），也能够游到高纬度地带；而其他较小的物种，则明显偏爱温暖的水域。

海豚成群地生活在一起，它们是社会性动物。在渔产量丰富的猎区，会有超过一千只海豚聚集在一起。海豚个体之间用嘀嗒声、口哨声、脉冲式的声音及其他声音沟通，但也通过身体接触的方式进行交流。海豚和群体间的关系不是非常固定，有时候不同的群体间也会交换成员。但是海豚彼此间可以建立起很强的联系，这样的关系特别是在照顾受伤或生病的同伴时会强烈地表现出来。

一如所有的鲸鱼，海豚每胎只生一只小海豚。雌海豚的妊娠期一般是一年，不过物种和物种之间还是有所差异。哺乳方式也和所有鲸目一样：海豚妈妈主动通过乳腺将含有丰富油脂的母乳喷射入小海豚口里，因为小海豚没有能够用来吸奶的嘴唇。小海豚直到六岁前都待在海豚妈妈身边，但在出生几个月后，小海豚已经学会独立寻找食物。

一些海豚物种甚至生活在淡水里：拉普拉塔河豚存在于紧邻南美洲大西洋海岸的浅水域里；大西洋驼背豚存在紧邻西非的大西洋海岸的浅水域里；从东非到东南亚，可见到中华白海豚的踪迹，其中一些沿着河流往上游。四种惊人相似的淡水豚物种，生活在地理上完全不同的水系：亚马逊河豚、恒河豚、印度河豚，以及白鳍豚，也称为扬子江豚。[1]二〇〇六年起，一个研究小组以先进仪器搜寻受污染的长江数星期之久，完全没有找到白鳍豚的踪迹，于是被正式认定已灭绝了。[2]

1　关于淡水豚的数据参见"保护海洋协会"、维基百科与其他。

2　本节的来源：摘录自《鲸鱼、海豚和海洋》（*Wale, Delphine und das Meer*），得到西薇雅·福来的友善同意引用资料，"保护海洋协会"，二〇〇九年。

不可思议的经历

二○○二年春天，我在亚速尔群岛近海乘帆船横渡大西洋时，亲身验证了海豚在黑暗中辨认方向的能力。当时天色幽暗，风平浪静，我们坐在"卡萝号"里。我欣赏着浮游生物在夜晚发出来的亮光，用一支手电筒照向水里画出"光的痕迹"，以排遣值岗时的无聊。所有在水里移动的东西——艇篙、船体、桨、我的手、鱼、因为受到刺激而发光的浮游生物，在光之舞里闪耀着。用海水冲洗船上的马桶，马桶甚至会发光。船的航迹画出唯一一道光的痕迹，繁星点点的穹苍笼罩着布满如星点般浮游生物的海洋，水天相连，浩瀚无际，在这当中航行的是宇宙飞船"卡萝号"。只有游艇发出的嘎吱声，和波浪有韵律的阵阵拍打声，可以让我们想起我们还在海洋行星——地球——上航行。

突然——那是什么？没有月亮的夜晚，四周一片漆黑，我们听到稍远处的海水里有熟悉的声音，但那声音在此处，在海上，离最近的海岸有几百公里远的地方，听起来叫人难以置信。呼吸声！它喘气的声响，不知怎的让人想到夜晚牧场上的牲畜呼吸声。也就是说，那里有跟我们一样呼吸空气的生物……海豚！它们呼哧呼哧的呼吸声愈来愈清晰。之后，它们突然在我们的视野内出现：两只海豚，离我们三四十公尺远——有两个亮点！它们急速冲过来，一对海豚，后面拖曳着两条划开发亮浮游生物的淡绿色彗星尾巴。

我们非常惊讶地观察着，海豚如何以优雅的两人队形到达游艇附近，然后绕着游艇泅泳。船引起了它们的好奇心。浮游生物的亮光清楚描绘出它们的轮廓，在黑暗中，海豚一点也没有辨认方向的问题，相反地，它们在任何时候都非常准确地"看到"所有的东西。就像确定船的方位一样，它们也能够相当精准地找到猎物：鱼和墨鱼。我们之前可能用手电筒将这些鱼引了过来。当海豚潜入水中的时候，"扑通"溅起的水花声和它们发出的鼻息声相互交替，声音逐渐远离我们的船。这两只海洋哺乳动物又拖曳着闪亮的轨迹而去，无拘无束，在无边无际、闪烁微亮光芒的海洋宇宙里。

海豚在神话学和文化上的地位

"在古希腊，屠杀海豚必须接受死刑的处罚。"瑞克说。英国作家威廉·琼森也深入研究希腊人与海豚之间的密切关系，这项保护海豚的严格谕令"是为了尊重海豚的高智商和其温厚的习性"，琼森在他的书《马戏团的魔法？》[1]里写道："这一紧密关系也反映出人类肯定和海豚之间的生物亲缘关系，不只亚里士多德很正确地将它们视为哺乳动物，而是人类间普遍存在这样的信念：在很久很久以前，这些人类的'海洋远亲'，也许和男人与女人的祖先共同生活在陆地上。"

"猎捕海豚是可耻的。意图造成海豚死亡的男人，不再被允许来到诸神的面前。他的献祭品不被喜爱，他的碰触毒害祭坛，他玷污所有和他住在同一屋檐下的人。如同诸神严厉谴责谋杀人类，诸神同样非常痛恨折磨杀害深海善良主人的人。"希腊诗人和哲学家欧皮安（Oppian）如此表示。[1]早在古代，海豚就是海洋与海神的象征，也是地中海沿海国家与许多滨海城市的标志。而在各种传说与文学作品里，海豚被描绘为爱好音乐，而且

1　原文标题为：《*The Rose-Tinted Menagerie*》(《欢乐的动物园》)。

2　资料来源：www.dolphinmedia.at。

对人类很友善的生物。所以希腊历史学家普鲁塔克（Plutarch，约公元46—125年）用热情洋溢的赞歌，宣告海豚是唯一完全不从个人利益出发来寻求友谊的生物。

对古代从不屠杀海豚的渔夫来说，海豚是风向与风暴的宣言者、捕鱼时的领航员与帮手。在克里特岛上克诺索斯遗迹的米诺斯神殿里（约公元前一千六百年），发现描绘海豚的最古老且最有名的湿壁画。希腊传说、湿壁画和镶嵌画呈现出海豚如何拯救搁浅遇难的水手，或是骑在海豚背上的孩子。海豚甚至化身星座，被提升到天空中，因为它帮助海神波赛顿（Poseidon）娶得海中仙女安菲特里忒（Amphitrite）为妻。在很多古希腊作品的描绘里，海中仙女乘骑在海豚的背上。[1]

古希腊的历史编纂学家、地理学家和民族学家希罗多德（Herodot）最有名的传说中，描述诗人兼歌手阿里翁（Arion）受到海豚的拯救：阿里翁在一艘船上遭到洗劫、被迫自尽。他穿上他最华美的长袍，拿起齐特尔琴，演唱了一首歌曲，然后从船上一跃而下。不过阿里翁没有溺死，而是被一只海豚救起，带到陆地。[2]

对罗马人来说，海豚也非常重要，无数流传下来的故事，为人与海豚之间令人印象深刻的相遇提供了证据。好些传说与佚闻都提到乘骑海豚的男孩，例如罗马的自然学家普林尼（Plinius，公元23—79年）便曾描述在拿坡里附近，一个小男孩与海豚的友谊。一只生活在海湾里的海豚，每天

1　节录自维基百科，包括其他各种不同的资料来源。

2　"阿里翁"这个名字让人想到"阿里翁大师"（Meister Arion）或法兰兹·巴尔东（Franz Bardon）（1909–1958）这个隐密学（Hermetik）的著名行家。巴尔东曾在中欧的德语区居住和工作（也参见 www.vbdr.de）。

载着小男孩去海湾的另一边上学。小男孩有一天突然生病去世了，海豚每天早上仍在约定的地点等待小男孩，直到某天它躺在海边死去，无疑是因为过于思念小男孩。

"悲痛海豚"的主题——海豚因失去喜爱的人而忧伤致死，或是自杀——在罗马和希腊神话里也都为人所熟知。普林尼也研究海豚如何对音乐喷泉的音乐作出反应，或是海豚如何将鱼驱赶到海湾，然后用自己的身体堵住海湾的入口，帮助渔夫捕鱼。

在希腊神话里，海豚和众神有亲密的联系。与希腊神话相比，罗马人对众神的崇拜并未如此狂热。罗马人相信，万物都是为人类服务，而屠杀海豚在罗马帝国不是什么无耻的事，也不是反众神的违法行为。

在基督教的信仰里，我们也看到无数有关海豚和人类情谊的故事，以及某些悲剧结局。例如普鲁塔克有一则从公元后一世纪流传下来的佚闻，叙说男孩黑米亚斯与海豚的友谊，然而男孩某次和海豚一起出游时溺毙了，海豚认为小男孩的死是它的过错，于是将男孩的尸体带到沙滩上，躺在他身旁，用自己的生命来赎罪。

在基督教的象征语言里，海豚成为"生命之鱼"，是敏捷、勤奋和爱的同义词、人类的代言人，而且被当成复活的象征，装饰在无数早期基督教的墓碑上。如同在希腊，阿波罗神以海豚为象征，基督作为拯救者，也以海豚为象征来显现。[1]

基于对海豚的尊重，以及海豚在神话里极正面的形象，海豚在欧洲中古世纪也被用来作为绘制在徽章上的动物。维也纳伯爵（Grafen von Vienne）使用海豚作为盾徽，产生极大的影响（译注：此处的"维也纳"

[1]　资料来源：www.dolphinmedia.at。

是一座位于法国东南部的城市），最后形成法国皇太子几百年来以"海豚"（Dauphin）作为头衔的传统。[1]

关于人和海豚之间亲密关系的故事，当然不局限于地中海地区或希腊罗马时期，也可以在其他洲不同的时期和文化里找到。例如在印度或亚马逊盆地的部分地区，海豚以前和现在都被视为神圣的生物，也是多产的象征。新西兰的原住民毛利人，同样崇敬海豚如神祇。他们遇到困境时，祈求海豚作为指导者，视海豚为指路人一般听取建言。毛利人和海豚的神话式关系相当具有传奇色彩，在电影《鲸骑士》（Whale Rider）里有很令人印象深刻的呈现。

在澳洲，原住民满怀尊敬与敬畏地将海豚编入其"梦时"（Dreamtime）创世神话里，作为海洋慈悲与友善一面的体现。一个有名的"梦时"故事谈到一只因为贝类生物提供藏身处、逃过鲨鱼攻击而幸存下来的雌海豚甘娜笛雅（Ganadja）。她的海豚丈夫遭到鲨鱼杀害，后来投胎转世为人，被他之前的海豚妻子认出。甘娜笛雅扑向海岸，变成女人，和她的丈夫结缡，于是产生"大岛"（澳洲）的人民。而甘娜笛雅留在海洋里的后代，记得人类是它们的亲属，因此直到今天仍然在寻求和人类的联系、和人们一起游玩，一如它们在"梦时"所做的一样。[2]

北美洲西岸的某些印第安人部落也有类似的情况。在波利尼西亚群岛和密克罗尼西亚群岛上流传着这样的故事：海豚拯救乘船遇难者，或是对人类为它们做的善事表示感激。

海豚和人的亲密关系，不但出现在希腊人、原始部落民族或罗马人的

1 资料来源：维基百科与其他。

2 资料来源：www.dolphinmedia.at。

神话里，在凯尔特人的北欧文化里也扮演极重要的角色。例如在丹麦出土的绳德斯土波锅炉（Der Kessel von Gundestrup）上，边缘非常清楚画了一名海豚骑士，这就足以证明。人和海豚最初的相互理解，有部分可以追溯到传说中的"亚特兰提斯王国"。据说当时人们和海豚间的直觉联系比现在紧密得多，人类未被教育得太过倾向理智和知识，直观的行为与伴随而生的同理心，比今天还多得多。

事实上对很多人来说，可以在大海上与海豚或鲸鱼相遇，一直都是很能够引起深刻共鸣的体验，引发难以言喻的感动。[1]"海豚把我们迷住了。人们说，海豚带给水手幸运、拯救乘船遇难者、喜爱我们的音乐，有时候还和人类建立友好的关系。"雅克—伊夫·库斯托，上个世纪最知名的海洋学者之一，也如此表示。

援救者来了

冲浪客戴维·拉斯托维奇和一个朋友一起出海，正在冲浪板上稍事休息。一个波浪席卷而来，汹涌的海浪掀起高高的水花，在水晶般透明的海水里，一个黑影逐渐靠近。戴维刹那间认出那是一只体型很大的鼬鲨。他完全没有时间思考，突然间，第二个黑影快速冲过来，猛撞鼬鲨！受到冲撞的鲨鱼掉头游走，这一切只持续了几秒钟。戴维恍恍惚惚地看到绿松色的海水里，那只把鲨鱼吓跑的海豚。很明显，海豚这样做是为了保护这两位冲浪客。"对我来说，这是直到目前为止，有关海豚和我们之间的联系最令人印象深

1 若想要进一步了解人和海豚之间产生深刻共鸣的原因，可以查阅网页 www.diebucht.info 上的一篇补充文章。

刻的提醒，也是海豚乐于助人的证明。"

　　戴维在自由冲浪界很有名，也以制作电影和音乐——特别是环境保护相关主题的作品——而成名。他和朋友一起创立了"支持鲸目冲浪客"组织，在电影《海豚湾》里，也参与一次冲浪板上的和平抗争行动，在太地町的死亡海湾里反对屠杀海豚。

　　在现代，以及不久前的过去，有无数关于海豚通过不寻常行为拯救人类生命的描述，例如海豚将溺水的人背到陆地，或是保护游泳者不受鲨鱼攻击。"对海豚来说，无私的反应是理所当然的。"新西兰奥克兰大学的海洋哺乳动物学者萝雪乐·康士坦丁（Rochelle Constantine）指出："海豚想要援助无助的人，就像对待它们的同类一样。"

　　媒体一再报道海豚对人类提供的帮助与援救。即使人类对海豚并不友善，海豚仍然对人类充满善意。例如，二〇〇四年十一月底，很多报纸采用了法新社的一则新闻报道，内容如下：[1]

海豚救了四名泳客。

　　如今住在瑞士的美籍水资源研究学者琼·达维斯（Joan Davis），在佛罗里达州南部也经历过类似的事件："那是一九六〇年，在那不勒斯，离大沼泽地国家公园不远的地方。"她对我叙述，"墨西哥湾的海水平滑如镜。

1　资料来源：AFP/www.sueddeutsche.de。

我在宽阔的沙滩前晨泳了一会儿之后，躺在海面上，让盐水担负着我的重量。也许在离沙滩有两百公尺远的地方，我睡着了。两条腿懒洋洋地向下垂挂在水里，只有我的脸还留在水面上。

"突然间，我清楚地感觉到，什么东西在温柔地捏我的大脚趾。我稍微受到惊吓，环顾四周，以为我的伴侣游过来找我了。不过，什么人也没有。同一时间，从沙滩那边传来扩音器发出的刺耳声音。过了一会儿，我惊恐地确定了自己是被呼叫的那个人！'回到岸边！'救生员从沙滩对我呼喊，'小心，有鲨鱼！马上从水里出来！有鲨鱼！赶快游到陆地！'

"我看一眼大海，吓呆了：几只鲨鱼的背鳍划破海平面，离我已经不远！在我的身旁也已浮出背鳍……不过，我也听到呼哧呼哧的呼吸声！虽然在不远处真的有鲨鱼，但在附近包围着我的是——海豚！一种难以形容的轻松感涌上我的心头。我马上觉得自己受到极好的照料，而且很安全，就像在做梦一般。我朝着海岸的方向游去，海豚不停地绕着我游泳，形成一个保护圈。

"这个幸福的片刻，以及这些出乎意料的友善保护者，还有包围我的团结相依感，真的很动人心弦。我相信我应该比较像是在漂浮，而不是在游泳。沙滩离我愈来愈近了，我看到救生员和我的伴侣紧张地朝着我的方向张望。我仍然被拯救者围绕着，我非常镇静地游着，直到感觉地面就在我的脚下。我到达那不勒斯沙滩后发生什么事，完全不记得了。脑海中不可磨灭的记忆，是那些海豚守护者对我产生一种几乎超自然的迷人吸引力。"

每当她回想起那次难忘的经历，直到今天她仍会震撼地浑身起鸡皮疙瘩，内心满怀深刻的感激。

上世纪六十年代，瑞克在佛罗里达州南部也体验到一只海豚的专注与乐于助人。"海豚互相帮助，不是什么不寻常的事情。它们让彼此养成这样的习惯。"这个从前的"飞宝"驯养师说，"我曾经看过海豚竭力帮助同种生物保持在水上的状态，即使它们已经死了。小海豚出生时——尾巴会先出来，这样才不会溺毙——海豚妈妈会与'助产士'合力把刚出生的宝宝推到水面，这样它才能开始第一次的呼吸。"

阿尔特·麦基是瑞克的一个朋友、当时有名的寻宝潜水员，曾与他的家人一起来迈阿密海洋馆拜访瑞克与海豚苏西[1]。阿尔特的五岁儿子凯文，在木板小桥旁寻找飞宝。"我们站在稍远的地方聊天，阿尔特同时一直留意着男孩。"瑞克回忆道，"后来凯文滑倒，掉进水里。不过，在我们两人有所动作前，苏西已经将小凯文拉到木板小桥上了。为什么它要做这样的事？对我来说，答案很简单，这和我为什么会救一个孩子的道理是一样的。"[2]

海豚成为国家英雄

早在十九世纪末二十世纪初，一只花纹海豚成名了。人们把它命名为"罗盘杰克"（Pelorus Jack）。整整二十四年——几乎是海豚一生的寿命——它确确实实地引领船只通过新西兰两岛之间、位于库克海峡旁的迪维尔岛群间一条非常险恶的通道，一条以水流、浅滩和危岩而恶名昭彰的通道。在"罗盘杰克"工作的期间，从来没有一艘船只遇难。

因此在一九〇四年，一条新西兰的法律颁布，规定库克海峡及其周围一带的所有花纹海豚均受到保护。在此之前，有个乘客从船只"企鹅号"

---

1 苏西：被瑞克训练，担任《飞宝》主角的海豚。
2 源自《海豚的微笑》，美国，一九八九年。

（Penguin）射击"罗盘杰克"。这只忠实的海豚活了下来，休养过后，直到一九一二年仍然负责引领船只通过危险的浅滩。不过，"罗盘杰克"从此以后避开"企鹅号"。大家都声称，这艘前桅横帆三桅船从那次射击之后受到了诅咒。而真实情况是，这艘船在一九○九年沉入库克海峡，当时有七十二人遇难，是新西兰航海史上最大的灾难之一。[1]

海豚想要和人直接接触的新闻，也时有耳闻。例如一九五五年初夏，一只孤单的宽吻海豚突然出现在新西兰极北端的欧波纳尼（Opononi）附近的后崎安轧（Hokianga）。这只雌海豚围绕着渔船跳跃，跟随渔船来到岸边。在那里，它主要是想和孩子们直接接触。

这只海豚"欧波"（Opo）和一个十三岁的女孩吉儿·贝克（Jill Baker），建立起最紧密的联系。一年后，吉儿写下她和欧波一起经历的事情。"我想，它对我怀有好意，因为我总是很小心地对待它。我从不会像其他人那样，猛扑向它。有一次，我在离它出现处更远的地方游泳。我在水里还没游多久，它已经直接在我的眼前浮出水面，把我吓了一跳。有时候，当我两腿稍微分开站着的时候，它会从我的胯下游过，载我游一小段。有时候它让我把小孩子放在它的背上。"[2]

很快地，"欧波"在新西兰成为家喻户晓的海豚。数以百计的人来到欧波纳尼，欣赏"欧波"表演愈来愈巧妙的绝活。"欧波纳尼一地发生的不寻常事件，足以证明古希腊、罗马传说中关于人骑乘海豚的描述，绝对不是捏造的。"艾胥黎·孟塔古（Ashley Montagu）在著作《历史上的海豚》（*The Dolphin in History*）里写道。

1　翻译自：www.folksong.org.nz/opo（以及其他）。
2　翻译自：《历史上的海豚》，美国，一九六三年。

直到今天，还有一件石雕作品在纪念着"欧波"，造型是一个小男孩骑着一只海豚。[1]

从二〇〇七年开始，海豚"莫可"（Moko）成了新西兰的新英雄。"莫可"定期在北岛东岸的玛西亚（Mahia）沙滩和游泳的人游玩，有时候甚至把抓到的鱼送给他们。二〇〇八年三月，"莫可"拯救了两头鲸鱼，让自然保育人士感到很惊奇。一头三公尺长的小抹香鲸妈妈和它身长一点五公尺长的孩子搁浅了，看来像是因为沙洲而迷失了方向。"莫可"忽然在那里出现了。

据目击者称，这两头惊慌失措的鲸鱼平静下来，和海豚"莫可"取得联系。"莫可"陪伴它们沿着沙洲游了差不多两百公尺远，在那里，它们必须转九十度的弯，然后游过一个相当狭窄的地点。就这样，海豚将鲸鱼带到辽阔的海洋。过了一会儿，"莫可"已再度和玛西亚沙滩旁的游客玩耍起来。不过，在该海岸附近再也没看到那两头鲸鱼了。[2]

二〇〇一年至二〇〇六年，孤单的雄虎鲸"路纳"（Luna）在加拿大温哥华岛西侧想要和人类接触。"路纳"常常顽皮地和船只、水上飞机玩耍，使它成为举世闻名的虎鲸。二〇〇六年三月十日，"路纳"游进一艘拖轮的船尾推进器里，因而丧命。这样的命运，一再发生在离群的孤单海豚身上，因为它们太受旋转的船尾推进器所吸引，而"路纳"之前已经在和其他船只玩耍时受过伤。受到奖项肯定的加拿大电影《抢救路纳》（Saving Luna）以感人的方式呈现了这只鲸鱼和相关人士的命运。[3]

受到崇敬的还有生活在毛里塔尼亚伊斯兰共和国近海的海豚。在那里，

1　资料来源：www.teara.govt.nz 与其他。

2　译自天空新闻台（Sky News）的一则电视新闻稿，以及各通讯社报道。

3　也参见 www.mountainsidefilms.com/savingluna。

西非大西洋海岸前，生活着大西洋驼背豚，一种当地的独特物种。这种沙土色海豚，背鳍前方有个引人注目的隆起，在浅水里是很好的捕鱼者，灵缇犬海湾附近的拉斯提姆瑞斯特（Ras Timrist）居民很懂得善用这项特性。当居民准备捕鱼时，会用棍子拍击水面。对生活在海岸附近的海豚来说，这是一个很清楚的信号。它们聚集起来，开始用其十分独特的围猎方法，将鲕形目鱼类赶到沙滩。当地的渔夫就等这一刻，然后收网，将大量渔获拉到陆地上，当然也会留一些鱼给海豚。[1]

上世纪九十年代初，瑞克在巴西海岸旁的一座城市拉古纳（Laguna），也观察到类似的情况。当时他受委托在那里野放"飞宝"，巴西最后一只受监禁豢养的海豚，而它必须再度学会狩猎。为了达到这个目的，瑞克得把活鱼丢给海洋饲养场里的它。

"活鱼是我从附近渔夫那里买来的。"瑞克回忆道。这些渔夫总是在聊一群"好海豚"，数目也许多达二十来只的宽吻海豚。它们听到渔夫发出的信号就游过来，将鲕形目鱼类驱赶到沙滩。在那里，渔夫排成一排准备好，抛出渔网。当中很多鱼碰到抛出的网子，被弹了回去，并吓得飞快地往回游，结果直接游到"好海豚"的嘴里。"也就是说，这是共生的合作。人类和海豚都从中受益。"瑞克得出结论。

"飞宝"也从它的同类追捕的鱼中得到好处。若干年前，"飞宝"在拉古纳被人捕获。现在，它不只是要被野放，甚至还要返回它自己的家——

1　在毛里塔尼亚的阿尔金岩石礁国家公园（Banc d' Arguin National Park）拍摄的法国纪录片《人和海豚之间的仁爱》（*L'altruisme entre home et dauphin*）令人印象深刻地呈现这里所描写的情景。也参见 www.marinebio.org/species.asp?id=344、电影《人和海豚之间的仁爱》。

回归拉古纳的"好海豚"族群。瑞克微笑着说:"这是我最美好的时刻之一,我是这只海豚如何回到海洋、回到它家乡的见证人。而且,它正好叫做'飞宝'——我爱快乐的结局!"

海豚拯救日本渔夫

二〇〇四年十二月二十六日早上,"泡泡蓝号"(Bubble Blue)从泰国的拷叻港(Hafen von Khao Lak)出海,取道朝邦岛(Ko Born)的方向航行,两地之间的距离将近三十海里。在邦岛,潜水观光客想在船上观察并拍摄海洋生物。让大家很高兴的是,在离小岛不远处,离船很近的地方,海豚出现了。一名观光客拼命拍摄这群海豚,它们像杂技演员般地跳跃,发出清晰可闻的哨声,好像真的想把所有人的注意力都吸引到它们身上。船上的观光客很随性地做出跟随海豚的决定,希望能够和它们一起潜水。"泡泡蓝号"于是慢慢地跟在海豚群后面,进入愈来愈深的海域。

过了将近一个小时,海豚消失了。"泡泡蓝号"回到拷叻港,发现港口整个被毁了,到处都是断瓦残壁。人们寻找幸存者,却只能找到死者。这群潜水观光客毫发无伤地在这场史上最惨重的海啸中幸免于难。如果"泡泡蓝号"停在邦岛前的浅海域,整艘船、船上的工作人员和潜水客,将不可避免地被整个击碎。不过,在广袤的深海域上,他们一点也没有感觉到致命的巨浪。而那群海豚已经感觉到海啸——早在海啸形成前和正在形成时就感觉到了。当时也在"泡泡蓝号"上的潜水教练克里斯多福·克鲁兹(Christopher Cruz)说:"我坚信海豚想要警告和帮助我们。能够经历这样的事情，对我来说是一次非常、非常重要的体验。"[1]

一九六三年四月，"南太阳号"（Südsonne）就没有那么幸运了。"南太阳号"在日本的安房－上总半岛近海沉没，十人中有六人遇难。四人死里逃生，漂浮在海面上，六个小时后终于体力不支。突然，两只海豚游了过来。二十八岁的 Nirumi Ikeda 如此描述："一只海豚接近我，大大的气泡浮了起来。当大海豚不甚温柔地从侧边碰触我们、把我们压到水里时，Ogata 大喊：'它要杀害我们。'但之后我抓住它的背，紧紧地抓住它脂肪丰厚的皮肤。海豚一定很痛，但它让我抓。然而，它愈来愈频繁地用身体的一侧挤我，于是我当机立断骑上它的背，就像骑到马背上一样。海豚再次发出漱口般的咕噜声，然后它载着我游向 Ogata，也碰触他的身体侧面，直到他坐上来。第二只海豚也对 Minuro 和 Amatoka 做同样的事。海豚游得飞快，直到海岸边。要不是这两只海豚，我们可能再也看不到海岸了。"[2]据同一篇文章所言，海豚于一九六一年已经拯救一艘来自日本鸭川市马达船上的三名人员。之后——和一九六三年的情况相同——海豚"长达数星期之久"探访海岸、

1　根据纪录片《当大象逃走——自然灾难前的神秘动物行为》（*Wenn die Elefanten fliehen–Mysteriöses Tierverhalten vor Naturkatastrophen*）里的证词和陈述（"艾康媒体"［Eikon Media］，德国电视二台／欧洲电视协会［Association Relative à la Télévision Européenne, arte］，二〇〇五年），以及谷歌地球（Google Earth）和其他。

2　出自杂志《素食主义者》（*Der Vgetarier*），一九六三年第十期。得到德国环境与自然保护联盟（Bund für Umwelt und Naturschutz Deutschland e.V., Bund）的友善同意而引用。根据这篇文章，结果一个"名叫 Ogo 的雕塑家"在野岛崎（岩手县，日本）的海岬旁立起一座海豚纪念碑。因为我的询问，日本记者田中响子对这个故事进行调查。可惜她无法证实。确定的是，一九六三年，一艘渔船在日本近海遇难，果然有六人死亡、四人生还。然而，无法确认文章里指出的若干人名和地名，救援过程所述的真实性，还需要更进一步的调查。

和当地人玩，并让当地人喂食。

日本人常寻求海豚的协助，以期对日本常遭遇的天灾（例如地震、海底地震与海啸）进行预报。大阪大学退休物理学教授池谷元伺也是如此。"地震前不寻常的动物行为，可以用导电现象来加以解释。"他表示，"我们必须如此想象，地震发生前约两个小时，有时候甚至一个星期前就开始，地球会出现一道非常强的电流。在神户地震发生前几个小时，有人在那里的动物园观察到一只海豚跳出水池。"池谷元伺猜测，是电流脉冲让海豚有这样的反应。

在四国的室户市麻布大学海豚站里，池谷元伺和太田光明教授会面。他们想要一起通过实验，确认海豚是否对水里的电磁铁脉冲有反应。"举例来说，当地球表面下的脉岩受到挤压，电磁铁效应就会形成。"池谷元伺解释。

动物医学家太田光明用电线将两支烤肉架铁条连接在一起。通过电线，物理学家池谷元伺将微量的电流脉冲传进铁条里。两支铁条被放进一个海豚饲养场内的小饲养场边缘的水里面，铁条之间的距离有四公尺。在两支铁条之间流动的电流脉冲很微小，当电流脉冲注入时，海豚避开了小饲养场。"它们游到异常远的地方。"于是这位动物医学家告诉物理学家池谷元伺，"其中一只躲了起来。我想，它感觉到了什么。"

然后实验的第二阶段开始，太田光明的学生喂食正在内部饲养场里的海豚。同一时间，池谷元伺将稍微强一点的电流脉冲传导进水里。一个学生将手和脚放在水里，他一点都没有感觉到这微小的电流信号，但海豚立即远远躲开内部饲养场，即使食物在引诱着它们。"这表明，它们对电流的反应非常敏感。"池谷元伺断定，"也许甚至比鲨鱼还要敏感。"[1]

1　资料来源：纪录片《当大象逃走——自然灾难前的神秘动物行为》（"艾康媒体"，德国电视二台 / 欧洲电视协会，二〇〇五年），以及其他。

　　对瑞克来说，海豚拥有这两位日本科学家证明的细腻感知能力，这是毫无疑问的。可是，他也略带恐惧地看着来自室户市海豚站的图片，因为他不得不相信，被监禁在那里豢养的宽吻海豚也是来自太地町的死亡海湾。

第七章

第三类接触

"当你在海洋里游泳，鲸鱼和海豚朝你游过来时，这将会是你所能想象的最不可思议经历之一。"曼迪—雷·克鲁克沙克谈到和野生海洋哺乳动物相遇的经验时，友善的脸孔散发出光彩。"一只那么大的野生动物非常小心地靠近你——只是因为对你有兴趣！你会有一股强烈的谦卑感油然而生。那是一种无法形容的感觉。真的。"曼迪浅色的双眸散发出的光辉里，映现出她深刻真切的感动。

电影《海豚湾》以令人心醉神迷的影像，呈现这名加拿大籍自由潜水世界纪录保持者与座头鲸或野生海豚在大海里潜泳的景象。"虽然看起来什么话都没有说，但你清楚感觉到，你在和它们交流，就好像你们之间互有默契。"

澳大利亚和新西兰裔的自由冲浪客戴维·拉斯托维奇在描述海豚时，散发出来的热情也丝毫不逊色。"当你和海豚骑乘在同一个浪潮上、体会到两个物种之间的联系时，那感觉真的很神秘。那是一只你无法通过理智和它沟通的不同生物，但你和它分享了此时此刻，并且清楚地感受到，你和它分享了纯然的喜悦片刻。"

点斑海豚和宽吻海豚一样，对人类特别好奇，也对人类特别有好感。曼迪和她的先生齐尔克也曾在和一只落单的野生点斑海豚相遇时，经历了同样的事情。"在海里，我通常什么都不触碰。"曼迪强调，"但这只海豚和我们一起游了如此之久，以至于我最后将手伸了出来。海豚马上依偎着我的手，然后，转身将背朝下，让我抚摸它的肚子。"齐尔克点点头说："这只海豚虽然是野生的，但自愿游到我们这里来，寻求好感和触摸，就是这样的联系……它就是要和我们在一起。"

置身野生海豚中

当我贪婪地将《读者文摘：海洋大百科》(*Das große Reader's Digest Buchder Ozeane*)从第一行直到读完最后一行时，我九岁。还只是个男孩的我，一再从父亲的航海藏书里拿出这本插图很多的大部头书籍，十分着迷地翻阅着。这本书紧紧抓住我的视线，而我的目光总是移不开关于捕鲸的那一章，尤其是里面的可怕图片与惊人数字，这本书当时把日本和苏联称为最大的捕鲸国。每当有人问我，我长大以后要当什么时，我都回答："苏联总统。"接下来他们常常会很惊奇地问："为什么？"我回答："当上苏联总统，我要禁止捕鲸。而且，苏联是世界上最大的国家。"我觉得这个答案完全合乎逻辑。

我喜欢画色彩缤纷的鱼与缠绕在一起的水生植物。水族馆和海底世界散发出一股神秘的力量吸引着我。我像疯了似的期待和家人到海边的旅行；我倒数着每一天、每一个小时，一直数到启程日那天为止。为什么？我只能解释部分原因，也许因为我是个瑞士人，在一个没有海岸的国家长大。也可能是，我在某个前世生活在海岸边，也许曾经出过海？或者，我前世曾是一个日本捕鲸人？如今良知备受折磨，而想要弥补一切？不管怎么样，海洋哺乳动物一直都对我有种巨大的吸引力。能够和鲸鱼、海豚相遇，为它们出力，一直是我的梦想。

我十六岁的时候，第一次在马尔代夫看到野生海豚。在那之前稍早，我在潜水时，因为损坏的咬嘴而差点丧命。我昏昏沉沉地挂在船舷上，把吞进肚去的海水吐回海里。"看！海豚！"爸爸突然大喊。我头晕目眩地抬头看——它们在那里。海豚圆圆的背部和镰刀般的背鳍从水里浮了出来，安静无声，离我们的船几公尺远。海豚优雅的身体在阳光下闪闪发光，逆光中被几千颗闪亮的水珠包围着；此情此景，仿佛是对我的安慰。它们是来自另一个童话般世界的生物，我无法移开视线。在这一刻，我克服了惊吓和恐惧，决定马上进行下一次潜水。

早在那之前两年，我第一次在大海看到鲸鱼，同样是在我爸爸身边，在坐渡轮从冰岛横渡到西人群岛（The Westman Islands）时。我全身湿淋淋地靠着舷栏杆，双手完全冻僵了，但我就是不想到舱里去。如同回报我的坚持一般，我突然看到一个棕色的斑点，非常地近——这是一头鲸鱼！我可以十分清楚地认出庞大的胸鳍轮廓，这毫无疑问是一头雄伟的座头鲸。我担心它是否已经和渡轮相撞了，但它也许还能够及时潜入水中。在我跑进舱里叫我爸爸来看之前，一切仅持续了紧张的几秒钟。我们还没来到外面，爸爸就指着大海说："虎鲸群！"外头确实有好些骄傲耸立的黑色背鳍，隔着无一定规则的距离，冲破铅灰色的波浪，有如刀剑一般（译注："虎鲸"又称为"逆戟鲸"）。面对此景，我的内心满是惊叹。

下一次经历是到美国旅行的时候。在加州海岸附近的蒙特雷海湾（Bucht von Monterey），我当时最要好的朋友和我想参加一趟赏鲸旅程。可惜赏鲸旺季已经过了，没有人要出海去赏鲸。不过我们无论如何就是要去，所以只好将就和赏鸟人一起出海。船航行的同时，我们必须在船尾切碎沙丁鱼，然后将它们丢入大海，以引来信天翁；我们做这些活儿的代价是，旅程会比较便宜。一切都进行得很顺利，直到我的朋友晕船。对他来说，那应该是整个美国之行最糟糕的一天——不过对我来说，那是最棒的一天。

不久后，海豚在船头激起的波浪里出现。我丢下切沙丁鱼的工作，趴在船头观看。以我这个门外汉的眼光来看，那群跳跃着伴随渔轮将近半小时的黑白色海豚，看起来好像是伪虎鲸。我把手往船下伸的时候，几乎可以触碰到它们。我很讶异，船上其他人一点也不关心这群美丽的海洋哺乳动物；可是当他们在不远处发现一只极小的暴风鹱时，却激动到差一点就掉到海里去了。他们果然是赏鸟人……

顺便提一下，过了好一会儿，我才辨识出那些在船首附近、伴随渔轮前行的黑白色海豚是白腰鼠海豚。不过，更精彩的还在后头。在更远的海上，我们遇见两三头座头鲸。后来，船长发现一头真的非常巨大的鲸鱼！让我兴奋到差点昏倒。从它那极长的流线型身躯上的蓝灰色来看，那显然是一头蓝鲸！蓝鲸潜入水中时，它那极美的巨大尾鳍一览无遗——就像我喜爱的《读者文摘：海洋大百科》里的某张图片。我克制不住自己，感动得眼泪直流。

十年后，我成为记者，为瑞士一份大报工作。一天早上，瑞士保护海洋哺乳动物与其生活空间下的"保护海洋协会"组织有一份新闻稿躺在我的斜面桌上。我读到有人在小海湾里围猎长肢领航鲸、大屠杀流出来的鲜血将海水染成红色时，震惊到嘴巴合不起来。这不是在随便某个地方，而是在欧洲，在丹麦的法罗群岛。我为此写了满满一整页的稿子。从此以后，我年复一年伴随"保护海洋协会"参加在地中海举办的鲸鱼研究周。

鲸鱼在地中海？喔，是的，地中海有鲸鱼，甚至有抹香鲸，还有长须鲸，这个排在蓝鲸之后第二大的鲸鱼物种。我亲眼看过它们，直到今天仍然惊叹不已。不是只有在美国阿拉斯加州、澳大利亚、阿根廷、冰岛、亚速尔群岛的近海，或是蒙特雷海湾才有鲸鱼，而是在我小时候曾经嬉闹玩耍的海滩前方就有。在法国境内峰峰相连、像洒了一层白糖的"滨海阿尔卑斯山脉"（Seealpen）近海也有鲸鱼——这是我身为自由记者，可以逐步卖给所有较大规模瑞士报社的报道。

由于鲸鱼研究周，我结识了新的朋友，例如"保护海洋协会"的研究计划领导人，而且也许是瑞士最有名的鲸鱼研究学者：西薇雅·福来（Silvia Frey）。除此之外，我还得到很多与那些在研究快艇船头嬉戏的海豚在一起的喜悦经历。因为海豚的在场，对鲸鱼研究周的参加者（当然包括我自己）来说，心中是满满的热情与欣喜若狂。

二〇〇六年起，我开始自己领导"保护海洋协会"的鲸鱼研究周。在我领导的第一周结束后，我们有了一次难忘的体验：突然无预期的，被一整群海豚包围起来。浪头那么大，也难怪我们没有看到它们游了过来。二三十只条纹海豚，也被称为蓝白海豚，轮流在船首周围嬉戏。我们大家只是坐在那里，朝它们望去，心里很清楚，它们可能很快就会再度离开。

可是，它们却留了下来。它们以列队形式从波浪里一跃而出，仿佛自愿表演起《蓝色星球》（The Blue Planet）里的一集节目，而这只是为了我们！我们甚至可以观察海豚交配。它们一再游到船头，俯身，侧着身子，用炯炯有神的眼睛朝上看着我们。它们直接在船边跳跃，很明显是为了要看甲板上的我们。海豚在观察我们！在潜入波浪之前，海豚常常用尾鳍拍击水面，发出短促刺耳的响声。它们有时让自己从侧面落下，并且用尾鳍喷水到船上。

海豚不只是在和波浪与船玩耍，也和我们嬉戏！当我们把到那时为止都在后面掌舵、坚守岗位的船长叫到前面时，可以最清楚地看到海豚想和我们玩耍的意图。船长切换到自动驾驶，从右舷来到船首，他是唯一身上还穿着干衣服的人。海豚马上就发现了他，在极短的时间内，海豚把船长的牛仔裤喷得湿漉漉的。大家毫不怀疑：这些聪明的野生海豚和我们之间，的确发生了交流。这群海豚伴随着我们的船只长达两个多小时。

当西格莉德·吕贝二〇〇八年夏天通知我，瑞克应"保护海洋协会"的邀请来到瑞士时，我马上前往，一分钟也没犹豫。就这样，我在二〇〇二年之后，第二次在苏黎世和这位大名鼎鼎的海豚保育人士、从前的"飞宝"驯养师碰面。瑞克在会议室迎接我，请我直接安静地坐下来，并放映一部短片给我看。片子的主题是日本的过度捕捞、汞中毒和捕杀海豚。看完后我震惊不已！几个星期后，我和瑞克一起前往太地町。当时我做梦也没想到，一年之后，偏偏也是在日本，我可以经历到目前为止和野生海豚最美丽的相遇：自由游泳，远离海岸，和海豚一起在它们感到优游自在的海洋里。

海豚聪明吗？

大家都曾听闻海豚是特别聪明的生物，不少人甚至认为海豚和人类的智力不相上下。瑞士作家马克思·弗里施（Max Frisch）曾经写过："海豚至少有与人类相当的智慧，但是没有胳臂和手，所以它们从来没有占领过世界，也因此没有破坏世界。任何人曾在自由自在的大自然里看过美丽的海豚，不管他愿意与否，都会不由自主地起鸡皮疙瘩。我们很幸运看过那些离海岸很远、非同寻常、骄傲、美妙的动物，那是一种难以形容的感觉……简直不可思议！"[1]

虽然这是一个极美的段落，但请容我提出这样的问题：如果海豚有胳臂和手，它们会真的占领和破坏这个世界吗？海豚的智力和人类"不相上下"？它们"至少有与人类相当的智慧"？如果海豚"很聪明"，它们具有

1　引言出自：www.tierlobby.de。

什么样的才智？环境才智？语言才智？情绪才智？认知才智？社会才智？尤其是下面这个问题：我们究竟要如何发掘它们这些才智？通过比较吗？如果我们把海豚和它们的"才智"，拿来与鸽子、老鼠、狗、乳牛或我们自己的才智相比，我们正确评价了海豚吗？标准在哪里？"用人类设定、分析性的标准来正确评价海豚的本质，毫无疑问是不可能的。"瑞克坚信，"要真正了解海豚，我们也许得前往它们的世界。但是基于人类的特性，我们不可能、完全没有办法真正了解它们。"

主流科学尝试用普遍的分析方式，即测量和计算，来了解海豚，并且得出把宽吻海豚的脑袋和体重相比、宽吻海豚的脑袋明显比人类的脑袋还要大的结论。换句话说，宽吻海豚特别聪明？也许甚至比人类还要聪明？为了找到答案，人们将宽吻海豚的大脑皮质分成有规则的细胞层，计算其中的神经元数目，结果只找到二十三个神经元。而在老鼠、家鼠、狗、猫和好些猿猴种类的脑袋里，却找到大约一百一十个神经元。因此，宽吻海豚（Tümmler）是"笨吻海豚"（Dümmler），比被解剖的可怜的实验室老鼠"还要笨"（dümmer）吗？日本水产厅当然非常赞同这样的结论……

不过，日本乌鸦使这个结论难以成立：在摄影机前，日本乌鸦将一根金属丝弯曲成一个小钩子，为的是从一个透明亚克力管里捞出一小撮美食。另外，日本乌鸦的野生同类也懂得把核桃丢到十字路口旁的人行道上，因为它们不只学到车轮会碾开坚硬的核桃，也学到当交通信号灯变成绿灯时，表示这是最方便它们去啄起被压裂核桃的时候，而不会被车子辗过……相当聪明。这对主流科学来说是一个真正的难题，因为根据主流科学的理解，乌鸦的智力比老鼠或海豚的智力还要"低"得多。

同时，其他研究在不同的海豚和其他齿鲸——最近也在座头鲸——的大脑皮质里找到所谓的纺锤体神经元（Spindelneurone）。到目前为止，我们只知道在人类与有些类人猿身上发现纺锤体神经元。纽约的锡安山医学院（Mount Sinai School of Medicine）脑神经学者表示，纺锤体神经元参与人类的许多认知过程。学者现在猜测，人类和鲸鱼的进化，比到目前为止假定的还要更紧密地连结在一起，或甚至存在"同时进行演化"的可能性。"鲸鱼生活在复杂的社会结构里，具有不寻常的沟通行为方式。"学者说，"这样的能力，与和人类类似的头脑结构同时出现，是显而易见的。"[1]

由此可见，所有这些"新皮质"（Neocortex）、"皮质面"（Cortexfläche）、"皮质神经元"（Cortexneuron）等主流科学的分析，也许造成了更多混乱，而不是带来知识？然而到目前为止，行为学者的研究也没有真正长足的进展，原因在于一些基本的问题。其一是从事这类研究的行为生物学家喜欢在海豚馆与池子间进行观察；在那里，他们可以一天二十四小时、一个礼拜七天，不受限制地观察海豚。但因为海豚的饲养方式一点都不符合它们的自然生存环境，令它们在监禁中表现出来的也不是物种的典型行为。所以，我们必须把观察移到大海才行，但是在海里进行观察会变得更加困难，因为海豚随时可以去它们想要去的地方，然后消失不见。

尽管如此，这期间依然出现大量值得注意的发现，且新的发现仍在持续增加中。例如一个德英研究团队的发现指出，宽吻海豚互相"以名字称呼"：研究者表示，宽吻海豚可以通过个别的哨声认出彼此。海豚通过哨声，不仅让其他海豚认出自己是谁，也被团体里的成员用这个哨声"呼唤"，然后也响应它们。这个哨声是通过音的顺序来定义，而非通过声音特征，

1　出自《解剖学纪录》（*The Anatomical Record*）网络版，二〇〇六年十一月。以及二〇〇六年十一月二十七日的 www.sueddeutsche.de。

因此被作为名字一样使用。学者认为，该现象直到今天在动物界仍属独一无二。[1]

另一方面，"太地町悲剧事件"却与此现象对立。猎捕海豚的人可以将驱赶到海湾的海豚留置一整个晚上，甚至连续数日都无需人看守，只需要用一面简陋的网子将它们和大海分开。海豚不会跳过网子，虽然只要这样做，整群海豚就可以很简单地逃脱。这样的致命厄运，令一些动物保育人士感到绝望。即使海豚在它们的自然生活空间里不认识人工网眼墙，因而显得不知所措，但不跳过网子，也不是什么特别"聪明"的行为。

那么与此相比，人类的聪明与人类的非理性行为看起来到底如何？事实是，在工业化国家，尽管我们具备"聪明才智"和受到——表面上的——理性"启蒙"，患恐惧症的人数仍然在持续增加中。为什么人会害怕无害的蜘蛛、极小的老鼠、没有危险性的蛇，或是相信"大野狼"的故事？这叫做"聪明"吗？为什么绑着降落伞或高空弹跳绳索由高处往下跳，会引起恐惧和肾上腺素分泌？尽管基于我们的"聪明才智"，我们其实很清楚以这样的方式往下跳，比坐在车子里还安全？

可以确定的是：海豚具备出色、惊人的能力。在夏威夷的"海洋生物公园"（Sealife Park）里，一些宽吻海豚没有受到指导，却突然开始以复杂的方式制造气圈、玩气圈。这需要高度的创造力与预先策划——也就是相当高的思考能力。[2]海豚拯救人类，甚至拯救其他鲸鱼物种的鲸鱼。海豚甚至会使用工具：澳大利亚近海的宽吻海豚会把海绵套在口鼻部，以这种方式保护嘴部、去捕捉甲壳纲动物，以免被一旁的海胆一类生物刺伤。此外，

1　资料来源：www.geo.de/GEO/natur/tiere/50813.html，以及维基百科。

2　资料来源：www.3sat.de，二〇〇二年三月七日；也参见电影《海豚湾》里的摄影片段。

海豚父母也会将这项"传统"传承给它们的后代。这种形式的社会学习也被称为文化的基本前提。[1]

如果生物拥有意识、感受得到恐惧与疼痛，具有自发性行动、能够表现情绪、认出自己，并且把动物和人当作有生命之物来看待，如果这些是"聪明"的标志——那么海豚的确是聪明的生物。[2]

瑞克如此表达海豚的聪慧："要研究海豚，必须到它们的世界去研究它们；在它们的世界，它们和我们一样聪明、灵巧，或甚至更聪明、灵巧，因为它们在我们的世界，比我们在它们的世界，显得更聪明。"

关于海豚疗法

一只有博爱行为的聪明生物，一只想要和我们接触、还出于同情而特别关怀我们当中弱者与病人的生物。听到这样的陈腔滥调——不管有没有根据，暂且不予追究——当人们任用一只这样的神奇生物充当"医生"，应该有人会产生这样的想法。以上这段话是在谈"海豚疗法"，简称DAT（"Dolphin Assisted Therapy"的缩写）。

戴维·耐升森博士（Dr. David Nathanson）与贝齐·史密丝博士（Dr. Betsy Smith）二人，为了上世纪七十年代末期在美国发明海豚疗法的名声而争执不下。耐升森发表了很多关于所谓成功采用海豚疗法的文章。不过，史密丝在她的硕士论文里，第一个发表了使用海豚疗法的尝试。只是史密丝根据自己在研究中得到的知识，继而因为道德上的原因，与这种动物治

1　资料来源：www.stern.de/wissen，二○○六年六月十九日。

2　资料来源：http://wellenreiterreisen.de，二○○九年八月三十一日

疗法保持距离。

但不管是否利用海豚来治疗，不久以后，有人发现"人类愈来愈希望可以近距离体验这些优雅、智慧高度发展的动物"是个有利可图的市场大饼。如今，海豚疗法拥护者（和推销人员）热情洋溢地谈论海豚神妙的疗效，例如海豚能够有效影响人类的脑波，或谈论海豚发射出的超音波具有医疗效果（然而，超音波也可以是危险的）。只要人们相信推销人员，海豚几乎什么都可以治好。被列举出来的可治病症如：唐氏症、自闭症、忧郁症、听力与说话障碍、注意力缺失症、慢性疼痛、压力、肌肉萎缩症、脊柱受伤、艾滋病、厌食症与更多其他的病症。

"媒体报道海豚疗法的成功，激起相关人士的巨大希望与期待，例如想以这种方式帮助孩子的父母。这是完全可以理解的。""保护海洋协会"的主席吕贝说："不过，媒体报道也产生对野生海豚的需求，造成深远的影响。"所以吕贝和"支持保育动物医生组织"（Ärzte für Tierschutz）、"鲸鱼和海豚保护协会德国分会"以及"支持野生动物协会"合作，委托科学鉴定，检验"海豚医生"的治疗效果到底是否属实。

结论使人幻想破灭：到目前为止，没有可正确执行的研究能证明海豚疗法持续有效。然而，海豚疗法常常得到正面的评价，原因并不是海豚卓越的疗效，而是进行治疗的过程。吕贝如此认为。她说："海豚疗法中心大多位于步调放松、阳光普照的度假胜地。"除了治疗医生和家人的关怀照顾以外，起决定性作用的是：病患是在水里和海豚相处；在水里，由于重量感减少，人们可以轻松移动、较容易舒缓疼痛。"这个观点在海豚疗法里的重要性如何，海豚疗法的创始人耐升森说得很清楚：用机器海豚，可以得到与活海豚类似的效果，有时候甚至是更好的效果。"吕贝说。

吕贝承认，海豚基本上当然对人类有正面作用。作为"心灵破冰船"，它能使人类敞开心胸，以不一样的态度对待他人。"不过，关于这一点，没有什么根据能够证明，用海豚比用受驯养的动物能得到更好的成效。"所谓"受驯养的动物"是指从非常多代以来，就受到人类的支配、被圈养的动物，而其生理、原始行为也得到相应的改变。在动物疗法里，如今使用的驯养动物有狗、马、猫、兔子与山羊，比使用"海豚医生"对动物友善得多，成效相当，价格也便宜得多。

"半小时的海豚疗法要价至少三百五十欧元"，"鲸鱼和海豚保护协会德国分会"的卡尔斯腾·布仁鑫（Karsten Brensing）说，"或是更高。"即便如此，无计可施、毫无概念的患者，仍然大排长龙等候治疗，但直到今天仍没有客观的研究可以证实这些疗程有效。在德国，到二〇一一年，将要花费近两千四百万欧元大规模扩建设备的纽伦堡海豚馆，提供包含八个治疗天数的"海豚疗法周"，费用大约是一个家庭两千五百欧元。"如果前往国外接受海豚疗法，还会更贵。"这位海洋暨行为生物学家补充说明，"两个星期，包括住宿和飞机票，很快就可以超过五千欧元。如果是前往美国佛罗里达州，甚至要花费一万欧元。"

在宣扬利润相当可观的海豚疗法时，唯利是图的人喜欢从"驯养"、"驯服"和"被俘获"这三个经常混淆的概念中得到好处。"被俘获"的海豚虽然有部分"被驯服"了，但若参照前两段所言的定义来看，世界上根本就没有"被驯养"的海豚。猎捕海豚的产业把这些混淆的概念当作漏洞。"比方说，海豚在自然猎区被俘获，有段时间被'中途安置起来'，且稍微被驯服。"布仁鑫解释，"然后——为了安抚大众——商人把海豚当作'被俘获'且'稍微被驯服'的海豚转卖，而不是作为刚从海里抓来的新鲜猎物转售。"

再者，由于海豚疗法，海豚馆经营者看到一种新的可能性，可以在道德上为圈养海豚辩解。布仁鑫生气地说："经营者注意到过去几年来，海豚馆豢养海豚受到愈来愈严厉的批评，但只要他们愈常谈论海豚疗法，这种豢养方式就愈理所当然地被再次接受。"

布仁鑫不谴责预约海豚疗法的父母："很可惜他们感觉不到海豚的不幸。"然而，不同于通常被用在动物辅助疗法里的被驯养动物，海豚并不是家畜，而是为了供人类使用而被剥夺自由的野生动物。布仁鑫说："圈养海豚从来无法以符合物种规则或是动物规则的方式进行，因为豢养条件既不允许自然行为、自然的行动自由，也不允许存在海豚的自然社会结构。"除此之外，布仁鑫强调，对治疗时间里的海豚所做的观察，都无疑显示了海豚明显处在紧张状态下，试图避开人类。

瑞克也认为海豚疗法提供者的阴谋诡计是个充满讽刺的游戏："他们会把自己的孩子放进饲养场里，接受一只重达四百磅的野生猛兽治疗吗？"大量证据显示，海豚因为持续受到过度刺激，会一再啮咬和攻击人类，有时候甚至会让人类严重受伤，瑞克称。"他们会把自己的孩子和一个失去社会依靠、罹患神经官能症、怕见人、容易受到刺激的医生，一起关在极狭窄的小房间里吗？这个医生直到生命尽头都不再能离开它的监狱，除此之外，还必须不断吞服精神病药物、抗忧郁剂、抗生素和化学药物以治疗精神压力引起的胃溃疡？"

在海豚疗法方面，跟使用其他"被驯养"的动物相反，既没有对执行治疗者的教育水平有所规定，也没有关于海豚的卫生保健、健康和行为的规定。瑞克对此提出一个尖锐的问题："他们会把自己的孩子和医生一起塞进它肮脏的厕所里吗？"他随后解释，"一只长大的宽吻海豚每天吃十公斤或更多的鱼，制造大量的排泄物。在大海中，这些自然肥料是好事。不过在小水池里，粪便和尿液混在一起，就是污物，甚至是大量的污物。海豚必须不断在自己的排泄物里游泳，而人们将接受治疗的患者塞进这样的海豚厕所里。"

在水里，疾病容易传染，例如传染沙门氏菌或真菌病的风险相对变大。也就是说，海豚将疾病传染给人类，人类也把疾病传染给海豚。圈养的海豚病死的原因，绝大多数来自通过触摸或亲吻海豚而传染的人类病原体。

当我们考虑到，在工业化国家，和病菌数量相关的规定总要求游泳池的水必须具有饮用水的质量，就知道这是一个多么大的矛盾。海豚水池里的病菌，理所当然和游泳池里的病菌一样，是用氯和其他的消毒剂来消灭的。不过，海豚不断泡在这些化学物质里的结果是：慢性受刺激的皮肤、溃疡、慢性受刺激的眼睛，甚至也许会失明。这对每年因为它的"服务"而为主人带来高达一百万美金收益的"海豚医生"来说，是怎样的一生啊！[1]

军队滥用海豚

仿佛"利用"海豚充当医生还不够，这世上还有一种更讽刺的剥削形式：军事海豚。一九五九年，一切从一只名叫"诺绨"（Notty）的雌太平洋白边海豚开始。美国海军打算研发速度更快的鱼雷，并以拥有极美流体动力身躯的"诺绨"当作模特儿。然而，虽然在草图设计上没有得出什么适用的结果，计划并未就此打消。与美国第一批海豚馆成立的时间一致，海军

[1] 本节里没有说明或引证的地方，主要出自"保护海洋协会"、"鲸鱼和海豚保护协会"、"支持野生动物协会"和"拯救日本海豚联盟"友善同意提供的资料。

也发现了海豚的学习能力、聪明和其他可能具有战略优点的特质。"诺绨"因此得以和一群宽吻海豚生活在一起。

美国海军到底用这些数量不断增多的海豚来做什么，在上世纪六十年代冷战时期的最高点，这是个严格的军事机密。对海军来说，宽吻海豚如同拥有绝佳水下视域的海狮，其高敏感的回声定位，似乎特别适合用来发现敌军的潜水员，以及被隐藏起来的水雷。除此之外，驯养师也训练它们看守禁区。

早在越战时，"飞宝上校"就投入"紧要关头的战斗"。在金兰湾军事基地（Cam-Ranh-Bucht），北越潜水员成功将美国的弹药和发动机燃料仓库炸得粉碎。在那之后，海豚巡逻队必须阻止其他的袭击再度发生。据说，当时海豚也被训练来抢走潜水员的咬嘴。还有，在一些没有获得证实的报道里，可以读到将战刀缚在海豚口鼻部的资料。

法兰克·薛庆（Frank Schätzing），畅销书《群》（Der Schwarm）的作者，对此更进一步描述。当时真正的"海豚杀手"，被训练用绑在它们身上的注射针头冲撞敌军的潜水员，将压缩的二氧化碳注入他们体内，让他们爆炸。无论如何，《明镜在线》如此援引作者薛庆的话。据说在那样的战斗中，有四十名越共潜水员与两名美国潜水员遭到杀害。[1]根据其他信息，"战斗海豚"应该也能够将炸药包或窃听器固定到敌船上。

惊悚片《海豚之日》（The Day of the Dolphin，美国，一九七三年）里也有那样的场景，让孩提时代的我看得紧张得喘不过气来。在这部影片里，一位海洋生物学家在多年努力之后，成功教会一对海豚"阿尔发"和"贝塔"有限的英文词汇，令这两只海豚可以通过单词和人类沟通，几乎可以完美

1　资料来源：二○○七年二月十四日的 Spiegel Online/AP。

了解人类的指示。恐怖分子想要利用这项突破。他们偷走了海豚，打算训练它们将炸药装置安装在美国总统的船上。不过，坏蛋低估了生物学家——当然也低估了海豚。

但美国海军海洋哺乳动物计划的公共关系军官汤姆·拉普查（Tom La Puzza）声称，海军不训练海豚攻击。"海豚虽然有能力做这样的事情，不过它们无法分辨谁是好人、谁是坏人。"教导海豚将水雷固定在船上，是冒险的大胆举动，拉普查在二〇〇六年六月出刊的杂志《海》（Mare）的一篇文章里如此表示，因为："这也有可能是我们自己的船。"

然后在上世纪八十年代，美国与苏联之间形成一场真正的海豚军备竞赛。在高峰时期，美国豢养大约一百四十只的宽吻海豚待命，苏联豢养差不多一百二十只，也许还更多。冷战结束后，俄罗斯主要把军事海豚卖给娱乐场和休闲乐园，有些据说也卖给伊朗。[1] 今天，美国海军是唯一每年支出大约一千四百万美金（时间：二〇〇七年）、维持着值得重视的海洋哺乳动物方案的军队。二〇〇六年，有七十五只宽吻海豚与三十只加州海狮驻扎在加州南部圣地亚哥的太空暨海军战争系统中心（Space and Naval Warfare Systems Center）。[2]

之后据说在美国战舰护送科威特油船之前，宽吻海豚被迁移到波斯湾

1　根据二〇〇九年十二月初的媒体报道，俄罗斯军队在此期间要求"军事海洋哺乳动物"的呼声愈来愈高。俄罗斯的海洋哺乳动物未来在秘密的军事行动中，必须"如同美国的海狮一般"有效率地工作——位于俄罗斯北部摩尔曼斯克（Murmansk）的海军生物协会的领导者干那迪·马蒂求夫（Gennadi Matischow），在《消息报》（Iswestija）中如此要求。（资料来源：www.web.de。）

2　资料来源：记者和作者卡缇雅·瑞德布什（Katja Ridderbusch）在二〇〇六年六月《海》杂志里的一篇文章；经过作者友善同意使用资料。

的巴林王国，以彻底搜索麦纳麦港（Hafen von Manama）里的水雷和敌军潜水员。当美国海军于一九八九年计划派遣海豚赴美国西北部海岸驻扎时，一位法官以动物保育人士的顾虑为论据表示反对。他们认为，美国北方明显较冷的海水将使海豚受到威胁；再者，服役海豚对环境带来的影响并不明朗。此后，对海洋哺乳动物军事计划的议论逐渐沉寂下来。直到美国二〇〇三年春天攻击伊拉克时，又将海豚迁移到伊拉克的乌姆盖萨尔军港（Hafen Umm Qasr）进行巡逻。最后，宽吻海豚于二〇〇七年被用来保卫美国西岸邻近西雅图的一个大军港。

瑞克猛烈批评这套军事海豚计划。"将海豚训练成'生物武器系统'，令海豚在训练、运送和投入战斗时承受无比的精神压力与痛苦。它们遭受很大的危险，且必须常常在肮脏的港口水域里工作。当敌人先认出海豚为'敌方的武器'时，会屠杀每一只海豚，也屠杀所有没有参与行动的野生动物。"瑞克警告说，"再加上战区变化无常的水温和水下爆炸——对每一只海豚敏感的感知能力来说，不啻是可怕的折磨——如果它能在压力下幸免于难的话。"

瑞克在拯救军事海豚的抗争中，曾遭遇一些十分艰难的情况。当美国海军于上世纪九十年代初期决定让一些海豚"退役"时，指派瑞克和"美国人道协会"（The Humane Society of the United States, HSUS）合作，让两只海豚，"路德"（Luther）与"布克"（Buck）对野放做好准备。然而，美国海军在海豚释放后几天，又以形式上的借口再度捕抓它们，使瑞克耗费很多时间精力完成的野放工作宣告失败。"一些幕后操纵者意识到，假如最后持续野放所有的军事海豚，等于几百万美金就这样流走了。相反，将海豚卖给娱乐产业，将能获得相对可观的利润。"[1]

1　参见瑞察·欧贝瑞的书《释放海豚》，美国，二〇〇〇年。

　　当瑞克于一九九三年在特拉维夫和其他保育积极分子一起进行绝食抗议时，还有更严重的事情发生。这个抗议行动是为了反对以色列一个私人游乐场，将一些之前的俄罗斯军事海豚豢养在很糟糕的环境里。"俄罗斯黑手党想要把我干掉，因为我会让他们利用俄罗斯海豚赚肮脏钱的计划落空。"当瑞克在绝食抗议中晕倒被送进医院后，他的一个同事珍妮·梅（Jenny May）代替他接受采访。"她因此成了箭靶：有天晚上她到沙滩散步时，被俄罗斯人尾随。次日清晨，人们找到她，她被自己的腰带勒死了。"这起残酷的凶杀案至今未破案。[1]

　　如今，把海豚当作"现代生物武器系统"的日子在美国已屈指可数了，海豚的"兵役"从未被证明真的"可靠"。因此，美国海军实验室正在研究用无人驾驶、配备高度敏感电子仪器、可遥控的迷你潜水艇来取代"飞宝上校"和"海狮二等兵"。预计在二〇一三年和二〇二〇年间的某一天，水下无人艇将开始服役。[2]

伤心又危险的小丑

　　每个电视节目到了某个时候就会结束播出，观众通常不会知道停播的原因是什么。但作为驯养师和演员，在广受欢迎的电视剧《飞宝》里扮演重要角色的瑞克，知道这个收视率很高的电视剧结束背后的真正原因。"海豚愈来愈粗野地对待我们，和它们一起工作，对我们大家来说，变得愈来

1　也参见瑞察·欧贝瑞的书《释放海豚》，美国，二〇〇〇年。

2　资料来源：记者和作者卡缇雅·瑞德布什在二〇〇六年六月《海》杂志里的一篇文章。

愈有压力。"瑞克说。那些海豚会突然到处浮出水面，没有预警，就像箭一般冲过摄影师与演员，并用尾鳍拍打水面，发出很响亮的鞭击声。"用尾鳍拍打，是海豚很典型的警告行为，就像人类用拳头敲打桌子一样。海豚这样做，虽然不会使人疼痛，但是会吓到人。"

因为这样的行为愈来愈常发生，大大妨碍了拍摄工作，到最后连好好工作都不可能。"跟一只在影片里被塑造成亲切、有耐心、总是乐于助人的'人类之友'一起工作的演员，在镜头前，当然不能有烦躁、惊慌失措或者恐惧不安的眼神。不过，这样的情况却愈来愈常出现。"瑞克回忆道。此外，虽然摄影小组动用五只不同的海豚来扮演"飞宝"一角，深信已经为这样的情况做好万全的预先防备，却也没有带来任何帮助。

这位当时的《飞宝》驯养师，形容被囚禁的海豚就像无聊得要命、被宠坏了的孩子，它们变得愈来愈粗鲁。演员的脸上常表现出恐惧，甚至拒绝和某些海豚一起工作。要在这么临时的状况，弄来能够担任"飞宝"一角的新海豚是不可能的："这五只飞宝演员，每一只都为它们的角色做了多年的准备。每一只都是无可替代的。"瑞克说。

五只飞宝演员——卡西、佩蒂、"喷射器"、苏西和丝考缇——当中，佩蒂总是最粗野的那一个，对瑞克也一样。直到有一天它做得太过火了。"我站在飞宝湖里，水深直到肚脐，刚刚和佩蒂在进行一个训练单元。它游过来，没有必要地喷水，在潜入水中时用尾鳍拍打我的头。'嗯，好极了，'我说，'我等的就是这一刻。'"当佩蒂再次游过来的时候，瑞克握紧拳头，尽可能用力地将拳头打在海豚背鳍后方那个部位。"海豚的尾巴几乎只是由肌肉组成。"瑞克解释，"也就是说，一拳打下去，一定不会让佩蒂感到疼痛，但这一拳是个非常清楚的信号。"

　　佩蒂以一种从来没见过的方式盯着瑞克瞧。它一直游到湖的中间，粗暴地转了个方向，再度游过来。"它游得比平常还快？"瑞克感到惊奇。佩蒂如同鱼雷一般向他冲过来，背鳍切过水面如同一把刀。"放马过来！"瑞克再次握紧拳头。"然后我只记得空中的一道影子。当我恢复意识之后，居然是脑震荡，人躺在医院里。"

　　和人类给海豚带来的痛苦相比，海豚对待人类，总的来说仍旧是非常友善、温和的。它们被圈养时，通常处在持续与人类接触的状态，没有任何退却的可能性。访客和海豚相遇之后离开，海豚在百般无聊的状态下，只好继续绕着永无止境的圈子。不自然的生活条件造成的结果是，很多海豚表现出固定不变的行为、罹患慢性疾病如胃溃疡或感染，或变得具有攻击性。对于宽吻海豚、虎鲸、长肢领航鲸和其他的海豚物种在面对人类时出现愈来愈长串的攻击行为，人们不必感到惊讶。它们攻击驯养师和访客，这也没什么好惊讶的。然而，当海豚在自然猎区受到过度打扰时，也会出现攻击行为。

　　"它们用嘴去咬，或是朝驯养师猛地游过去，来表达它们的愤怒，"琼森在他的书《马戏团的魔法？》里写道，"就好像它们想要撞伤他似的，不过在最后一秒钟避开了。"但海豚具有和大象一样令人难以置信的记忆力，会等待适当的时间点，为一次挨打或一个明显的不公正行为报仇。

　　琼森以瑞士海豚拥有者康尼·嘉瑟（Conny Gasser）的海豚"飞宝"为例。这只宽吻海豚在巡回演出期间被它工作过度、易怒的驯养师揍了一拳。"它等了好几个星期，就为了等一个报仇的最佳时机。后来，在一场表演中，当驯养师为了引发全场的高潮，伏在池子上方、惊险万分地将身子伸长时，时机来了。这只海豚应当从水里跳起来、轻轻将驯养师嘴里咬着的鱼叼走，但'飞宝'不理会节目的标准过程，而是从水里冲出来——无视鱼的存在——直接撞上驯养师的头部，让他昏迷不醒。"[1]

在"YouTube"门户网站搜寻或是浏览，也能找到大量内容惊人的报道、图片和影片。在此只列举几个例子：早在一九七〇年，美国演员苏珊·萨兰登（Susan Sarandon）就曾被海豚攻击。当时，美国作家、心理学家暨毒品文化教主提莫西·利里（Timothy Leary）将萨兰登带到旧金山一个研究学院的海豚池里。当她抓着一只海豚的背鳍、让它拖着她到处游时，第二只海豚大力咬伤了她的手腕，还在她面前从水里充满威胁性地立起身来，好像要猛扑向她。根据萨兰登自己的说法，当时她吓得半死。[2]

在加州圣地亚哥"海洋世界"乐园里，一头名叫"卡沙德卡"（Kasatka）的虎鲸有一次在座无虚席的观众前咬住它的驯养师的脚。在将他放开之前，它把驯养师拉进水里三十秒钟，之后马上又把他拉进水里整整一分钟。[3]另一个类似的"意外"发生在特内里费岛（加那利群岛）上的"鹦鹉公园"（Loro Parque）休闲乐园里。在这里，一头虎鲸在表演开始前，非常猛烈地冲撞一位女驯养师，使她肺部撕裂、臂部双重骨折，接下来它还将女驯养师拉到水里，但最后还是松开她。[4]动物保育人士与专家认为，海洋哺乳动物攻击人类的官方未公布统计数字，远高于相关休闲乐园经营者所公开承认的数字，也许是有道理的。

潜水客莉萨·寇斯特萝（Lisa Costello）一九九一年于夏威夷近海遇到野生的长肢领航鲸，差一点惨遭灭顶。当时一群长肢领航鲸看来觉得备受

1　出自威廉·琼森的《马戏团的魔法？》。
2　资料来源：www.starpulse.com。
3　资料来源：www.time.com。
4　资料来源：www.tursiops.org。

人类骚扰，于是一头长肢领航鲸游近这名女子，拉着她的腿，将她硬拖到水底差不多十二公尺深的地方。长肢领航鲸在最后一刻将她再度拉回水面。她的伴侣堤普莱（Lee Tepley）将那惊恐的几秒钟录了下来。[1]

　　一九九四年在巴西，据说一只海豚甚至将一个折磨它的男人撞伤致死。[2]二〇〇九年秋天，一位二十七岁的美国女性观光客和野生海豚一起游泳，结果也死了。当时她和亲戚一起乘船，从船上跳进水里游到野生海豚那里，她的尸体后来在新西兰一个名叫马尔堡（Marlborough）的附近海岸被捞起来。然而，她的死因是否和海豚直接相关，或是有其他原因，至今仍然是个谜。[3]

　　所以，当太地町也传出海豚失去控制的轰动事件，实在不足为奇。一名来自冈山市的三十七岁妇女控告当地的一乃汤饭店，要求赔偿损失。原因是当她在饭店的游泳池里游泳时，里面三只海豚中的一只冲撞她的背部，造成胸部和背部骨折、肋骨断掉、胸腔被压伤、淤伤、惊吓，还有长达六个月的医疗过程。[4]

　　瑞克意识到，自己在早期那几年，助长了一个将最有吸引力的野生生物降级为小丑和精神残废者的产业，所以他变身为一个拯救海豚而不知疲倦的角色。那些年，当他还很积极地猎捕海豚时，"迈阿密海洋馆"不只捕捉海豚给自己，也为全世界想要"飞宝"的各种不同机构捕捉海豚。

　　瑞克悲伤地用双手托着头，看着远方说："海豚被送到集市、展览会、

1　各种不同的资料来源和 www.youtube.com。

2　资料来源：www.psychotherapie.de。

3　资料来源：二〇〇九年十月二十日的《新西兰先驱报》（*The New Zealand Herald*）（www.nzherald.co.nz）。

4　资料来源：《每日新闻》报（*Mainichi Shimbun*），日本，二〇〇三年六月七日。

动物园、解剖实验室或巡回演出的马戏团。肆无忌惮的主办者利用海豚，吸引顾客来超市购物，也在加油站旁展出它们，或是在运动表演时，将它们放在极小的吹气游泳池里，作为吉祥物来展示。'苏西'被卖给一个欧洲的活动主办单位，他们将'苏西'放在一个拖车里，带着它在各乡镇城市间赶场，也在政治活动上展示'苏西'。一些海豚甚至被当成"家畜"，在游泳池的氯水里度过——想当然只是极短暂的———一生。"[1]

如今，这种陋习在现代工业化国家——也许除了在日本——虽然成了历史，但仍不能令监禁豢养海豚变得人道。因为当一条相关法律要进行修订时，一般情况下，只是做些不痛不痒的表面修饰而已，英国作家琼森如此表示。他说："就像马戏团里动物受威胁这回事，没有什么比法律要求表演应该尽可能'富有教育意义'更虚伪的了。戴圣诞老人帽子或过大眼镜的海豚、人们用马桶刷帮它刷牙的海豚、表演'生日快乐歌'尖声高叫版本以助兴的海豚——这些都是普遍流行的'有教育意义'的表演。这些表演说明的，与其说是什么和海豚天性相关的东西，还不如说它阐明了人类，以及人类与大自然的疏离。"[2]

1　出自瑞察·欧贝瑞的《海豚的微笑》。
2　资料来源：威廉·琼森的《马戏团的魔法？》。

第八章

还要持续多久?

　　我眼前看到的，让我有种十分熟悉的感觉。因为我从很多的叙述里得知这些，因为我在电影《海豚湾》短短的连续镜头和其他的影像中看过这些。还有，我亲眼目睹渔夫在一场围猎行动中将海岸旁的海豚驱赶到狭窄处。男人穿着防水的蓝色工作裤，站在被包围的海豚上方，盲目地刺杀它们，或是把钩子刺入它们抽搐的身体里，以便把它们硬拖过来，然后男人用绳索缠住海豚的尾巴。海水慢慢呈现红色，六十九只宽吻海豚，有一些已经毫无生命迹象、漂浮在海面上，它们或者是溺毙了，或是因为过度惊吓而亡。还活着的海豚一再将它们沾满血的口鼻伸出这恐怖、水花四溅的混乱景象，好像在乞求这些屠杀者手下留情。只是，毫无希望。

　　这些人是处在暴虐屠杀的恍惚状态中，还是冷漠地做着这份毫无慈悲心的工作？"这是折磨。"汉堡的海洋生物学家佩特拉·戴莫（Petra Deimer）注视着影片，含泪对一位《亮点》(Stern）周刊的女记者说，"只能用对海豚的仇恨来解释一切。"仇恨，因为渔夫把吃鱼的海豚看成竞争者与害虫。"事实上，人类应该为毫无顾忌过度捕捞、造成再也无法从海里捕到东西负全责。"这位德国"保护海洋哺乳动物协会"（Gesellschaft zum Schutzder Meeressäugetiere）的主席在《亮点》周刊的一篇文章里表示。[1]

　　全部都听过，全部都看过，一种让人看了很不舒服的似曾相识感。然而，这些影像不是来自太地町，而是秘密摄于富户村，一个位于东京西南方约一百公里远的渔村及潜水圣地。在富户村，渔夫将海豚直接追赶到一个小海港里。他们用绳套套住因惊慌失措而胡乱拍打的海豚尾鳍，再将它们固定在一台卷扬机上面。防波堤上的起重机，一次从满是泡沫的港口水域里拉起二至三只的宽吻海豚，所以当海豚落在其中一辆小货车上之前，有时

1　出自《亮点》的社论，第三十期。二〇〇〇年。

候得无助地挂在空中一分钟或是更长的时间。

影片中是一只强壮的雄海豚，烈日下它在太小的货斗上动个不停，使劲用尾巴击打车缘，直到伤痕累累，鲜血喷到摄影机镜头上。难以想象情况还会更糟。最后，三只海豚躺在货斗上；两只已经气若游丝，处于半死的状态，而车上已经没有地方再放第四只海豚了。渔夫将第四只海豚的尾巴绑在货车后面，五十铃小货车拖着这只活生生的海豚，沿着光秃秃的柏油路行驶，直至屠宰场。日籍摄影师伪装成游客，追踪这整个过程。在敞开如同车辆进出口的屠宰大厅的另一边，他的女同事正在悄悄地拍摄。

海豚来到位于高处的屠宰场时，全部都还活着。三只海豚从货斗上拍击坚硬的水泥地，那只强壮的雄海豚仍绝望地蜷缩着。"这一切什么时候才能结束？"我问自己，早就想把目光从屏幕上移开。"至少现在终于可以来个快速的死亡？"没有……渔夫也许可以瞄准海豚射击、刺杀或切割它们，让这些无抵抗能力的海豚快一点——在几秒钟之内——摆脱巨大的痛苦。不过，暴虐的疯狂仍然一直没有结束。一位年纪较大的渔夫穿着血迹斑斑的雨鞋和工作裤走过来，手上拿着一把残暴的宽弯刀。他用这把刀割开海豚的脖子，动脉血从痉挛抽搐的身体喷涌而出。我的胃部一阵紧缩，强迫自己继续看下去。似乎过了很久，海豚"终于"一动也不动地躺在水泥地上，生命本质流失殆尽。

屠夫无动于衷地用水管将大量的鲜血冲进泄水沟，好像他在清洗车库一样，排放废水的管子将刺眼的鲜红污水直接吐在礁石上。

太地町不是唯一的屠宰场

"保护海洋协会"的西格莉德·吕贝也强迫自己把这部纪录片看完，直到最后悲惨的结局。"虽然如此难以忍受，但我们无论如何不能都把眼睛闭起来，装作什么都没看到。"吕贝认为，"正因为难受，所以不能闭眼不看。"就如同前面所证实的，对痛感相当敏锐的海豚来说，这样的屠杀方法是特别残忍的："因为鲸鱼和海豚事实上没有天敌，它们的身体结构也没有为惊吓、装死或丧失知觉有所准备。我们人类都知道。例如我们受伤时，惊吓会阻碍感知疼痛；失去大量鲜血时，人会昏倒。但鲸鱼或海豚昏倒的话，可能会溺死。"换句话说："海豚或鲸鱼意识清楚地经历这对我们来说难以想象的痛，直到最后一刻。这也使得捕杀大鲸鱼显得特别残忍。"

好像这一切还不够一样，摄于富户村的影片[1]还记录了另一个对我们来说匪夷所思的事实：在宽吻海豚颤抖地大量出血而亡的同时，一个老师将一整班，也许是七岁的学童，领进这个恐怖场景当中。孩子们"可以"从最近的距离观看大屠杀，就像观赏厨师烹饪一样。对瑞克来说，"这是人们能使孩子面对的最残酷无情的事了。这种让人变得麻木不仁的方法，真是充满了讽刺。"

二〇〇九年秋天，我到日本旅行时，认识了摄影师吉广和女摄影师沙织（两者都是化名），他们拍摄了这些影像。当他们于一九九九年十月十三日通过一个不愿具名的情报提供者得知正在进行的围猎行动时，他们从居

1　影片被翻译成英文，标题为《在日本捕杀海豚》（*Dolphin Hunting in Japan*）。影片摄于一九九九年十月十三日的一场海豚围猎行动中。©"爱尔莎自然保护"（Elsa Nature Conservancy）。

202　海豚湾

住地东京相当快速地到达大约一百公里外的富户村。

阿吉跟我说，乔装成观光客摄影是没有问题的。"渔夫没有隐藏自己和正在发生的事情。此外，港口很小、一目了然。"沙织坐在上面，那个小小的、开放的屠宰大厅后方的一条长椅上，以隐藏的方式直接照相和拍摄大厅里的景象。阿吉在下面的港口旁边，可以或多或少地自由行动，将整件事拍摄下来。阿吉相当客观地叙述看到的事情时，友善的脸上带着微笑。不过他的表情变得让人愈来愈看不透。他当时内心有什么样的感觉？当时他如何看待这一切？

然后我看到他把眼泪擦掉。"很糟糕——可怕到我都不知道怎么用文字来表达，感觉好像我自己的兄弟姊妹被屠杀。我听到下面港口水域里一只小海豚的哨声，它被监禁在船只、渔网和围墙之间。"阿吉说不出话来了。"我知道小海豚在呼喊什么：'妈妈，你在哪里？'不过妈妈已经死了。"阿吉当时头脑昏沉沉的，像置身在发高烧时所做的噩梦里一般，但他仍竭尽所能在他能摄影的地方继续拍摄，尽可能不被察觉。"我必须做这件事。它是如此恐怖，但我的兄弟至少不该白白牺牲。事情应该被记录起来，让社会大众知晓。"

我自己也说不出话来了。可是在我的震惊和悲伤里，也混合了一些类似满意的情绪。在我的面前坐着两个日本人，他们喜爱这些海豚，而且我知道，他们愿意再做更多的事情。这样很好，因为如果要终止捕杀海豚和鲸鱼，对日本的压力应该来自日本内部才对。

六十九只宽吻海豚里，有六十五只没有在富户村活过这一天。有四只被起重机从水里吊起的宽吻海豚，被高价卖去做海豚表演。在因为圈禁而提早死亡之前的日子里，它们暂时可以扮演小丑，用人类和海豚之间的友谊神话来欺骗学童与他们的父母。[1] 一直到五年后，也就是二〇〇四年十一月十一日，富户村再度发动一次围猎行动。十九只宽吻海豚被驱赶到港口，其中三只被屠杀，还有一只惊吓而死，一只被装上电磁波发射器后又被赶回海里。剩余的十四只，在六个不同的日本海豚馆里结束生命。[2] 从此以后，富户村再也没有出现过围猎行动（时间：二〇〇九年底）。

日本西部长崎县壹岐岛上的壹岐市，已经很多年不再举行围猎行动了。不过，这里的情况特别不寻常。"很久以前，壹岐市是人们所能想象、最恐怖的海豚大屠杀现场。"美国海豚保育人士哈尔谛·琼斯（Hardy Jones）在电影《海豚湾》里表示，"几千只海豚可以在几天内被屠杀殆尽。二〇〇四年，我再次去那里时，已经没有半只海豚了，即使从前有几千只海豚游经那里的海岸。最大的讽刺是：因为活海豚交易的利润是如此丰厚，当地人也想要捕抓一些，可是这里现在已经一只都不剩了……现在他们到太地町为他们的海豚馆买海豚。"

另外，一篇发表于日本第二大日报《朝日新闻》二〇〇九年十一月五日的文章猜测，诸如太地町、富户村或壹岐市这些地方之所以受到国际舆论的大加挞伐，是因为在这里，海豚被驱赶到海岸，因此可以很清楚地观察到屠杀行为。但绝大多数在日本近海死去的小型鲸鱼和海豚，是在大海上被猎捕者的标枪所杀害。光是在日本东岸近海与北海道近海，每年被标枪活生生刺死的白腰鼠海豚就多达一万五千只（时间：二〇〇七年）。

与之相比，太地町的捕杀数目绝对算少的了。[3] 过去二十年，在日本

1　资料来源："爱尔莎自然保护"和《亮点》，第三十期。二〇〇〇年。
2　资料来源："爱尔莎自然保护"。
3　资料来源：二〇〇九年八月十日的《国家地理杂志》。

近海有超过四十万只小型鲸鱼和海豚被捕杀。英国组织"环境调查机构"（Environmental Investigation Agency, EIA）的一个最新研究证实，在这期间，光是白腰鼠海豚，就有二十五万只在日本猎捕者的标枪和刀子下丧命，另外还有大约两万只条纹海豚、一万五千只宽吻海豚、一万两千头长肢领航鲸、五千只花纹海豚，以及超过两万只点斑海豚。[1]

当条纹海豚（又称"蓝白海豚"）的数量在日本水域于上世纪八十年代下降超过90%后，国际捕鲸委员会在一九九三年[2]敲响警钟，要求日本马上停止猎捕条纹海豚。国际捕鲸委员会的科学研究小组把条纹海豚列为"受高度威胁"的级别，在有些地方列为"可能已经灭绝"。然而日本捕杀条纹海豚的数量在接下来几年内下降，原因还不如说是因为已经没有多少条纹海豚可以捕杀了。最新的照片，以及电影《海豚湾》里二〇〇七年拍摄的一些影像，是确凿无疑的证据。这些影像毫无疑问地证实，渔夫在太地町海湾血红的海水里屠杀了大量条纹海豚，并用钩子将它们硬拖到船上来。

从一九八六年起，日本每年猎捕白腰鼠海豚的数量增加了一倍以上。[3]他们对国际捕鲸委员会通过暂停捕鲸法案的反应是，捕杀鼠海豚数量于一九八八年一整年激增至四万四千只。在过去三十年，有超过五十万只鼠海豚被日本猎捕者屠杀。总的来说，日本追猎鼠海豚，是过去几十年对单一鲸鱼物种最大的猎捕行动。[4]

---

1 也参见 www.eia-international.org。
2 国际捕鲸委员会决议 1993-10：关于在受监督的情况下捕捉条纹海豚的决议。
3 资料来源："支持野生动物协会"：www.prowildlife.de。
4 资料来源：www.csiwhalesalive.org。

"只要靠近日本，每一头鲸鱼都会遭受灭顶之灾。"电影《海豚湾》的导演路易·皮斯霍斯严厉地说，"不管哪一个物种，不管是受到保护还是没有受到保护，都是一样的。他们拿走所有能够得到的，等鼠海豚也灭绝了，他们就开始猎捕下一个物种。"但这应该很困难，因为在白腰鼠海豚后，已经没有什么可以捕捉的了。所以，虽然不断增强的批评让日本国内捕杀海豚和小型鲸鱼的海岸城镇减少了，[1]但另一个或许更重要的原因是，海洋里其实已经没有够多的小型鲸鱼和海豚让他们猎捕了。

最后一只独角兽？

一张占了报纸上"新闻花絮集锦"四个字段的重点图片，马上吸引了我的注意力：大量的海豚在一个海湾的浅滩里。一群拥有亚洲面孔的男人站在海豚旁边的水里，紧抓住一部分海豚。"这是一场围猎行动！又来了！"我内心发出一声叹息，并开始继续阅读，但我从这篇文章中很惊讶地得知，这些男人正在拯救海豚！超过两百只瓜头鲸在菲律宾首都马尼拉的海湾迷路了，几百名渔民和志愿者正在护送这群失去方向的海豚再度回到大海。行动成功了！菲律宾渔业当局指示监视海岸地带七十二小时，以确保这些瓜头鲸（一种通常在离海岸很远的地方出现，而且存活数量受到威胁的热带物种）不会再回到海岸。[2]

1 根据日本"爱尔莎自然保护"组织的资料，如今还有以下几个日本海岸城镇继续捕杀小型鲸鱼和海豚：网走和函馆市（北海道）、大槌町和釜石市（岩手县）、鲇川（宫城县）、和田浦（千叶县）、富户村（静冈县）、太地町（和歌山县），以及名护市（冲绳县）。
2 从二〇〇九年二月十日的媒体报道得知。

"所以也会发生这种情况啊！"我松了一口气想道，"和太地町海湾发生的事完全相反。在太地町，当海豚出现在视线内时，渔夫会接到无线电通知，以便协力尽可能将海豚驱赶进一个小海湾，然后进行屠杀。在马尼拉，迷路的海豚来到一个海湾，渔业当局号召大家协助，而海豚们多亏渔夫的帮忙重新获得自由。这对比已经很荒谬了。在新西兰，鲸鱼搁浅时，广播电台与电视会中断节目，号召每个可动员的人前往现场，以协助拯救鲸鱼。反之，在隶属丹麦的法罗群岛上，当从远处望见长肢领航鲸时，广播电台同样中断节目，叫大家停止工作，不过是要大家出门将大海豚驱赶进一个浅湾里，然后进行屠杀。"

换句话说，长肢领航鲸和其他海豚物种被刺杀、将海湾染成血红色的事件，不只在日本发生。摄于法罗群岛的影像和摄于太地町的影像惊人地相似，只是这里是欧洲人在干这种勾当。除此之外，两者的情况简直完全相同。法罗群岛人同样依循一个超过四百年的传统，围猎长肢领航鲸和其他海豚；而这些来自北大西洋的动物的肉里，也含有高浓度的汞与其他有害物质。

这个位于苏格兰和冰岛之间、半自治、属于丹麦的岛群上，有些居民直到今天仍然坚决反对放弃"屠杀长肢领航鲸"（Grindadráp）。他们想坚守这个血腥的"传统"，即使二〇〇八年八月，法罗群岛人的最高健康行政机关在一封公开信里告知政府，"长肢领航鲸现在受到多氯联苯（PCB）与汞的重度污染。不仅它的肉，还有它的脂肪，都超过让人类食用的规定极限值。"[1]不过，围猎行动没有被禁止。"所以有一些法罗群岛人，仍在为一个在法罗群岛历史书里应该用过去式来书写的传统，拿健康来做赌注。"英国

---

1 资料来源："保护海洋协会"，www.oceancare.org。

"环境调查机构"的珍妮弗·隆丝戴尔（Jennifer Lonsdale）说。即使在二
〇〇九年，还是有将近三百头长肢领航鲸在法罗群岛丧生。[1]

　　顺便一提，法罗群岛人绝非依赖食用鲸鱼肉为生。法罗群岛上的生活
可以说达到欧洲最高的生活水平了。"在过去，长肢领航鲸对这偏僻岛群居
民的存活可能很重要，不过现代猎捕长肢领航鲸的行动和这项传统，已经
没有多大关联了。"对"保护海洋协会"的主席吕贝来说，这是再清楚不过
的了，"现在使用高科技工具如快艇、声呐、回声测量器和无线电设备，以
捕获鲸鱼。毫无疑问的，鲸鱼没有能力抵抗这些科技"。再加上虐待动物。
"鲸鱼被从大海驱赶进海湾，备受钩子折磨，最后必须在同类的鲜血里泅游，
直到自己被残忍的方式屠杀。这整个过程要持续好几个小时。"

　　再者，因为猎捕长肢领航鲸，法罗群岛人经常违反国际协议。"例如丹
麦，共同签署了《波昂公约》和《伯尔尼公约》。依照这两个公约，长肢领
航鲸和海豚在欧洲水域受到保护。然而，这个斯堪的纳维亚国家用丹麦的
税金间接为法罗群岛的鲸鱼大屠杀提供资金。"吕贝补充说，"法罗群岛的
国家财政有极大部分是由丹麦给予资助。此外，由于丹麦监察法罗群岛司
法系统的运作及其国家银行事务，丹麦政府大可对法罗群岛人捕杀长肢领
航鲸一事发挥影响力。"[2]

　　当我早在几年前访问当时驻伯尔尼的丹麦大使馆参赞侯尔格—巴克·安
德森（Holger Bak Andersen），请他对这些看法表示意见时，他非常"政治
正确"、有所回避地作答。他认为丹麦政府不能对法罗群岛人施加压力，因
为"他们在很大程度上是自治的。虽然他们是丹麦的一部分，却不属于欧盟。

1　根据"环境调查机构"的资料，www.eia-international.org，时间：二〇〇九年十一月。
2　资料来源："保护海洋协会"，www.oceancare.org。

换句话说，捕鲸是法罗群岛的内部事务，和丹麦政府一点关系也没有。"

位于太平洋西南方的所罗门群岛上，捕杀海豚也属于他们的"传统"，用来制作年轻女岛民的新娘首饰。"超过一千颗的海豚牙齿被用来做成嫁妆项链，每条项链至少需要牺牲六只海豚。"珊德拉·阿尔特黑尔（Sandra Altherr）这位德国保育动物组织"支持野生动物协会"的生物学家说。独木舟将远远看见的海豚群包围起来，驱赶至沙滩，大屠杀的中心是位于马莱塔岛（Insel Malaita）南方的乡镇法纳赖（Fanalei）。根据官方资料，每年有六百至一千两百只海豚在法纳赖丧生。"不过，捕杀海豚者自己说每年至多一万只。"和太地町类似，猎捕人将活海豚贩卖给海豚馆，以获得可观的利润。[1]

瑞克想起迄今最大一次为了活体贩卖猎捕野生宽吻海豚的行动。这次行动于二〇〇三年在所罗门群岛上一次俘获了大约两百只海豚。"这次野蛮的猎捕行动背后，有一个以全世界最有势力的海豚商人克里斯·波特（Chris Porter）为中心的国际海豚联盟插手。波特从那时起，高价卖出大批海豚到墨西哥、南美洲、阿拉伯国家、亚洲国家和太平洋国家。"瑞克记得，"波特在这里找到一个他可以胡作非为、新的海豚交易圣地。"

就如同法罗群岛的长肢领航鲸猎捕者，所罗门群岛上的强硬派也毫不手软地对待想要批评那里的事情、并把事情公之于世的人。海豚"黑手党"已经痛揍过许多记者与环保积极人士，例如劳伦斯·玛奇黎（Lawrence Makili），所罗门群岛首都霍尼亚拉（Honiara）的市议员暨美国环境组织"地球岛协会"的合作者，被八个男人从家里拖走，结果是：臂部骨折、肋骨骨折、脸部骨折和无数淤伤。[2]

---

1 资料来源："支持野生动物协会"，www.prowildlife.de。
2 资料来源："地球岛协会"，www.eii.org。

其他捕杀海豚的地点清单很长，在此无法全面讨论，如果要详细描述，可以写好几本书。仅在秘鲁，每年就有几千只暗色斑纹海豚丧生，被用来充当非法肉品来源，甚至当作捕抓鲨鱼的免费诱饵。秘鲁猎捕海豚始于上世纪六十年代。"上世纪九十年代中期，被屠杀的海豚数字上升至每年两万只。""支持野生动物协会"的海洋专家阿尔特黑尔说。自此以后，这个数字降至每年不到三千只。但对阿尔特黑尔来说，增加使用海豚肉作为鲨鱼鱼饵的行为是显而易见的："跟世界各地一样，秘鲁近海的渔获量也因为过度捕捞而变少，因此人们乐意将吃鱼的海豚视为竞争者，毫不犹豫地予以铲除，"阿尔特黑尔解释，"之后马上就轮到鲨鱼了。"[1]

在巴西和玻利维亚，亚马逊河豚也被剁成鱼饵。在斯里兰卡近海，当海豚落入当地渔夫的网子时，他们也不拒绝。顺带一提，全世界无数其他地区也都是如此。据传，作为"连带被捕抓入网的猎物"，海豚肉直到今天仍出现在阿拉伯和非洲的地中海各国鱼市场上。在好些加勒比海岛屿上，长肢领航鲸的肉也以"黑鱼"为名成为桌上佳肴。

将海豚（Delfin）跟海豚鱼（Dolfin）混为一谈

游客在加勒比地区会不断惊恐地发现，送到他们眼前的食物是"海豚"肉。这个英文词汇"dolphin"（海豚），译成德文后叫做"Delfin"（海豚）。

然而，在这里有一种刚好很受游钓者喜爱的食用鱼和垂钓鱼种，就叫做"海豚鱼"（Dolfin）（译注：为避免混淆，人们也称"海

1 资料来源："支持野生动物协会"，www.prowildlife.de。

豚鱼"为"鲯鳅")。但这种鱼除了和"海豚"有类似的名字之外，并没有什么共同之处。换句话说：当你在加勒比地区点餐、出现"海豚"这道菜品时，可以相信（至少相当肯定）端上桌来的不是"海豚"，而是真正的鱼。

　　直到二十世纪，人们也在地中海有目的性地屠杀海豚。在亚得里亚海东部，渔夫常常随身携带步枪，以便朝海豚开枪。直到一九九五年，在克罗地亚近海蓄意杀害海豚是完全合法的。一九九五年之后，克罗地亚才将海豚列为受保护动物。在意大利，屠杀一只海豚的价格，于上世纪五六十年代还能得到和捕鱼一整个星期同样多的利润。再者，在亚得里亚海北部，从一九六四年至一九七八年，很多宽吻海豚被捉来卖给海豚馆产业。[1]

　　从不久前开始，不顾廉耻的投机商人试着在罗马尼亚和土耳其的黑海海岸附近，以及土耳其的地中海海岸附近，捕抓活海豚。据说海豚经由土耳其被运送过去，卖给阿拉伯国家的海豚馆。[2] 除了日本、所罗门群岛和刚刚提到的地区，加勒比地区的一些区域，或西非的几内亚比绍（Guinea-Bissau），也是目前为圈养海豚产业猎捕海豚的"热门地点"。

　　原始部落居民，例如北极地区的原住民，猎捕小型鲸鱼的合法性问题也还没有解决。"首先，应该清楚地将原始部落居民和现代工业化国家的居民区别开来。""保护海洋协会"的吕贝强调，"例如日本捕鲸的沿海乡镇或法罗群岛的居民，和原始部落居民一点关系也没有。"在某种程度上，吕贝

1　资料来源：www.meeresakrobaten.de。

2　出自二〇〇五年十月二日德中广播电台（Mitteldeutscher Rundfunk, mdr）"罗经刻度盘"（Windrose）节目的一份稿件。

可以承认北极地区的居民每年继续猎杀一些鲸鱼的权利。"如果基于这些原住民小心且永续的猎捕习性，也许永远不会对海洋哺乳动物的数量构成问题。"不过正是这点，如今也成为问题："日本、法罗群岛、韩国与其他国家，现在也以'传统'为论据，坚持'如果原始部落民族可以，我们也要'，来争取自己的权利。"

棘手的是，原住民族也不总是如此"小心且永续"地对待他们的猎物，一如这些族群的某些民族学者和"辩护人"所乐见的。例如在格陵兰周围，根据"保护海洋协会"、"鲸鱼和海豚保护协会德国分会"和"支持野生动物协会"的发现，每年大约有四千只小型鲸鱼遭到捕杀，数量明显失去控制，其中包括每年约三百头贝鲁卡鲸（白鲸）和六百头一角鲸，后者又称为"海洋里的独角兽"。特别是，提高一角鲸的猎捕配额，已带来灾难性后果。

"因为提高了配额，隶属丹麦的岛屿所进行的猎杀行动，使这些无与伦比、具有显著且呈螺旋状长牙的海洋哺乳动物遭遇灭绝的危险。""支持野生动物协会"的阿尔特黑尔担心地说。在几十年内，这些"独角兽"的数量已大量减少到只剩下四分之一。

观察在格陵兰猎捕一角鲸和其他小型鲸鱼的证人，也一再看到令人失望的现象。例如新西兰的生物学家们，于二〇〇八年八月十七日，在位于格陵兰东南方的罗马人峡湾（Rømer Fjord）沿岸，发现了四十八头死去的一角鲸。观察者拍照记录了这些几乎未被利用、在沙滩旁腐烂的尸体，只有卖好价钱的鲸鱼长牙和一些脂肪被私猎者偷走了。[1]

阿尔维德·福克斯（Arved Fuchs），有名的德国探险家、冰上健行者

1　资料来源："保护海洋协会"和"世界自然基金会丹麦分会"（WWF Dänemark）（www.panda.org/who_we_are/wwf_offices/denmark）。

兼帆船竞赛运动员，描述偶然看到在格陵兰东岸一个小海湾捕杀一角鲸的经历：“我们在初夏的某一天被枪声惊醒，看到坐在四艘小船里的格陵兰人，使用不同口径的武器，朝一群大约十二头的一角鲸射击。”最后，当地人用标枪打中三头因为枪伤而变得很虚弱的鲸鱼，将它们拉上大块浮冰宰杀。同一时间，其他的一角鲸逃脱了。“不过我估计——如果我没有被死去的鲸鱼流出的大量鲜血误导的话——剩余的鲸鱼里有好几头一定也受伤惨重。那群鲸鱼被盲目地开枪射击，而且部分武器的口径很不恰当，它们也许无法在重伤之后继续存活。”

“最后一只独角兽”也许很快就会在人类的贪婪和目光短浅之下消失。如此堪忧的前景，引人深思。然而，还有另一个事件向我证实了：事情发展也可以完全不一样。

普琳西拉活下来了！

“快点来，收拾好游泳用的东西和替换衣物。”萝丝·琼斯（Rose Jones）对客房里的人交代，“我们必须马上出发！”雅思敏·森恩（Jasmin Senn）还没完全醒过来。这名来自瑞士的健行者这几天借宿在萝丝家。她揉了揉眼睛说：“到底发生了什么事？”塑料桶和水盆发出喀啦喀啦声。“我们不是要去游泳！”萝丝从洗衣间向外喊。

还差一会儿就八点钟，雅思敏和她的东道主坐在车子里。后座堆满了布和床单；在清晨的阳光下，堆积的塑料桶发出各色光泽。在她们右手边，熠熠发光的“黄金湾”（Golden Bay）果真名不虚传。“他们通过广播报道了这则新闻。”萝丝严肃地解释，“长肢领航鲸在普庞加海滩（Puponga Beach）搁浅了，有超过一百二十头长肢领航鲸。它们需要我们每个人的帮助。"

海滩离新西兰南岛最北端的普庞加海港不远，是害鲸鱼搁浅的最危险地点。有如新西兰国鸟鹬鸵一般巨大且稍微弯曲的鸟喙，送别角（Farewell Spit）由沙丘和沙洲组成的细长岬角延伸进海里至少十五英里。位于"鹬鸵脖子处"的普庞加海港受到很好的屏蔽，但对长肢领航鲸来说，黄金湾的浅滩可以成为陷阱，特别是普庞加海港附近，以及从那里到柯林伍德（Collingwood）一带再过去一点的海岸线最危险。长肢领航鲸只要一进入那里，就很容易迷路。它们测量方位的声呐系统在浅水里毫无作用，再加上强烈的潮汐差异，水流可以将鲸鱼推往陆地，又突然整个从海滩退出。好几百年以来，这里常有鲸鱼搁浅，尤其是长肢领航鲸。这是一个自然界的陷阱。

雅思敏被萝丝焦虑不安的情绪感染。这两个女孩想尽可能赶快到达那里，伸出援手。鲸鱼从前一天晚上就被困在那里。"夜晚时分，大家想帮也帮不上忙。"萝丝解释，"但是湿气和清爽的温度帮助鲸鱼活了下来，如果它们的体重没把自己压死的话。要担心的是太阳、炎热和干燥。"经过一个小时的车程，她们到达目的地。迎面而来的是雅思敏永远不会忘记的景象，到处停满了车子，几百个帮手已经在那里了。他们把所有事情都搁在一旁，今天都不去工作——为了拯救鲸鱼，而且没有一个老板会抱怨。

现在是退潮时刻，沙滩给人一种无止境的感觉，好像一个潮间带。二十一岁的雅思敏看到沙滩上到处都是暗色的斑点。萝丝点了点头说："就是它们。"女孩一秒钟也不浪费，抱着满满的水桶和床单，坚决地走下沙丘。一个穿着印有"DOC"字样荧光背心的男人已经在等她们了。"是医生（doctor）吗？"不，"DOC"是指"环境保护部门"（Department of

Conservation）。一切安排就绪，就像一个巨大的露天手术室，在迅速爬升上天空的太阳下。

"你的鲸鱼叫做普琳西拉。"那个 DOC 的男人边说边和雅思敏走向一头约四公尺长的雌长肢领航鲸。老远她就听到普琳西拉悲叹的呼喊，同情和感动流经雅思敏全身，眼泪涌上来。她被一百二十头像普琳西拉这样的鲸鱼，以及无数竭尽所能拯救鲸鱼的帮手围绕着，但努力有时候没得到回报。一些长肢领航鲸被标上红带子——它们没有撑过这一夜。挖土机开过来，将死去的鲸鱼就地埋葬，其他挖土机则挖出从海洋通往沙滩的水沟。

水是现在最重要的生命元素，阳光愈来愈炽热了。这一天是二〇〇五年十一月二十二日——在新西兰，夏天才刚刚开始。普琳西拉从头部到尾鳍都被湿床单覆盖着，只有喷气孔和眼睛是露出来的。这双眼睛……充满了生命力。看着它专注环视的眼神和细微之处，偶尔发出的响亮的口哨声，雅思敏心底深受感动。她只想做一件事:帮忙拯救这头被命名为"普琳西拉"的鲸鱼。大家在和时间赛跑。雅思敏一桶一桶地提水过来，用水润湿鲸鱼，并小心注意不要让水或沙子进入鲸鱼的喷气孔里；她在鲸鱼的肢体上涂抹保湿乳液。

随着太阳升起，紧张情绪也跟着高涨。因为太阳上升，海水会开始上涨。直到现在一切都进展顺利，普琳西拉还活着。这头长肢领航鲸一再发出惊恐不安的口哨声，呼唤同种生物，其他的长肢领航鲸也响应着。雅思敏清楚感觉到:鲸鱼知道所有这些在场的人类，是来帮助它们的。它们忍受着一切，那是感激的表现吗？很难说。不过这些生物有着温顺的性格，虽然它们处在极度的危难里，却露出这样的眼神……这个二十一岁的女孩完全被吸引住了。

　　每隔二十分钟，她和其他三个被分配来照顾普琳西拉的女性帮手，用尽力气顶住这头几吨重的搁浅鲸鱼，像要移动或帮一个卧病在床的病人翻身一样。雅思敏继续从不远处挖土机挖出的水道里提取一桶又一桶的海水，这是使人汗流浃背的粗活。可是大家都强烈感受到一起付出的热烈气氛，为了同一个目标，没有任何人放弃。即使是在今年最长的一天，在愈来愈灼热的正午大太阳下，都没有人放弃。

　　接近正午，海面上传来一声呼喊，让大家激动起来——"潮水来了！"激动且满怀希望的骚动马上感染到长肢领航鲸，但在雅思敏那里暂时什么都还没有发生。时间一分一秒地流逝，涨潮了！就像地球自转一样可靠。终于，雅思敏的脚直到踝骨突然浸在凉爽舒服的海水里。涨潮！一些人欢呼起来。海水涌来，水位愈来愈高。水桶被收到安全的地方，披挂在鲸鱼身上的布被高高卷起。水位已经达到膝盖了，而且还在继续上升。多么大的恩赐啊！现在用手濡湿长肢领航鲸变得很容易。

　　突然间，普琳西拉巨大的身躯轻微地抽动了一下。鲸鱼几乎漂浮起来了！直到它可以真正移动，又过了几分钟。沿着普庞加海滩、超过几百公尺的范围，都是同样的景象。上涨的潮水愈来愈能负担鲸鱼的重量，没有什么比"如释重负"和"情绪高涨"这两个词更适合当下了。人们兴奋地互相叫喊——鲸鱼也是。雅思敏的胸部以下都浸在水里，海水仍然一直在上涨。终于，决定性时刻到来了。

　　鲸鱼们出奇地安静。不只因为它们都筋疲力尽了，也因为它们体验到、也知道这些人类对它们的友善。没有一头鲸鱼蜷缩着身子，或用尾鳍拍击。现在，雅思敏也不禁发出一声轻微的欢呼声。普琳西拉游起来了！普琳西拉此刻就像一艘潜水艇，让人小心地把它引导到宽阔的海湾。不过，现在还不是拉鲸鱼的时候。DOC 的人等待着涨潮的最高点，因为开始退潮时的水流会帮忙把鲸鱼拉进大海里。

然后，终于，终于到达那一刻了。普琳西拉游向自由！这头雌长肢领航鲸游离沙滩，愈来愈远，进入更深的海域。一股难以形容、让人心头暖暖的、内心想要欢呼的狂喜充满了雅思敏。集体的欣喜若狂席卷了整个海滩。普琳西拉活下来了！包括普琳西拉在内，这些志愿者拯救了一百二十九头长肢领航鲸中的一〇七头。

雅思敏成为新西兰近十几年来最大的长肢领航鲸搁浅事件之一的目击证人，也是最成功的拯救行动之一的积极参与者。直到现在她才感觉到，自己完全冻僵了，然后冷得直发抖地涉水回到陆地。四艘船小心地将鲸鱼驱赶到较深的海域，离危险的浅滩两、三英里远的地方。

晚上六点，又一次令人不安的几分钟，因为有五十五头长肢领航鲸突然转向，快速地往帕卡瓦（Pakawau）附近的沙滩移动。再加上下一次的退潮也开始了。不过，所有志愿者都准备好了。当鲸鱼来到沙滩，有约两百人组成一条人链，让鲸鱼改变了方向。隔天 DOC 的人巡查时，已经没有在黄金湾看到任何鲸鱼。现在终于可以确定：长肢领航鲸获救了。

"有一次，我被四面八方的鲸鱼包围住。"雅思敏之后跟我描述她的经历时，边回想边说，"这些大鲸鱼如此令人难以置信地温顺。当它们游出去时，开始发出更多的声音，尤其是那些较小的鲸鱼。一开始不如说是哀鸣声，之后是嘀嗒声，让人很感动的声音……"

之后我给雅思敏看电影《海豚湾》里一小段镜头，看到捕杀海豚者如何在太地町海湾被血染红的海水里盲目刺杀被捕抓的海豚，接着用钩子捅进海豚的身体里，以便将一部分还活着的海豚硬拖到船上。这个年轻人突然哭了起来。她这辈子从来无法想象,这样的事情有可能发生。这不像我们的时代可能发生的事。

被猎捕的掠夺者

《飞宝》和《大白鲨》同样带来灾难性的后果,虽然它们的象征符号完全不一样。在《飞宝》把海豚装扮为可爱、聪明的"宠儿",且带来所有本书里描述的后果的同时,史蒂文·斯皮尔伯格的好莱坞叫座影片《大白鲨》却一下子将约有五百种的鲨鱼物种,恶魔化为阴险的猛兽和嗜杀成性的吞噬机器。结果造成许多猎捕鲨鱼者直到今天都能愚蠢且嘲弄地声称,他们若能让海洋"摆脱这些作恶多端的生物",将是好事一桩。"鲨鱼"的英文是"shark",在德文里听起来很像德文的"Schurke"(恶棍),在英文里也意指"狡猾的人"、"骗子"。

相对于海豚却同样悲惨的,是今天全世界鲨鱼的情况。它们不像海豚和鲸鱼那样受人喜爱,也不像海洋哺乳动物那样,拥有如此多的保护法规。如今无情追捕鲨鱼的规模和几十年前捕杀鲸鱼一模一样,每年至少有一亿只鲨鱼被捕获,甚至可能更多。平均每一秒钟就有三只鲨鱼遭到不幸,在渔网里、在捕抓鲔鱼的延绳里意外被捕获,或是在钓鱼客钓竿下丧生。

这些优雅的海底掠夺者最大的灾难是,很多种类的鲨鱼鱼鳍在东南亚被当成美食:"为了制做鱼翅汤,猎捕者每年割掉几百万只活鲨鱼身上的鱼鳍,再将残废不全但还活着的鲨鱼丢回海里。这样粗暴的掠夺方式,使鲨鱼的数量戏剧性地大量减少。""支持野生动物协会"的海洋专家珊德拉·阿尔特黑尔解释,"鱼翅是可获取暴利的交易:一公斤令人渴望的鱼翅,可以卖到最高七百美元的价格。"[1]

德国著名演员、剧作家兼积极的环保人士汉讷斯·耶尼克，曾在摄影机前亲自试吃鱼翅："被烹煮过的鱼鳍，口感相当恶心，完全没有自己的味道。鱼翅让人渴求，只是因为中国人相信鱼翅能够壮阳和让女人青春永驻。"在中国，急剧增长、高收入的中产阶级对这种变态美食的迫切需求，带来了可怕的后果。"对鱼翅的需求在快速增加中。不过，除了濒临灭绝的动物鱼鳍，应该还有其他的美食吧！"

在德国电视二台令人印象深刻的纪录片《汉讷斯·耶尼克：投入保育鲨鱼》里，耶尼克冒险去寻找事件的幕后操纵者。他伪装成欧洲来的美食采购员，带着隐藏式摄影机，在亚洲找到和买卖美食的幕后操纵者接触的途径。耶尼克将从某个德国大批发市场得到的"收获"，交给基尔大学的物理学研究所检验，结果让人震惊：鲨鱼肉受到放射性物质重度污染，尤其是危险的伤害神经毒物：甲基汞。[2]

鲨鱼的遭遇和围绕《海豚湾》所发生的事，有着惊人的相似之处，例如刚刚提到过的污染物浓度。耶尼克将它简化为一个简单易懂的公式："一只肉食性鱼类愈大、愈老，污染物的浓度就愈高。"毫无止境的贪婪、捕捉鲨鱼的残忍方式、愚蠢的理由、无知、无动于衷、漠不关心：这是另一个让人醒悟的证明，我们是多么鼠目寸光和肆无忌惮，在剥削和破坏上帝所创造的自然财富。拯救鲨鱼已是刻不容缓。在四亿多年历史中，鲨鱼几乎只有两个敌人：较大的鲨鱼和疾病。但在短短几十年之内，情况有了剧烈的改变。"地球上没有一种生物像鲨鱼那样，如此快速且无情地遭到扑灭。"

1　资料来源："支持野生动物协会"，www.prowildlife.de。
2　资料来源：德国电视二台和其他。

这位多年来在"绿色和平组织"贡献心力的演员说道。

美国东岸大幅减少的鲨鱼群体数量，可以作为全世界鲨鱼数量的代表。仅仅十五年之间，双髻鲨的数量萎缩了 89％；长尾鲨和白鲨的数量锐减 80％。鼬鲨、大青鲨和马加鲨的数量分别缩减 65％、60％、40％。根据加拿大研究者的报告，一些白鳍鲨群体的数量甚至下降了 99％。在某些地区，它们几乎已完全绝迹了。[1] 这些滥捕的收获也来到我们的鲜鱼柜台，只是常常以假名出现，例如："席勒鬈发"（Schillerlocke）（译注：去皮熏制的白斑角鲨腹肉，因形状像卷成管状的头发，故得此名）、小牛鱼、角鲨、海姆、排骨鱼、脂肪鱼、国王鳗、石鲑，或作为炸鱼条或假蟹肉的成分。

"但是鲨鱼身为海洋食物链中最高级的消费者，是绝对不可缺少的鱼类。"耶尼克强调，"没有鲨鱼，海洋的整个生态平衡会崩溃。"因为鲨鱼位于食物链末端，监督着其他的掠夺生物，否则会使人类也能够食用的鱼群大量减少。此外，鲨鱼会吃死去、生病和虚弱的生物，这些动物的繁殖对健康的群体可能有害。鲨鱼可说是自然界的"保健警察"，角色不可替代。

在此我想纠正"坏鲨鱼"传说，以正视听：每年有几百万人在海洋游泳和潜水，一年平均最多有四十次鲨鱼攻击事件被记录在案，其中差不多有十件造成死亡。换句话说，被鲨鱼攻击的几率比中乐透的几率明显小得多。每一年，被椰子砸死的人比被鲨鱼咬死的人还多得多。

1　资料来源：Hai-Stiftung/SharkFoundation（www.hai.ch）

最大的危险

人类毫无顾忌地掠夺海洋资源，鲨鱼、海豚和鲸鱼遭受同样的苦头，例如当它们陷入渔网，然后被当作不受欢迎的"连带猎捕物"——通常是在濒死或死亡状态——丢回海里去。从上世纪五十年代开始至八十年代，热带的东太平洋地区使用围网捕抓鲔鱼，这对海豚造成特别严重的后果。渔夫发现海豚群中很有可能有大型黄鳍鲔混迹其中，于是针对海豚，用围网圈住它们以捕获鲔鱼。这是一种致命的捕鱼方法。美国加州的"地球岛协会"估计，从上世纪五十年代末期到九十年代初期，超过七百万只海豚死于这种捕鱼法。"地球岛协会"的马克·帕尔莫（Mark Palmer）对我说，这是"人类史上对海洋哺乳动物最大规模的屠杀"。

"地球岛协会"对此作出反应，其"无害海豚"（Dolphin Safe）运动催生了"选择性捕鱼、明显较少连带猎捕物"的结果。今天，全世界贩卖的鲔鱼中，绝大部分都贴上"Dolphin Safe"的标签：一个国际认可、检验严格的质量验讫标记。这个成功事迹无疑拯救了数十万只海豚的生命。[1]不过，"无害海豚"不能被滥用为继续毫无顾虑消费鲔鱼的"借口"。一方面是因为，如今毫无例外的，全世界所有种类的鲔鱼皆受到过度捕抓；另一方面，鲔鱼肉并不健康，因为鲔鱼大部分含有极高的有害物质，如多氯联苯或汞。

总的来说，全世界海洋里的鱼类遭到过度捕捞，已成为人类最大的问题之一。例如今天地中海90％的鱼类已灭绝殆尽，而在其他海洋地带，情况看起来也没有好多少，有些甚至还更糟。地中海里正在挨饿、瘦到见骨

1　也参见 www.eii.or。

的野生海豚图片，已流传全世界。[1]这是一种恶性循环。在困境中，饥饿的海洋哺乳动物去它们还能找到鱼的地方捕食，例如渔网里。这让渔夫找到理由，抱怨遭受损坏的网子和"竞夺"渔获，并将掠夺海洋的罪过归咎于鲸鱼和海豚。根据法国著名纪录片导演贝特隆·罗尔（Bertrand Loyer）的说法，在过去几十年，带着步枪的渔夫前往环绕南极的南冰洋这些难以监督的偏远地带捕鱼，已经让那里的虎鲸数目减少了四分之三，因为虎鲸会从捕鱼的绳网里吃鱼。

尽管"无害海豚"标记成就斐然，今天仍然还有数万只海豚、鼠海豚和其他的鲸鱼死在渔网里，地中海抹香鲸的头号死因也是落进网里溺毙。对鲸鱼来说，船只航行也可能使它们丧命。大型鲸鱼被船只撞伤的事件时有耳闻，其他鲸鱼则为船尾推进器所杀害——部分因为好奇，被推进器吸引所致。

人类制造的水底噪音也是愈来愈大的威胁：船的马达、浮式挖掘机、探钻发出的噪音、汽油输送装置与天然气输送装置、军队演习和地震测试引发的爆炸、近海风力发电厂等。这些噪音来源，一如科学测量显示，平均每十年上升三到五分贝。而这些海洋里的人造噪声层明显地盖过自然界的声音，使海洋生物产生精神压力，特别是鲸鱼和海豚，[2]噪音大大扰乱甚至盖过它们用回声定位辨认方向和相互沟通的叫声。

可是，最危险的噪音来源是军事声呐装置。好些国家，尤其是美国，希冀借助军事声呐装置窃听全球海域里的"敌军行动"。"在这期间，科学证明了海洋哺乳动物频繁发生搁浅与死亡的惊人现象，毋庸置疑和军队使

1　资料来源："保护海洋协会"，www.oceancare.org。
2　资料来源：绿色和平组织。

用声呐系统有直接关系。""保护海洋协会"的主席吕贝说,"再加上有无数证据显示,受到伤害的鲸鱼和海豚经常不是搁浅,而是在大海丧生,所以没有被列入任何统计里。"

另一个问题是兴建住宅区、工厂、防御工事、休闲设施和港口设施,持续地破坏海岸景观,以及破坏生长在海岸上的植物,例如砍伐热带地区的红树林,或是用拖网蹂躏海底。极度需要在安静的海湾生育幼仔的海豚物种和鲸鱼物种,愈来愈难找到适合的地方哺育下一代。一个赤裸裸的例子是欧洲地中海西部,那里已经变成几乎完全盖满建筑物的海岸了。

此外还有气候变迁与水污染的影响。河流将农业、工业和住宅区的有害物质冲进海里,还有油轮不顾禁令在大海上冲洗油箱。更有船只一直将有毒的液体和固体倒入海中,甚至大量的污染物也通过大气层进入海洋。

海洋哺乳动物现今的处境非常艰难。

"大量的环境问题,对敏感的鲸鱼和海豚来说,意味着巨大的威胁。"吕贝说,"而且这些负担不会减少,或只能逐渐减少,或甚至根本无法排除。反之,人类可以毫无困难、马上终结一个对海洋哺乳动物来说完全不需要的麻烦——放弃捕鲸和捕杀海豚。"

第九章

人类的觉醒

"不要碰那鲑鱼！"虽然路易·皮斯霍斯友善地眨眨他的蓝眼睛，不过我看得出来他真的不是在开玩笑。这是电影《海豚湾》首映后一天，我和路易在德国汉堡吃饭。"我们永远不会知道那里面含有什么污染物。"导演继续说，"特别是如果这鲑鱼肉是来自养殖场。撇开鲑鱼养殖场对动物和环境造成的不友善，光是鲑鱼肉里的荷尔蒙、抗生素、各式各样毒素残留就有得瞧了。"——"我知道。"我回答，"可是野生鲑鱼也是这样，所有的鱼都是一样。"路易若有所思地表示同意。

然后他问了一个让我很惊讶的问题："你知道一座中国的火力发电厂和海豚肉的汞污染有什么关联吗？"我再次看出他是认真提问的。我疑惑地看着他。"平均每两个星期，中国就有一座新的大型火力发电厂投入供电。"他开始说，"中国正以这样的速度，在接下来二十年内增加火力发电厂的数量。"我在脑袋里推算了一下，到时会出现五百座新的火力发电厂。单单在中国，就有五百座新的污物排放机具。我简直头晕了。"我懂了，在已经存在的环境污染上，再加上一大堆额外的环境污染。不过，这和海洋生物体内的汞有什么关系？"——"空气污染问题。"路易回答，神情很严肃，"污染物十分重要的一部分，例如火力发电厂排放出来的汞，现在正通过大气层进入海洋。"

经过路易的解释，加上做了一些调查研究后，我对这个问题有了更深入的了解。

回力标：毒菜单和食物链

几百万年前，植物和树木将汞与其他的有害物质吸附住，如今这些物质浓缩在煤矿里。当煤烧尽时，例如在火力发电厂，所有有害物质都会被释放出来。依照煤的来源而定，煤里的汞比重从每公斤 0.01 毫克到大约 1 毫克（即 1PPM，1 公升里含 1 毫克）。所以一座燃烧煤的大型发电厂，每年可以排放多达一吨的汞进入大气层。火力发电厂今天被视为全世界最大的汞排放机具。在德国，火力发电厂要对三分之二的汞排放量负责任。[1]

联合国环境总署在一份报告中指出，人类的活动直到今天已经使全球自然环境里的汞贮存量增加两倍，大部分是来自燃煤，[2] 每年环境里的汞比重增加 2-3%。由于发电厂的烟囱将煤的焚烧废气排入大气层，风遂将里面所含的汞散布到整个星球，笼罩在占地球表面三分之二面积的海洋上，降雨则将这具有挥发性的金属从大气层中冲刷出来。所以，几乎所有被释放出的汞迟早都会进入水域，最后通通流进海里。后果严重的积聚效应开始了。

只要进入水里，所有非放射性的有毒物质都会被最小的生物和海藻吸附住。微生物将金属汞转换成有机汞，即所谓的甲基汞；甲基汞在身体里几乎无法分解，但现在食物链效应启动了。最小的动物性浮游生物吃掉海藻和其他微生物，然后被较大的浮游生物吃掉，较大的浮游生物再被较小的鱼吃掉，较小的鱼又被较大的鱼吃掉，以此类推。在每一个步骤中，汞和其他难以分解的物质逐渐在食物链中传递、积聚了很多倍。于是多年来吃了很多鱼的鱼类愈大、愈老，身体里的甲基汞值就相对愈高。[3]

更具戏剧性的，是位于食物链最末端、部分超过五十岁的海豚和齿鲸的甲基汞数值了。总而言之，它们体内的浓度最高。"现在再加上人类。"

1　资料来源：www.quecksilber.wordpress.com。

2　报告：《全球汞评鉴》（*Global Mercury Assessment*）（www.chem.unep.ch/mercury）。

3　根据 www.quecksilber.wordpress.com。

路易补充说，"比方说日本人吃这些海豚，于是他们变成这个食物链的最末端消费者，结果可想而知。日本人体内的污染物含量会再一次激增，给健康带来极负面的后果。"路易若有所思地摇头的同时，他的太太薇琪点了点头。"随着环境中持续增加的汞污染，情况还会更加恶化。假如日本人最终明白事情的严重性，也许就能终结消费海豚肉和鲸鱼肉这个噩梦。"当然，海豚和齿鲸[1]已身受高度的汞污染之苦，因此寿命可能缩短。[2]路易耸了耸肩膀说："所以，环境污染可能是日本周遭的鲸鱼和海豚的救星。这实在非常讽刺。"

可以确定的是：如今连吃鱼吃得比日本少得多的多数西方国家，都公认人类的汞污染源来自吃鱼。德国联邦环境局在检验几千人的血液和尿液的样品后，得出这样的检验结果。[3]

瑞士著名浮游生物研究者戴维·森恩（David Senn）一言以蔽之的评论，再次在我的脑海里浮现："海洋是流动水域。"我记起一个来自裂开的货柜里的塑料洗澡小鸭的故事：上世纪九十年代的一场风暴将货柜从倾斜的船上扫进浪涛汹涌的太平洋。几年后洗澡小鸭在离出事地点愈来愈远的地方，被前往海滩的人捡起，在这几年内非常精彩地将海流的走向记录下来。所以，受污染的江川河口附近海域，以及围绕高度工业化地区（如日本或欧洲）

1　须鲸比较少受到污染，因为须鲸吃来自食物链较底层的较小动物维持生命，例如磷虾，因此相对较少受到污染。不过须鲸的肉也受到污染，不管是来自哪个海域的须鲸肉。

2　Das, K. etal.（2003）：Heavy Metals in Marine Mammals（海洋哺乳动物体内的重金属）.In: Toxicology of Marine Mammals（海洋哺乳动物的毒理学）.Vos et al.（编者）.Taylor & Francis, London, New York（"支持野生动物协会"向我推荐这本书）。

3　资料来源：www.quecksilber.wordpress.com。

的海域，无疑受到更多的污染。不过污染并不局限在特定地区：如今地球上的每一个地方，即使是很偏远的角落都受到牵连。

　　污染绝不只和汞或甲基汞有关，也和其他有毒物质有关，例如镉、DDT（学名为"双对氯苯基三氯乙烷"）或多氯联苯。例如在北极地区的某些海洋哺乳动物身上，也检测出严重的 DDT 污染，尽管这些动物生活在离曾经使用或将要使用 DDT 的地区几千公里远的地方（现在只剩一些发展中国家还在使用 DDT）。化学性质极稳定的 DDT，长达好几十年时间都是全世界最常用的杀虫剂，如今 DDT 被当作食物链里积聚效应的典型例子。DDT 在有机体内非常难以分解，根据一份研究，从海洋浮游动物体内的 DDT 浓度（0.04PPM），到这个食物链的"终点消费者"鱼鹰的 DDT 浓度（25PPM），总计增加了 625 倍。[1]

　　"支持野生动物协会"和"保护海洋协会"的一份科学鉴定，清楚呈现了鲸鱼肉受有害物质污染的现况。这份标题为《毒菜单：鲸鱼肉的污染和对消费者健康的影响》的报告指出，食用受剧烈污染的鲸鱼肉或海豚肉会带来严重后果。这已经不是什么新闻，[2] 早在上世纪九十年代，一份在丹麦法罗群岛上进行的长时间调查证明，若母亲在怀孕和哺乳时吃了鲸鱼肉，孩子的智能发育明显落后。此外，其他对法罗群岛怀孕妇女的调查研究也指出，很多胎儿在母体时已显示出四肢畸形，并出现运动损害和神经系统方面的问题。

　　所以，当研究发现法罗群岛妇女的母乳含有全世界浓度最高的多氯联苯，这也就不足为奇了。经查明，幼儿发育问题，例如体重不足或新生儿

1　资料来源：维基百科。

2　"Toxic Menu–Contamination of Whale Meatand Impact on Consumer's Health"。

脑袋较小，被不同的独立科学研究指出和食用被多氯联苯高度污染的鱼肉和鲸鱼肉有直接关系。汞污染也是如此。一个法罗群岛上的"普通人"，比起其他斯堪的纳维亚国家的人，体内的多氯联苯浓度，就高出十五倍之多。此外，人们也猜测，法罗群岛上明显增加的帕金森症和老年痴呆症病患，或可直接归因于食用受污染的鲸鱼肉。[1]

来自加拿大北极地区、格陵兰和日本关于鲸鱼肉产品的研究，同样显示了惊人的高毒素数值。"在此期间，这些地方也有一些疾病症状和前面已提到的毒素连接在一起。""保护海洋协会"的吕贝说，她同时也是《毒菜单》鉴定报告的作者之一。

根据《毒菜单》报告，在这期间，很多政府公布了肉里汞污染的极限值。从二〇〇〇年开始，挪威、加拿大和日本也公布针对孕妇与哺乳妇女的官方饮食建议，但不是给普通人的。"然而，今天所有人都不该再继续忽视消费鲸鱼产品的严重风险了。""支持野生动物协会"的珊德拉·阿尔特黑尔说，她同时也是鉴定报告的主要撰写人，"海洋污染，尤其是汞污染，在继续增加中。除此之外，新的有毒物质也一再被证实，例如溴化合物与氟化合物。"

鉴定报告也指出由此产生的经济损失，例如：母亲在怀孕前和怀孕期间吃鲸鱼肉的孩子，其神经缺陷可以带来极严重的影响，足以增加国家的经济负担。因此，两位作者一致得出这样的结论：诸如国际捕鲸委员会，或是世界卫生组织这样的机构，必须督促捕鲸国家向消费者说清楚食用鲸鱼产品的健康风险。"依赖鲸鱼肉的原住民族，为了健康着想，应该尽快降低鲸鱼肉的食用量。"阿尔特黑尔得出结论，"不过，对于那些具有高度生活水平和广

1　资料来源："支持野生动物协会"和"保护海洋协会"。

泛食物供应来源的地区来说，永远只有一个合法的建议：完全停止消费鲸鱼肉和海豚肉——就如同法罗群岛卫生部于二〇〇八年所建议的。"

再次出现的水俣病

　　早在几十年前，一九五六年，在水俣市最先有人因为令人费解的症状进入医院。这些日本九州岛西岸水俣市市民，一开始只是抱怨感到疲倦、头痛、肢体疼痛，后来又加上行动障碍、瘫痪和精神错乱的症状，一些重病例里还有人昏迷，最后终于有人死亡了。愈来愈多住在八代海与水俣湾沿岸的人突然感到身体虚弱，并出现说话和走路的问题，饱受痉挛之苦，久病且不断衰弱下去，直至死亡。

　　悲剧于上世纪五十年代初期在水俣湾悄悄展开。一开始，海湾里漂浮着愈来愈多的死鱼，之后乌鸦从天空掉下来；狗、猫和猪也行为怪异，不久之后就死了。

　　一九五六年五月一日，有关当局正式公告此为"水俣病"，是一种中枢神经系统发生障碍的疾病，并如同流行病般散布开来。可是直到官方承认，证实患者是严重汞中毒的牺牲者，这中间又过了两年。一九五九年，调查发现 CHISSO 公司是罪魁祸首，[1] 但是要到一次国家调查之后，这个化学集团才供认他们早从一九三二年起便开始将甲基汞排放进海水里，导致汞化合物附着在海藻上，因此导致鱼体内的汞含量戏剧性累积。[2] CHISSO 公司

1　资料来源：美国联合通讯社（Associated Press, AP）、www.welt.de 和 www.quecksilber.wordpress.com。

2　资料来源：维基百科。

拿出几十万美金的"怜悯赔偿"给受害者却又继续在十年间"没有败露形迹地"再将毒废水转排入其他水域，污染了更大的区域。

　　水俣病是一件人人隐瞒不说的事。因为害怕被传染，街坊邻居会回避患者；渔夫也有意隐瞒他们的病症，以免妨害他们贩卖渔获。"人们总是说，没有水俣病这回事。"任教于熊本大学、从一九七一年起开始研究这个疾病的浴野成生，对美联社的一位记者说，"因为若是媒体报道相关消息，鱼的价格就会下跌。"日本政府在这场缄默的阴谋里也发挥了决定性作用，因为它不愿令经济发展受到威胁。[1]

　　所以一直到一九六九年，这个事件才终于进入控告 CHISSO 公司的诉讼程序；这里必须强调的是，在政府宣布疾病当时已经"结束"之后，诉讼程序才开始。一九七三年，CHISSO 公司终于遭判决必须付出相当于三百四十万美元的赔偿金，这是到那时为止，日本环境危害犯罪的最高罚金。[2]尽管如此，直到今天仍然有很多受害者在等待赔偿。而且，统计整个环境污染程度的官方研究报告一直没有出来。真要统计的话，可能也很困难，因为在清涤作业中，CHISSO 公司和日本政府索性将受污染最严重的区域以泥土填塞，用钢铁和水泥层覆盖住被汞污染的海底。[3]

　　直到今天，日本处理水俣病事件的过程有多么混乱，从对受害人数和死亡人数估计的分歧有多大，就能看出来。受害人数估计介于一万七千人至三万人之间，"官方"统计的死者人数则估计介于两千人和三千人之间。由于与这个悲剧相关的多数日本人普遍保持沉默，真实情况可能是更高的

1　资料来源：二〇〇七年十月十七日的美国联合通讯社和 www.welt.de。

2　资料来源：www.quecksilber.wordpress.com。

3　资料来源：二〇〇七年十月十七日的美国联合通讯社和 www.welt.de。

数字，甚至也许远超过这个数字。

日本政府于一九七三年正式把责任归于 CHISSO 公司之后，展开了第一波诉讼。当日本最高法院于二〇〇四年裁定政府对扩大疾病一事也要负责时，其他诉状纷至沓来。二〇〇六年五月一日，水俣市居民纪念了灾难发生五十周年，[1] 但是对很多水俣市的罹难者和他们的后代来说，痛苦直到今天仍在持续——在政府宣布疾病"结束"的五十年后。

今天，因为有机汞化合物而出现的慢性中毒症状，一般被称为"水俣病"。"水俣"在全世界已成为将未经检验的有毒废料倒入海中、造成环境损害的代名词。

水俣病事件的悲剧性在于，日本当局显然直到现在（时间：二〇〇九年）都没有从这场灾难中得到教训。相反，这个政府继续隐瞒海豚肉和鲸鱼肉的问题，也隐瞒了为数众多的鱼类（例如鲔鱼）受到剧烈汞污染的事实。隶属大集团的日本媒体，直到现在仍听从偏袒大集团的发行人与总编之言，参与这场"对外保持缄默"（Omertà）[2] 的恶意游戏。

日本政府陷入两难，一边是极强大的渔业产业：他们用"传统"为论点，几乎一开始就遏止了停止捕鲸和捕杀海豚的思考方向，原因是一旦停止猎捕海洋哺乳动物，很可能开启先例，让人开始思考日本渔夫过度捕捞一些鱼类的严重性（捕捉太多特定鱼类，令它们面临灭绝的危险）。另外一边则是愈来愈多证据确凿的研究和鉴定，全都不容置疑地证明海豚肉和鲸鱼肉里含有高到令人咋舌的污染物，部分数值大大超过日本政府设定的极限值。

1 资料来源：www.welt.de 和 www.quecksilber.wordpress.com。
2 "Omertà"：原意指黑手党成员对内部运作的守口如瓶。

"换句话说：日本当局再次对人民隐瞒了一桩十分严重的食品丑闻。"瑞克评论，"可以说，他们在毒害自己的人民和孩子——这是现代版的水俣事件。"

早在一九九九年和二○○○年，"保护海洋协会"的一个小组与"鲸鱼和海豚保护协会"一起进行了一场日本正在贩卖中的鲸鱼产品调查。"调查一百个采来的样品，结果使人震惊。"吕贝回忆道，"差不多四分之一的样品都标示不实。也就是说，日本消费者相信自己买到的是须鲸肉，结果常常吃到齿鲸肉。齿鲸肉比须鲸肉受到更严重的污染。"

更糟糕的是：两个组织委托调查的小型鲸鱼肉里，竟然有95％含有至少一种超出日本官方和国际组织食用标准浓度的污染物。"一个样品竟然含有超过上限值二百倍的汞数值，真是叫人难以相信！""鲸鱼和海豚保护协会"的尼可拉斯·恩图波说，"调查结果也证明，肆无忌惮的加工公司和商人，从每年至多两万头在日本水域宰杀的小型鲸鱼中收购便宜的肉类，然后以假名称将产品卖给市场上不知情的大众。"日本政府宣传鲸鱼肉是"健康的"，即使日本当局数年来已得到够多的信息，知晓小型鲸鱼受到高度污染的事实。"但日本政府无视这些事实、也不管从水俣事件得到的教训，直到今天仍然没有采取行动。"[1]

送给幼儿园的海豚肉

这些数据听起来是如此不可思议，以至于人们简直不敢相信或索性直

[1]　资料来源："鲸鱼和海豚保护协会"（www.wdcs-de.org）和"保护海洋协会"（www.oceancare.org）。

接忽视。不过，下面的数据来自一位值得信赖的日本人口中：远藤哲也博士，"北海道医疗大学药学院"（Hokkaido Health Science University's faculty of pharmaceutical sciences）的学者。

在"海洋保护协会小组"的摄影机前，他指着一个包装物，用清楚易懂的英文说："这是海豚肉，已经验测过了，含有 2000PPM。"他提高音量，再一次强调，仿佛自己也无法相信一般："2000PPM 的汞。非常、非常、非常地高。这有毒。我在和歌山县的太地町买到的。"对此，日本政府绝对公布过建议使用量。"鱼和海鲜的建议上限值是 0.4PPM。"远藤博士在电影《海豚湾》里说。他明确干脆地下结论："海豚肉不是食品。"远藤哲也发表看法的同时，也援引他二〇〇五年发表的一个检验鲸鱼肉产品的三年研究。所有样品都显示鲸鱼肉产品含有损害健康的汞和甲基汞。

计算远藤哲也博士提到含 2000PPM 汞的海豚肉样品，可以得出含量超过日本建议上限值五千倍的结果。"这样一个数值比在水俣市的鱼身上所测量到的，还高出 98.9％。"熊本大学大学院医学药学研究部（水俣市位于熊本县）的活体组织学教授浴野成生补充道，并怀疑地笑了起来，因为他自己也无法理解这件事。"这是真正的危机！"假如这些海洋哺乳动物的肉继续被食用，便不能排除危害人类脑部的可能性。浴野教授在二〇〇七年八月七日的《日本时报》（The Japan Times）里小心翼翼地表示："可惜大部分日本学者把这个题目列为禁忌，因为从政治的角度来看，这是件棘手的事情。"

被这些敏感且具迫切现实意义的数字吓到的，还有两位地方政治人物：山下顺一郎和渔野尚登，两位都是太地町的镇代表。因为假如海豚肉和长肢领航鲸的肉"只"在地方商店贩卖的话，还不算太糟。但可怕的是，这个小镇也将受到严重污染的肉配送到学校餐厅和幼儿园。"我有两个儿子，一个七岁,另外一个五岁。"渔野尚登于二〇〇七年在一场为电影《海豚湾》而进行的访问里说:"学生的膳食是校方强制的,学童必须吃完所有摆在桌上的东西。如果现在端上桌的是海豚肉,将会产生很可怕的影响。"[1]

布鲁氏菌病症:被低估的危险

"布鲁氏杆菌"(Brucella)会在人和动物身上引发感染。此病是由海洋哺乳动物传染给人,在人身上引发肌肉疼痛、大肠疾病、肝损坏和脑膜炎。虽然日本研究者确定38%在北太平洋捕获的小须鲸有此病菌,但小须鲸肉仍被允许继续在日本贩卖。[2]

随后,这两位地方政治人物向和歌山县卫生局的玉木雅彦(Masahiko Tamaki,音译)求助。太地町是和歌山县的管辖地。玉木雅彦的反应是:我们不想让太地町的居民感到不安——如果试图讨论这件事,人们会想到水俣事件。不过,山下顺一郎不让人就这样随便打发了,他向玉木雅彦明白地解释:那些必须继续吃海豚肉的日本学童,身体会受到严重损害。

说到鱼肉里是否有汞的问题时,诸贯秀树,日本水产厅一位高层官员,很清楚地回答:"没有!"但是诸贯秀树——他同样在电影《海豚湾》里出现——也承认,吃太多海豚肉可能带来危险。虽然日本厚生劳动省多年来肯定知道海豚肉受甲基汞和其他有害物质污染,但直到现在都没有阻止贩卖海豚肉,甚至连经常标示不实的肉品包装上都缺少警告字样。[3]

1　资料来源:电影《海豚湾》和《日本时报》(柏依德·哈尔内的文章)。

2　资料来源:"支持野生动物协会"(www.prowildlife.de)。

3　也参照 www.meeresakrobaten.de。

这是一个极大的食品丑闻，人们可能如此认为。因为早在一九七三年，也就是超过三十年前，由于水俣危机造成的结果，一个汞的上限值规定开始生效。该规定要求，超过 0.4PPM 汞污染的肉品，至少必须加上给消费者的警告提醒。"结果什么都没有发生。"瑞克评论，"我常在超市买到海豚和长肢领航鲸的肉类产品，给实验室检验用的。分析结果经常是惊人的高污染物含量，远远超过法定的上限值。此外，还有大量的不实标示。"

这是一个具有双重意义的丑闻。其一，这样的肉竟然可以进入贩卖体系；其二，日本厚生劳动省没有严格执行抽样检查。"取而代之的是，小型组织必须用私人捐助者的钱代替厚生劳动省解决问题，以确保人民不受政客姑息养奸造成的危害。而且，政府甚至对我们做的事情没有反应——或者有反应，但却是在诋毁我们的工作为'文化帝国主义'。"问题正是出在这个冲突上，瑞克认为，"假如捕鲸和猎捕海豚，没有被这些为五斗米折腰的国家主义者与官僚，以'传统'为论据，提升到有如'金牛犊'（Goldencalf）般不可质疑的地位，也许这个丑闻早就解决了。捕鲸和捕杀海豚应该是属于日本历史书里的一章，而且是用过去式书写的一章。"

瑞克对山下顺一郎和渔野尚登投身取消学生膳食里的海豚肉的行动，特别致以敬意："这两位太地町的地方政治人物以一切作为赌注，虽然不是他们的生命，但至少赌上他们的生活与声誉。"不过，想要改变现状就是需要这些勇敢的当地人："毕竟压力要从内部而来。"山下顺一郎和渔野尚登不屈不挠力求其请愿获得重视，给渔业合作社和镇长带来很多的麻烦。太地町镇长三轩一高本来打算扩建屠宰场，以及扩大供应海豚肉给学校和幼儿园的餐厅，从而有可能再扩大捕杀海豚的规模。

但渔野尚登和山下顺一郎不只公开反对这些计划，还接受国外媒体的采访。他们进一步撰写了一篇极具爆炸性的报告。这篇由这两位地方政治人物署名、日期为二〇〇七年七月十九日的文章，是直接致多米尼加共和国环境部长的。该文和十二只在太地町捕捉到的海豚相关（即本书已提过的"太地町的十二只海豚"）。它们预计被外销到这个加勒比海岛国的"海洋世界冒险乐园"（Ocean World Adventure Park），负责人是德国人史蒂凡·迈斯特（Stefan Meister）。

"最近我们检验了两盒太地町渔夫捕杀的长肢领航鲸肉。"这两位地方政治人物写道，"我们发现，两盒肉都含有大量的汞——比厚生劳动省真正允许的还多出十到十六倍之多。"此外，其中一盒肉含有多氯联苯，比允许的上限值多出甚多。山下顺一郎和渔野尚登以所有必要的检验报告复印件来证明所言不虚。

那十二只预定出口到"海洋世界冒险乐园"的海豚，也被厚生劳动省检验过了。"检验结果清楚证实这些海豚也受到汞、甲基汞和其他危险化学物质污染，污染状况甚至比长肢领航鲸的肉类样品污染值还要高。"警告信中写道，进口这十二只海豚对多米尼加共和国来说，意味着"环境污染"："如果这些从太地町进口的海豚死了，它们的身体将会是有毒的废料。"最后多米尼加的环境部门听从了山下顺一郎和渔野尚登的建议："为了避免进口太地町的海豚带来的环境污染风险"，不准进口"太地町的十二只海豚"。

虽然渔野尚登和山下顺一郎严厉反对把海豚肉当作免费供应的学生膳食，但他们从不曾发表反对捕杀海豚的言论。不过，他们公开倡导教育运动，以及反对前面提过的镇长计划和出口获利的"太地町的十二只海豚"，已经足够让他们在太地町的处境变艰难了。他们的处境相当难堪，以至于渔野尚登最后不得不和他之前发表的部分看法划清界限。他一直仍是镇代表的一员，如今在镇代表大会上假装自己是保留太地町捕杀海豚的坚决支持者。山下顺一郎则从未改变他的批判立场，直到生活在太地町对他来说变得难以忍受。现在，他已经和家人搬到东京附近了。

电影《海豚湾》的片尾字幕提到，太地町和附近一带学生膳食里的海豚肉已经被取消的同时，相互矛盾的说法从本地纷纷流出。有的说法是，一直都还有免费的海豚肉被分配到学校和幼儿园。而在东京的一些学校里，海豚肉和鼠海豚肉也曾出现在菜单上。这是一个住在东京的年轻女士亲口告诉我的，不过她不想具名。

"担当大臣"仔细聆听

瑞克批评日本政府或政治人物时，总是强调，这些批评是针对不做事、无能的"老官僚"，而不是针对从二○○九年九月起开始执政的新政府："政党轮替或许能为这个事件灌注新动力。至少这是我的希望。"尽管日本再次强调支持捕鲸，但瑞克的希望也许不是完全没有根据。

在日本，自由民主党从一九五五年至二○○九年长期执政，只在一九九三年至一九九四年间短暂失去组阁权。自民党建立起一个政、官、商、传媒的"铁四角"体制，伴随着相互勾结、逐渐增加的裙带关系和贪污，大大影响了政治情势。这个时期遗留下来的问题，还有攀升的社会问题，以及在全日本造成的巨大环境损害。"被掩盖的水俣灾难，归根究底也是旧政策的一项成果。"瑞克说，"眼前这个隐瞒受到污染且标示不实的海豚肉丑闻，和水俣事件有惊人的相似处。"

二○○九年八月三十日大选时，自民党因其政策受到日本选民的处罚，遭遇历史性惨败。从那时起，政治议程落入日本首相鸠山由纪夫主导的联合内阁手里。获得真正"压倒性胜利"的选举赢家民主党，与国民新党（The People's New Party）、社会民主党（SDP）共组联合内阁。

东京城区日比谷是很多政府机构的所在地，"日本外国特派员协会"（Foreign Correspondents' Club of Japan, FCCJ）就坐落在当地一栋睥睨群峰的大楼里。二〇〇九年秋天，该协会成为说明《海豚湾》事件，以及鲸鱼肉和海豚肉里污染物丑闻的主要中心。二〇〇九年九月二十五日，《海豚湾》的日本首映在此举行。观众对电影的兴趣浓厚，以至于得在两个不同的房间放映电影的拷贝带。在场的绝对不只有外国特派员，也有很多本地的记者。

电影赢得观众长时间起立鼓掌——这在记者方面并不常见。接下来，前一天才抵达东京、看起来非常疲惫、被时差折磨的瑞克接受媒体提问，而且反应敏捷、言语风趣地反驳日本记者的批判性问题与攻击。不过，该场合的高潮是将一枚奖章颁发给前任太地町镇代表兼镇民：山下顺一郎。这个谦虚的男子看起来非常难为情，安静地领受大家对他的付出和大无畏精神所表示的敬意。

二〇〇九年十一月十一日，第二次"突发行动"在"日本外国特派员协会"紧接着发生。日本新上任的消费者行政"担当大臣"福岛瑞穗在三十分钟的演说之后，准备回答约一百名在场记者的提问。此时，柏依德·哈尔内站了起来。两年前，汞丑闻初发时，他也曾访问过山下顺一郎和渔野尚登。哈尔内以简短的几个句子，在大臣和一群记者前勾勒出这个当前的棘手问题。例如：太地町五十个接受检测的居民体内所显示的汞含量数值，比日本民众的平均值高出十倍之多。

哈尔内直接询问担当大臣的看法。让哈尔内感到很意外的是，福岛瑞穗澄清她已经知道鲸鱼肉受到污染的事，连海豚肉内含非常高的汞数值，她也知之甚详。她是通过某个致力食品安全和环保的组织得知这些事情的。"我会调查这件和食品安全议题有关的事。"她补充说，"因此，我对每个消费者组织和环保组织提供给我可靠消息表示感谢。"

哈尔内马上作出响应。他亲自将一个内容丰富的档案夹呈递给大臣，里面有很多和议题相关的研究、鉴定报告与列有图表的调查。其中也有本书中已提过的，在这个领域的日本权威浴野成生教授和远藤哲也博士的系列调查所得出的惊人成果。在超过十个科学证明文件当中，还有《毒菜单》、《汞污染正在威胁我们的膳食》（Mercury Contamination is Threatening Our Dining Table），以及《有毒的政策》（Poisonous Policies）鉴定报告。这些全部都是澄清这起食品丑闻的关键研究，不仅在外国，也在日本本地编制而成。大臣收下了这个内容极具爆炸性的资料卷宗，友善地表示谢意。

瑞克非常赞赏这次"突发行动"。他说："哈尔内趁机直接把这个重要的议题带到大臣面前，因此，受到极力打压的海豚肉及鲸鱼肉食品丑闻，在新政府的优先处理一览表上，可以前进一大步。"这个议题不会被政府长时间忽视。"我们会询问现在情况有什么进展，特别是具体的结论会是什么。"

早在十天前，瑞克就为报刊里一则令人惊奇的新闻而心喜。报纸《产经新闻》引用了日本新首相鸠山由纪夫令人惊讶的表白："我恨鲸鱼肉。"这句话是鸠山于二〇〇九年十月底拜访荷兰总理巴克南德（Jan Peter Balkenende）时所说的，但鸠山仍然为捕鲸人辩护。根据报道，他敦促荷兰采取一些对付"海洋守护者协会"的办法，因为他们一再试图用船只妨碍猎捕鲸鱼。二〇〇九年冬天，一艘环境保育人士的船和一艘捕鲸船相撞，而荷兰是允许"海洋守护者协会"停泊船只的少数几个国家之一。[1]

离消费者行政担当大臣在"日本外国特派员协会"召开记者会仅一天，下一则让人振奋的报道就出现在报刊上了：首相鸠山由纪夫召开一个审查所有国家支出的委员会。该委员会立刻建议，二〇一〇年后删除所有拨给"海外渔业协力财团"（Overseas Fishery Cooperation Foundation, OCFC）的国家资助。"海外渔业协力财团"提供位于东京的"日本鲸类研究所"（Institute of Cetacean Research, ICR）所需之大部分资金，后者以科学研究为幌子，安排在南极的鲸鱼保护区和北太平洋的捕鲸行动。

然而，这个"科研捕鲸"处在一种慢性亏空的状态。也就是说，多亏日本纳税人从口袋里掏出钱来资助，"科研捕鲸"才得以持续下去。再加上每年重复在国际捕鲸会议上浪费好几百万的费用来买票，因为发展中国家与小岛国只有从日本那边收到一大笔钱，才会投票赞成日本对捕鲸的坚持。

从经济方面来看，日本政府早就没有能力再负担这样一个问题多多的"奢侈行径"了。"首相鸠山竞选承诺将禁止不需要的国家支出，例如停止资助有争议、贪污腐化又浪费的捕鲸计划。现在他有机会证实，他是认真对待自己作出的承诺。"史蒂芬·坎贝尔（Stephen Campbell）如此认为。坎贝尔是"绿色和平组织"澳洲和太平洋区域的运动领导人。[2]

给"海外渔业协力财团"的国家资金若遭删除，这对日本的"科研捕鲸"来说可能意味着结束。从动物及物种保育的角度来看，这也许是一个具有轰动效应的突破；此外，对同样受到资助、在近海猎捕小型鲸鱼和海豚的渔业来说，这是个清楚的信号。可是，来自"地球岛协会"的马克·帕尔

1　资料来源："法国新闻社"（Associated France Press, AFP）的通讯社新闻。
2　资料来源："绿色和平组织"和"环境新闻服务"（Environment News Service, ENS）。

莫警告不要过早与过度怀抱希望："它目前只是一个提案，其他人仍有机会插手、发言。"他想起二○○九年初期在冰岛发生的事件。这个北欧岛国在政党轮替时首先宣布要终止捕鲸，但二○○九年一月，将卸任的渔业部长（这差不多是他最后一次行使职权）批准了直到二○一三年每年捕杀一百五十头长须鲸和一百头小须鲸的配额，震惊全世界[1]——这个配额甚至明显地被提高了。

日本媒体开始报道

为了全面了解日本媒体报道，以及日本人因而改变态度的程度，我们必须将时间拉回二○○三年。当时，瑞克和妻子海伦娜第一次前往太地町。他们在那里所看到的，完全超出他们的理解。当时海湾也被染成血红色，但似乎没有人真的关心这件事。偶尔有媒体记者出现、写一篇新闻，然后就再度消失——世人则几乎没有察觉记者报道的事件，在日本就更不用说了。取而代之的是，经常发生和捕杀海豚者危险对峙的情况。

"每天早晨，当我们日出时分去海湾拍摄时，他们总是把我们赶来赶去，还威胁我们。"海伦娜回忆道。"滚开，或是：我们把你们干掉！"猎捕人朝这一对孤单的海豚保育夫妇吼叫。"他们可以放心地攻击我们，而我们只能听任他们摆布。那里没有其他人，也没有摄影机证实他们在侵犯、干涉我们。我们和日本及其他国家的媒体联络，可是没有人有兴趣。有些时候，我们甚至觉得自己是唯一知道这个偏远渔村秘密的人。"

瑞克和海伦娜投入拯救海豚，每一次投入都意味着恐惧、精神压力及

1　资料来源：www.prowildlife.de。

好几个星期无法成眠的夜晚。"猎捕海豚"这个议题在当时主要是动物保育事务，这正合猎捕海豚者的心，因为他们可以毫不费劲地替自己辩护。他们经常说："你们吃牛与猪，我们吃海豚。有什么区别？""今天情况不一样了。"海伦娜说，"改变的关键词叫做'毒物'。卖给被蒙在鼓里的日本消费者的海豚肉，受到经由食物链积聚的汞、多氯联苯和其他有毒物质的污染。现在离日本民众意识到捕杀海豚者——背后有政府的支持——却贩卖毒药给他们吃，不会太久了。日本沿海民众吃了多少毒药，却一无所知？还有多少人要受毒害，直到贩卖海豚肉受到禁止？"[1]

出自电影《海豚湾》、关于猎捕海豚和汞中毒后果的惊人图片，现在在全球广为流传。全球媒体以从未有过的密集频率报道这个议题，全世界舆论看向日本，等待新政府的反应。只有日本媒体还一直踌躇不定，尽管这个事件光从新闻的角度来看，就已极具爆炸性。媒体的迟疑，无疑只能用已经描述过的"铁四角"来解释。在这个有无限拘泥形式的国家，"铁四角"不只是用在政党政治上，也用在被强大影响力操纵的媒体勾结上：媒体和威力强大的财团、国家官僚制度，以及密室决策紧密结合的"铁四角"。

然而，"保持缄默"这堵沉默之墙开始碎裂了。二〇〇九年十月十五日，《日本时报》报道了一则检验太地町居民头发样品中汞含量的新闻，这着实令人惊喜。报纸引用太地町卫生局一位女性公务人员的话。该渔村共计三千五百位居民，于二〇〇九年六月至八月间接受例行医疗检查，他们可以自愿交出头发样本，以供检验汞含量——此为检验有机体中毒的方法。"这是渔村居民第一次让人检验头发样本，为了弄清楚这个高毒性物质的污染状况。"《日本时报》写道，"这一步显示地方关于食用海豚肉的风险意识

---

1 部分节录来自海伦娜·欧贝瑞在 www.savejapandolphins.org 的部落格文章。

正不断增强，而汞污染可能危害地方居民的健康。"

　　这则新闻引人注意，而且肯定是电影《海豚湾》和瑞克于二〇〇八年秋天一个行动的成果。当时瑞克在动身离开前，悄悄将这部片子的 DVD 投入一些关键人物与关键当局的信箱中。光盘中用日文说明了海豚猎捕情况，以及根据水俣悲剧解释汞中毒对健康带来的后果。不过有趣的是，调查结果直到三月底才会公布，"恰巧"在海豚猎捕季节要结束的那一个月……

　　卫生局建议那些结果显示受到高度汞污染的人，最好做个彻底一点的健康检查。这点也很有趣，因为那位女性公务人员等于间接承认，高度污染是预料之中的事。当然，她不会发表检验结果可能对太地町捕杀海豚和捕鲸有什么具体影响的意见。

　　《日本时报》公布的数字也很引人注目，该数字来自厚生劳动省跟水产厅、地方行政部门合作进行的调查。调查于二〇〇〇年初检验九千七百只（估计有四百种不同物种）海洋生物毒物污染值，宽吻海豚也名列其中。结果显示，宽吻海豚的平均甲基汞污染值为 6.622PPM，这在国际标准中算是高的，也比日本的 0.4PPM 上限值超过十六倍之多。[1]面对这些数字，日本媒体的声音在哪里？这些数字毕竟来自厚生劳动省与水产厅。

　　这篇文章在《日本时报》发表之后，一些环保组织的代表满怀希望。"对太地町的负责人来说，这可以是一条出路。他们可以指出海豚肉不健康，以不失颜面的方式禁止捕杀海豚。""保护海洋协会"的主席吕贝如此认为。与此相反的是，瑞克警告大家不要太早怀抱希望："因为情况也有可能完全相反。不能排除太地町的头发样本分析会被人动手脚做假，以至于最后发布的是'不令人担心的'数值。之后，不中立的地方当局可以一如既往，

1　资料和数字来自二〇〇九年十月十五日的《日本时报》里松谷实撰写的文章。

签发特许状给渔夫猎捕海豚。"

日本记者长谷川熙也极不信任进行调查的行政机关。他的文章发表在二〇〇九年十月日本的《Aera》杂志上；这是《朝日新闻》出版的周刊，而《朝日新闻》是日本第二大日报，同时是世界上发行量最大的报纸之一。长谷川熙的文章叙述非常详尽，而且做了可靠的调查研究，在日本境内的报道中实属异数。它对公开讨论这则受到污染且标示不实的海豚肉丑闻来说，是个深具指标性的突破。

长谷川熙清楚谈到官方没有适当调查太地町的汞污染危险，也提到二〇〇九年夏天从太地町居民那里取得的头发样本。"水俣病国家协会"分析了这些头发样本，这是该协会第一次调查水俣市以外的城镇。虽然检验结果应该到二〇一〇年三月底才会正式公布，但长谷川熙看来早在二〇〇九年十月底就得知惊人的检验结果："从头发样本里检测到的整体汞数值——有90％由甲基汞组成——介于3.6PPM和86.3PPM之间。所以，这些样本全都超过日本的平均值；有部分甚至超出极多。"

此外，看来他们也分析了海豚肉和长肢领航鲸肉的样本。"海豚肉和长肢领航鲸肉的整体汞数值看了令人头晕目眩。"长谷川熙写道，"比厚生劳动省早在一九七三年确定的海洋生物肉品暂时上限值0.4PPM，还高出3.08倍至161.5倍。"长谷川熙指责进行调查的机构，对太地町受害居民做的额外测试不符合通常在那样的情况下所使用的神经学测试法。神经学测试法也将甲基汞污染引起的脑受损包含在内。

被问及这个过失问题，负责人"僵硬地"回应，而且也没有回答为什么没有进行有关的测试。以日本的社会情况来说，长谷川熙文章里的评论性结论非常值得注意："在环境省没有科学根据的检验之后，我一点也不相

信它会如何处理与近海捕鲸有关的汞毒害问题。问题可能不会解决，直到
中央政府直接从中立的立场来关心这件事情。"[1]

来自一位日本记者笔下的强烈言论，发表在全世界发行量最大的出版
物之一。鱼肉受到有害物质污染，尤其是海豚肉，到目前为止已有十年的
时间广为人知，因此早就应该在日本社会成为议题了。"也就是说，终于，
觉醒的时候到了；不只是对日本来说，也是对所有所谓的捕鲸国来说。"瑞
克劝告，"长久以来，猎捕海豚和捕鲸共同利益集团的恶意游戏，赌上的是
民众的健康。在这议题上，重要的不是受伤害的国家尊严与他们想象出来
的传统，而是其他更重要的东西。"

围猎之后，海豚落入富户村海港。

1　节录自长谷川熙的文章《"鲸鱼镇"进行的不寻常检测》（*Bizarre Examinations
Undertaken in "Whale Town"*），《*Aera*》杂志，《朝日新闻》，二〇〇九年十月
二十六日，由麦修·卡莫迪（Matthew Carmody）翻译成英文。

第十章

希望的曙光

当我背着旅行背包、拉着大行李箱走进花彩之宿花游饭店时，接待处那名年轻小姐马上认出我来。虽然离我上次在这里住宿已相隔差不多一年了，而且我只在这里住了一晚而已，她仍认出我来。她是个日本美女，可是以我的审美观来说，她打扮太过头、妆化得太浓、粉搽得太厚。不过，自然而且未加粉饰的是她动人的微笑。她又大又黑的眼睛周围的细微笑纹，表现出她很开心再次看到我。这不是装出来的。我友善地打招呼、微微弯了一下身子；她鞠了一躬，笑容满面。她不懂英文，我不懂日文，这我们早就知道了，所以我们笑了。不久后，我拿到房间钥匙。当我在电梯里按下前往四楼的按钮时，我轻轻摇了一下头，多么温暖的接待啊——在太地町。

我回来了，很高兴我人在这里。在太地町，离死亡海湾三百公尺远之处，也许在那里有几十只海豚明天就要面临可怕的死亡。"这怎么可能？"我不禁感到惊奇。"如此的天堂与地狱。"答案同时像发光的字体在我的脑海里闪过。我从电梯走出，来到走廊，有点神志恍惚地往下看。当我直接看进太地町鲸类博物馆和海豚馆时，我的手在全景玻璃上留下一些指纹。

我看到蓝鲸骨骼和位于左边、"小波"的水池。这头孤单的雌虎鲸，就像一年前一样，在同样一个地方无聊得半死地来回摆动。外加从扩音器传出纠缠不休、没有意义的同样旋律，跟一年前一模一样。我听到海豚呼哧呼哧的呼吸声，它们就在前方右手边、涂成蓝色的极小表演池里。一直都在那里——如果它们是同一批海豚，而且撑下来活过去年的话。它们一辈子也无法离开……全都没变——这一切似曾相识。

在忧伤袭上我的心头之前，我转身离开。从饭店房间另外一边打开的窗户看出去的景色也很熟悉。背景是雄伟壮丽、林木葱郁的纪伊山，在那前面的是大海湾，视野开阔，可以看到纪伊胜浦的方向；再过去几百公尺远的地方，是那被安放在巨大混凝土支座上、涂成灰色的笨重捕鲸船。和一年前一样，我很讶异日本人是如何将这个钢铁制的庞然大物抬到那上面的。长途旅行让我筋疲力尽，时差让我的眼皮直往下掉。伴随着有抚慰作用的海水流淌声，和海水在礁石间冲撞拍击发出的轰隆声，我睡着了。

重返太地町

四十分钟之后我回到饭店大厅，大厅竟然挤满了人。我从坐在沙发组上的人群中认出了瑞克，开心地走向他。他们没有逮捕他！瑞克看到我时，从沙发上跳了起来，露出笑容。我们拥抱彼此，真是如释重负啊！这里的气氛真是不一样！瑞克把我介绍给这一次陪他前来的朋友。除了记者（其中有德国的《明镜周刊》[Der Spiegel] 记者、法国的《世界报》[Le Monde] 记者和英国的《每日电讯报》[The Daily Telegraph] 记者）还有"探索频道"的一整个团队。我和"创造性差异"（Creative Differences）公司的制片负责人兼老板雷蒙·布里杰斯（Raymond Bridgers）握手。

布里杰斯长得很高，散发出平心静气、威信和认真的气质。站在旁边的是彼得·祖卡里尼（Peter Zuccarini），一个全身晒成棕色的金发男子，是全世界最棒的水底摄影师之一。这两位美国人组成"探索频道"小组的核心，制作一系列关于猎捕海豚与类似主题的片子，在全世界不同的地点拍摄，例如所罗门群岛与法罗群岛。《海豚湾》是试播集，是造成轰动的系列影片第一集。他们想和瑞克及瑞克的儿子林肯一起拍片。这是我第一次和林肯见面。

再过去一点的地方，马克·帕尔莫坐在长沙发上对我们微笑。他是"地球岛协会"国际海洋哺乳动物计划的副主任。这个留了一脸大胡子的男人，也给人一种相当沉着的感觉，但在他警觉、友善的眼里闪现着爱开玩笑和深具幽默感的本性。还有两位对这次行动的整体组织不可或缺的关键人物：麦克·杰乐曼（Mike Gellerman）与田中响子。响子是一位娇小的日本女子。麦克，这位于全世界工作的美国生物学家有数十年的日本经验，简直可以说身经百战了。深具组织才能的响子是麦克的多年好友，麦克把她拉进来参与行动。响子说着流利的英文，带着极为迷人的腔调。

我惊奇地揉了揉眼睛，气氛轻松下来了，是的，很愉快！我很愿意感染这样的欢乐气氛。连瑞克和马克在嬉闹、胡说八道的时候，都好像年轻了十岁；瑞克的脸通常只有一种表情，就是看起来没睡饱或受时差影响很疲惫的样子。"现在说嘛，这里到底发生了什么事？"我问。瑞克解释了一些事。不到一个小时前，他们在离这里几百公尺远的地方，在畠尻湾，恐怖之地的附近。突然有四辆条纹车开了过来，十二个警察在海湾上面紧邻街道的公园，包围住环保积极分子与记者。"我以为这下完了。"瑞克说，"他们要来把我押走了。不过至少媒体在场，可以把全部经过拍下来。那里毕竟是公共场所。"警察要求我们交出证件，他们好照相存证，之后就开始审问。

可是不久之后，证件就被发回来。警察坐上车开走了，就是这样。瑞克是个自由人了。从降落在大阪关西国际机场那一刻起，瑞克就在担心会出现最坏的情况：没被指控就遭到逮捕，待审前被拘留三到四个星期。"真是那样的话，我至少不会再受到打扰。"瑞克边说边嘲讽地笑着，"结果，他们让我们留在那里，就这样走了。"瑞克很明显松了一口气。他在这里还从没如此自由且不受骚扰地行动过。

我的目光扫视到靠窗的那一面，几张大厅的桌子旁都坐满了日本人。毫无疑问，他们是新闻记者。装备堆放得到处都是，有大型摄影机、三脚架、麦克风，有部分甚至没人看管，在日本这里是可行的。一些人边抽烟并一再往我们这边看。"大的日本电视台，"瑞克解释，"他们已经一整天追着我们跑了，这也是从来没有发生过的事。"

吃完晚餐后，气氛整个欢闹起来。我和响子聊了很久，然后和马克聊天，他的幽默感实在很有感染力，所以我终于有机会发泄我佯装出来的怒气，不过还是带了几分认真："你们知道吗？我实在是受够了日本人总爱拿海豚和牛相比。'海豚很可爱，牛也很可爱。你们吃牛，我们吃海豚。'那好吧！我回家后到牧场上去捕牛；我让牛缠进网子里，直到牛跌倒，再用矛胡乱刺进它的身体里，用刀子把它割开来，然后坐在它的旁边，在火堆旁暖我的手，之后用混着牛血的泉水灭火，然后再等待，直到牛失血半小时后死亡。喔太棒了！"

"你也可以把牛活生生地拖到屠宰场。"马克插进一句话。

瑞克保持严肃地说："牛是驯养的益畜，海豚不是。"

"是啊，我还从没看过牛拯救人的生命。"马克眨眨眼补充说，"不过我看过一些人被牛追，拼命逃跑！"

"喔，是啊。"瑞克说，啜饮了一小口日本清酒，"再加上海豚现在是游动的有毒废料堆放场，牛不是。"

我装模作样地点头表示同意："没错，牛比较不常游泳。"

隔天一早，当天是九月一日，"探索频道"小组和瑞克启程出发时，马上就有三个日本电视台的厢型车尾随着他们。瑞克欢呼起来："终于！当地媒体想要知道真相！”不过杰乐曼警告不要太快就那么乐观：“先看他们今天晚上如何报道。”他们的跟踪有时显得很滑稽可笑。有一次，摄影师祖卡里尼突发奇想：“遇到圆环的时候，我们干脆来绕圈圈，然后把这整个奇特景象拍下来。”林肯从车上跳下来，用一架小型手提摄影机拍摄。这个滑稽的主意成功了！由四辆厢型车组成的车队绕了圆环三圈，带队的是“探索频道”小组的车子，一直到制片公司的领导人雷蒙喊停。雷蒙提醒说，日本媒体已经愿意报道太地町事件，我们对待他们要谨慎一点。“好吧。”马克就事论事地表示，“我们不该转圈圈的。”

几分钟之后，我们到达太地町的镇中心。路的一边是一家店，对面就是屠宰场。我们能感觉到敌意。“这里有很多人痛恨陌生人。”瑞克说。太地町让我想到《阿斯泰利克斯与奥贝利克斯》（*Asterix und Obelix*）里的小小高卢村。高卢村被敌人包围了，但村民毫不厌烦地进行抵抗。然而，在这里，同样情况下，故事的意义往负面的方向转了一百八十度。这里的村民是错误的“英雄”，他们顽固地紧抓住毫无理性的过时见解不放，他们的疯狂行径将自己拉入深渊。

我们下了车，只是想在商店买水和塑料袋，然后冲突就扩大了。障碍物和禁令牌马上被竖立起来。杉森宫人，一位六十开外、头发花白的男人从店里冲了出来。他是渔业合作社参事。杉森宫人对着我们高声怒骂，阻止我们进入店里，并且立即将铁门拉下，好像下班打烊了一样。马克连在这时也能发表意见：“他们怕出事，除了把店关了，别无他法。”摄影机开始运作了，然后“私人领域”也出现了。这个众所周知总是对着我们的镜头大喊大叫、自己摄影并进行挑衅的当地人，站在杉森宫人的旁边。杉森正带着愤怒的表情，用手机对着我们拍照。当我们撤退、继续往海湾开去时，摄影小组很满意，因为太地町的死硬派再次突显了自己的缺点。

在渺无人烟的畠尻湾，一切显得很宁静。虽然刚才争执时瑞克没有露面，但他下车之后，显得很疲累，而且说话异常讽刺："又是访问，又是同样的问题，海豚、海湾……"不过，他还是像往常一样站到镜头前，淡然且极有耐心地回答问题。一开始是回答"探索频道"的问题，然后是回答三个日本电视小组的问题，总共差不多花了一个小时的时间。瑞克最后步行三百公尺前往鲸鱼博物馆和海豚馆，但"探索频道"和他没有获准进入，而我和一些记者已经在里面了。这时有日本摄影小组同行果然是有好处的，因为日本摄影小组都还没走过来，所有的门突然全都打开了，所有人都进去了——连同瑞克和"探索频道"。

"又是更多的访问。"瑞克叹息道，马上再次很有耐心地回答问题。摄影机到处猎取镜头：瑞克靠近雌虎鲸小波；瑞克靠近表演用海豚；瑞克在窄小、绝对让人抑郁的海豚水池里（这水池其实是盖来给海獭用的，对海獭来说水池也可能太小）；瑞克与儿子在长肢领航鲸和小虎鲸那里；瑞克在玻璃隧道里；瑞克和鲸鱼肉罐头、海豚肉罐头。我想起二〇〇八年秋天在此地的情形。一切都没有改变，一样令人沮丧。但至少这一次我不是一个人在这里，这带给我勇气。

中午时，日本电视小组都离开去制作新闻了，"探索频道"因而有更多空间进行与瑞克及林肯一起的拍摄工作；同一时间我回到饭店，累得倒头躺在榻榻米上就睡着了，睡了几个小时。

傍晚五点整，公布真相的一刻到来。我们在饭店一个房间里打开电视，看 TBS 电视台（日本最大的电视台之一）的新闻。果然是真的，第二条新闻即是关于瑞克在太地町，长度有好几分钟。感觉上像是对今天早上的回顾：

在商店前扩大的冲突、海湾、瑞克在海豚馆，响子专心尽量同步翻译。新闻内容相当片面，让人失望，但他们还是让瑞克说了几次话。七点钟在另外一个频道，同样有一则关于这个主题的新闻，内容比较详细，但和 TBS 电视台的报道很雷同，同样带有倾向性色彩。

即便如此，瑞克仍表示满意了。"这是个开头，媒体报道了，事情正在往正确的方向发展。"瑞克拍拍手说，"嘿！对海豚来讲，这是很棒的一天！"二〇〇九年九月一日结束了，新的猎捕季节的第一天结束了。

从猎捕海豚者到海豚观赏者

三天后，我们和"探索频道"小组一起来到富户村。我根据脑海里的图像，很容易就认出所有的东西：小巧自然的海湾，海港就建在海湾里面；凸式码头；以前吐出海豚鲜血的排水管……屠宰场。我带着纠结的心情，走过以前海豚被活生生割开的地方。一群群的潜水客来来去去，可能很少有人意识到，几年前这里还发生过血腥屠杀的事件。在渔夫典型的白色小卡车和拖车上，好几十个潜水瓶排得整整齐齐的。富户村，离东京差不多一百公里，已经成为潜水客的圣地。

当我们缓慢、若有所思地走过简直像汽车修理场的前屠宰大厅之后，这栋建筑物后面二楼的一个窗户忽然打开了。"哈啰，瑞克！我的朋友！"一个男人从隶属富户村渔业合作社的建筑物里，用结结巴巴的英文大喊，并有点戏剧性地把手臂张开。"石井泉！"瑞克呼喊回去，"你好吗？"

随即，瑞克、"探索频道"整个团队、记者和石井泉一起坐在渔夫与捕杀海豚者的会议厅。石井泉是第五代的猎捕海豚者，在场的还有摄影师吉广和女摄影师沙织（皆化名）。他们曾跟我描述两人于一九九九年和二〇〇四年在富户村秘密摄影和拍照的惊人经历。就是在这里，在我刚刚也站过的地方。

"在我用猎船带你们大家去富户村近海之前，我想向你们解释几件事。"石井泉开始说。现年六十一岁的石井泉在一个猎捕海豚家庭长大，所以他应该继承什么，不用想也知道。"我接管了我爸爸的船，出海捕杀海豚去。和其他的猎捕者联合起来，我们拍击船壁、丢石头到水里，制造噪音来加倍惊吓海豚或长肢领航鲸。"石井泉干过猎捕海豚、屠杀海豚的勾当。"不过，我的内心总是带着恐惧。我同情海豚，因为我当时已经感觉到它们是高度进化、感受敏锐的生物，却在我们手下遭受痛苦万分的死亡杀戮。"

早在石井泉还是十三岁少年时，时值上世纪六十年代早期，他就开始将富户村的围猎行动拍摄下来，当中一些照片也收录在本书里。照片一方面是那个时代的事件纪录，另一方面也证明了它们绝不是一个笨手笨脚、没有同情心的未来猎捕海豚者所拍摄的。

"几年下来，捕杀海豚对我来说愈来愈困难。"石井泉继续说，"我的内心充满挣扎，一边是传统与其他猎捕人那一套说法：'我们就是这样做的，没有什么好说的。'但另一边是海豚痛苦的呼喊——海豚大量出血而死时，我听到它们哭泣。当我还是个孩子时，我就不想屠杀它们。少年时，我听过渔夫有时候投胎转世为海豚的古老神话。"这位训练有素、长得很好看的男人微微一笑时，被太阳晒成棕色的脸上浮现出无数的笑纹。

一九九六年，这名反骨的猎捕海豚者的最后转折点出现了。"猎捕季节结束后，我们猎获的海豚比政府正式允许富户村捕杀的配额还要多，甚至屠杀了在日本也受保护的海豚种类。对我来说，我们必须跟有关当局报告这些违反事项，这是再确定不过的事，不过我的渔夫同仁们完全不如此认为。"那些渔夫还责备石井泉"站在错误的一边"。石井泉再也受不了这一切，所以永远放下了标枪和刀子。"接下来的三年很艰难。"这个从前的捕杀海豚者若有所思地说，"我几乎没有办法养活我的家人，那些渔夫对我就像我是该被驱逐的人一样。"

一九九九年，在吉广和沙织将富户村的残忍屠杀拍摄下来后，国际媒体发出了怒吼。吉广和沙织记录下来的图像在全世界流传，结果富户村有长达五年的时间都没有进行围猎行动。富户村的渔夫对于"外在施予的压力"，反应和他们太地町的同行截然不同。和位置偏僻的太地町不同，富户村若遭受大众批评，这里离东京不太远，而且是游客、钓鱼人和潜水客最喜爱的地点，他们失去的可就多了。此外，富户村的近海愈来愈少有海豚游过，日本周围的渔量减少。再者，各项费用支出不断水涨船高，猎捕海豚者的收益愈来愈少。

石井泉在二〇〇二年想到一个很棒的点子：他仍然保有他的猎船，而且有将近三十年猎捕海豚的经验，具备发现海洋哺乳动物的绝佳知识。这正是招揽付费游客前往观赏鲸豚的理想条件！他的计划一开始，就大获成功。目前，每年大约有两千名游客和石井泉出海，用相机与望远镜"猎捕"海洋哺乳动物。每人每次乘船出游的费用，换算起来相当于三十欧元。对石井泉来说，这无疑是重要的收入来源。在此期间，石井泉再次被村民所接受，并受到尊敬。同时石井泉还有很多游客留宿所带来的新收入，以及其他的额外收入。

石井泉的成功受到瞩目，愈来愈多的渔夫来拜访他，问他是怎么做到的。有时候石井泉的顾客非常多，所以其他渔夫也逐渐地从提供"观赏海豚"

的服务中获利。

这位穿着红 T 恤的男人对大家投以和蔼可亲的微笑说："说够了！"在前去他美观又易驾驶的猎船"光海丸"的路上，我们又一次走过"屠宰场"。这一刻我再次感到头昏目眩，却是因为一股强而有力的希望所带来的感觉。"事情果然改变了！"我的内心欢呼着。石井泉拉着锚索，将"光海丸"拉到木板小桥。"大家上船！"石井泉大喊，声音中带着一丝自豪。我们从富户村离港出海，用望远镜与摄影机猎捕海豚。

当我们在波光潋滟的太平洋上航行时，我从船头回视舱房，有一刻几乎无法抑制流泪的冲动。我看到他们两人肩并肩站着，戴着帽子、太阳眼镜，面部毫无表情。他们是如此不同，却又很相似。瑞克与石井泉——两位从前猎捕海豚的人。

海面波涛起伏，蒲福氏四级风让人不怎么容易看到海洋哺乳动物。事实上，今天没有人预期能看到什么。无所谓，光是乘船出游就太棒了。"海豚是野生动物。"石井泉用日文解释，响子打起精神用英文翻译，她因为起伏的波浪有点晕船。"我们无法控制海豚会不会出现以及什么时候出现、它们会不会接近船、会不会在船头激起的波浪里游泳。以为在自然猎区里也可以像在海豚馆里一样，总是马上如愿遇见海豚——这是很多人心中的傲慢想象。"

我们返回富户村海港，即使什么都没看到也觉得很开心，就像见到一整群跳跃的海豚伴着我们航行一般愉悦。阿吉与沙织向我保证，他们和石井泉在这里已经拍到了观赏鲸鱼和海豚美妙的景象。"你还记得吗？当我们看到条纹海豚的时候，它们离船好近？"沙织看向阿吉，阿吉点点头，兴奋地回应说："喔，是呀！然后一头巨大的抹香鲸浮出水面，超过十公尺长！就在海豚旁边！"——"我从来没看过那样的景象。"沙织补充说，"所有船上的人都拍手欢呼。"

石井泉帮助所有乘客下船后，盯着我看了一会儿说："你当时在国际捕鲸委员会送我的那两块巧克力，是我这辈子吃过最好吃的巧克力。"我惊讶地看着他的眼睛，笑逐颜开地说："你还记得？！这表示那巧克力是真的很好吃……因为那是七年前的事了！"——"对啊，二〇〇二年在下关市的时候。"石井泉打断我的话，得意洋洋地微笑着说，"那一年我开始观赏鲸鱼，想在国际捕鲸委员会上向大家报道我看到的情况。"

我和其他人坐在返回饭店的巴士里时，心生一种无论如何绝对要做到的责任感：我一定要寄几块好吃的瑞士巧克力给石井泉。

从追猎回归自由的大海

大家在太地町齐聚一个星期之后，媒体团队逐渐分散飞奔各地了。媒体团队除了太地町之外，也在富户村拍摄影片。摄影师探访了五个不同的海豚馆以进行拍摄，占日本所有海豚馆的十分之一。御藏岛之行很可惜泡汤了，由于台风过境，无法前去拜访这个位于东京以南大约两百公里远的小岛。"探索频道"小组原本想在那里和野生海豚潜水（若和当地人合作是有可能做到的，太可惜了）。那是九月八日的夜晚，是"探索频道"小组在太地町的最后一夜。"探索频道"小组一早要前往东京，隔天飞往美国。

半夜两点，有人敲瑞克的房门时，他还没睡着很久。瑞克睡意朦胧，但还是起床了。事情一定很重要，"谁啊？"是他的儿子林肯，他挤过瑞克进入房间，还站着就开始念写在一张纸上的新闻：

"九月九日清晨五点三十分，十三艘渔船从太地町渔港启程出海。他们发现一大群宽吻海豚和长肢领航鲸，立即包围它们，将它们赶进一个邻近海岸的小海湾里。这群被围捕的海洋哺乳动物里，大概有五十头长肢领航鲸和一百只宽吻海豚。"瑞克震惊地跌坐在床上，林肯继续念这则通讯社新闻："国际捕鲸委员会的暂停捕鲸法案没有包括长肢领航鲸和宽吻海豚，这两个物种没有被列入濒临灭绝的危险。"

瑞克整个人垮了下来。"一切都是徒劳。"他轻声地说，坐在床边，将脸埋进双手里，"他们从不停止，只是等着我们全部离开。现在他们又吹响追捕的号角，真是不听劝，一切都没有意义。"瑞克慢慢摇头，肩膀心灰意懒地颤动着。"我还可以做什么？回家去，睡个五年觉。"瑞克觉得好像被打了一个耳光。

两个小时之后有人再度敲门，瑞克心想不用再睡了。这次又是林肯冲进房间，手里拿了一张打印下来的纸张，开始念了起来："太地町将从大约一百只被捕获的海豚中选出一些卖给海豚馆。不过剩下的，他们将予以释放。"瑞克抬起头来。他的儿子继续念："太地町渔业合作社的一员，因为反对捕杀海豚的批评日益高涨而不愿具名，他说，这个决定有一部分是对电影《海豚湾》引起全世界齐声谴责太地町的回应。"

瑞克很少经历这样的情绪"三温暖"。刚刚他还陷于绝望之中，躺在床上呆看着天花板。"现在我可以往后翻一个跟斗，从床上跳下来！他们不屠杀海豚了……他们让海豚自由！是的！"瑞克用右拳击打左手手掌。此时，共有六个大男人挤在瑞克窄小的房间里。"探索频道"的摄影机对准了瑞克。

"这真的是一个很大的进步。"他说，"这是从来没有过的事。"——"但是他们还是会屠杀五十头长肢领航鲸，也有很多海豚会被运送到水族馆，你怎么想？"林肯问他爸爸。"够糟糕了，这表示我们离目标还很远。"瑞克回答，"目前我们得如此希望，他们不会只有这一次释放剩下的海豚，而是从现在开始都会如此。我还不太相信这整件事，所以我们还会继续来这里，继续密切注意太地町和周遭所发生的事情。"

我在九月八日告别瑞克和这一票人马，继续前往高野山，一个联合国教科文组织世界遗产。高野山和太地町北方两点间的直线距离差不多只有一百公里。我要在这个蔽匿在纪伊山上、拥有一百二十座海拔九百公尺高的寺院村庄隐居十天，沉思与撰写这本书。当我在九月十一日星期五早上收到响子的短信时，那是我在无量光院的第三天："五十头长肢领航鲸和一百只宽吻海豚被监禁在海湾里。长肢领航鲸死了，现在他们正在筛选给水族馆的海豚，他们说将释放剩下的海豚！"

半个小时后，我拿了一个小袋子站在寺院的庭院准备启程。尽管如此，我仍然错过将我带到高野山缆车站的公交车，而我必须搭乘缆车才能前往山下的火车站坐火车。时间紧迫，僧侣库尔特·科布礼（Kurt Kübli）知道该怎么办。这位和日本女子结婚的瑞士人，住在这里的寺院十二年了，在此期间也享有世世代代住在高野山的居民们的尊敬。高野山如今是世界遗产，每年有几万名外籍游客慕名来访，主要归功于科布礼灵巧的介绍本领。

因为他对日本文化的投入与贡献，日本政府于二〇〇八年任命他为观光亲善大使，一个极少分派给非日本人的荣誉。库尔特·科布礼，在此被称为"库尔透严藏"（Kurto Genso），毫不犹豫地委派一位僧侣开车载我去高野山站，即使非常匆忙与紧张，我还是有短短几秒暗自高兴地笑了。终于有个当地人帮助我，而且他还深深扎根在当地的传统中，让我可以记录这个县的猎捕海豚情况。我及时赶上了火车。这位几乎不懂半点英文的友善僧侣，甚至还帮我买票。

我从偏僻的高野山来到太地町的旅程，比从七百公里远的东京前来的麦克·杰乐曼所花费的时间还要长。当这个共同安排"探索频道"在日本旅行的诸多细节且发挥很大作用的生物学家得知捕杀海豚的事后，马上乘车出发。有麦克这样一个很有经验的日本通陪伴，让我的心情轻松了许多。现在孤零零地待在太地町，绝对不是什么让人感到愉快的想象。相对地，我来了，麦克也松了一口气。太完美了。接下来的三天，我们有如一个配合得天衣无缝的小组，就好像我们相识已久一样。

在"蓝色海港"饭店住了短短的一夜后，我们在黎明破晓时坐上出租车前往海湾附近。我们马上躲在海啸山上通常藏匿的地方，尽可能地摄影、照相。麦克带来了林肯的小型手提摄影机；我则用一年前在海湾附近被猎捕人暴力攻击时所拿的同一台摄影机。很快天就要亮了，第一批船开进用大网子封锁住的畠尻湾，就在我们的下方。我用麦克的望远镜辨认出被捕捉的动物，是宽吻海豚没错，再清楚不过了。看不到长肢领航鲸的踪影，它们应该都死了，一如新闻所报道的。备受精神压力折磨的海豚不停地来来回回破浪前行。

我们一直没有被发现。在麦克的身边，我觉得很安心。猎捕海豚者现在用其他的网子将位于我们下方的海湾分成不同区域，每个区域有一群宽吻海豚。沙滩旁的商人和海豚驯养师走来走去。筛选过程持续了好几个小时，太阳愈来愈灼热无情地照射下来，炎热的气候让我感到头昏脑涨。幸好我戴了一顶帽子。接近中午时，筛选海豚的第一阶段结束。差不多有十只海豚被配备一种类似担架设施的船只运走了。

下午我们不再躲藏，直接走下山到海湾旁的沙滩上。被捕获的海豚非常激动，到处游个不停。猎捕人、渔夫、驯养者、商人，通通不在那里，气氛几乎是和谐的。偶尔有几个日本观光客在我们上方的街道停下脚步，惊奇地注视这不寻常的景象。

让我大吃一惊的是，我发现稍远处有一只宽吻海豚纠缠进一张封锁网里。它几乎无法游到海面上，似乎已完全筋疲力尽，看似没有办法移动了。我们无法想象，这对它来说有多么恐怖。不过我们只能站在那里，什么也不能做，否则我们会因为"未经允许闯入"与"财产损害"而马上出局，即使我们只是试着将被缠住的宽吻海豚解开，根本没有损坏网子。最后我们实在是太饿了，只好撤退，离开一会儿。但海湾里的海豚一定更饥饿，它们已经连续四天没有进食。

我们稍晚再度来到海湾时，一个年轻的日本女子坐在前方的岩石上，非常靠近海水。我们问她在这里做什么。她很友善地响应，甚至会说一点点英文，只是很伤心。她解释说她是潜水员，很喜欢海豚，并自我介绍说名叫"阳子"（Yoko，音译）。在她听闻猎捕季的第一次围猎行动开始后，特地在放假日从奈良市来到这里。她非常清楚表明她是捕杀海豚的反对者，也非常直率地对一个后来加入我们谈话的当地中年太太说同样的话。这位当地女士也很友善，不过她只会说两个句子："我爱鲸鱼肉"和"我爱海豚肉"。

无论如何，她走向我们，和我们对话。麦克与我是友善的人，避免任何被贴上"坏西方人"标签的可能性。不久，来自太地町的女士与阳子开始激烈辩论。麦克的日文能力够他理解，阳子真的是在为这些海豚辩护。麦克和我互相轻轻点了点头。事情就应该这样，日本人民中有人特地来到这里，公开批评海湾里所发生的事情。

我们坚持到暮色降临，然后得知：剩下的宽吻海豚最早要等到明天才会被释放，如果它们真的会被释放的话。我们想要目睹并将释放的过程拍摄下来。

隔天我们再度一大清早来到海湾，并且决定分工合作。麦克将再次从海啸山向下拍摄海湾，若是网子打开、海豚被释放时，他在上面可以抓到拍摄的完美角度。那我呢？只要情况允许，我就直接在水边耐心等待。早在太阳升起前，沙滩上就再度挤满了至少三十多名商人、驯养师和渔夫。船只发出轰鸣声，逐渐接近，宽吻海豚突然恐慌起来。

然而对我来说，这是一个多么大的差别！十一个月前，我正好人在这个地方，还被赶来赶去，捕杀海豚者还几乎把我痛揍一顿。现在我直接站在海水前方，完全不受打扰，还一边摄影。就在我前面的岩石边，两只海豚绝望地缠在网子里。它们已经筋疲力尽了，仍然不断拍击，试着来到海面上用喷气孔呼吸。海豚流血了，是被岩石和渔网擦伤的。我再也受不了，准备拯救这两只被折磨的海豚。然而，猎捕海豚者狐疑地观察着我。如果我此刻跳进水里、帮忙解开网子，他们会把我赶出去。

正好麦克这时候走了过来，我松了一口气。麦克在上面看到发生了什么事，于是决定过来帮忙。"我帮你。"他对我说，我根本不用跟他解释我的意图。对我们两个来说，事情很清楚：我们要拯救海豚，即使日本人因此把我们撵出去。不过，在我涉入水里之前，我还有一个最后的希望：我向那个"不神圣同盟"里、站在稍远处海边的猎捕人与海豚驯养师挥手示意，同时指着这两只他们看不见、缠进网子里的海豚，因为它们躺在一艘船的后面。那群男人困惑地看了过来，停一下，然后一些人走过来，真的将受伤的海豚从死亡陷阱里放出来。麦克与我就站在旁边摄影。

然而，眼前的荒谬景象又为我们的如释重负再度投下阴影。在完全恐慌的情况下，又饿又累的海豚掀起浑浊的海水，一再有海豚落进网里。这个发狂的行为带来的结果是，五只海豚死了——溺毙或因为受到惊吓和体力衰竭而死。许多人从船上猛扑向海豚，把它们硬拖到岸上。这些渔夫从来没受到宽吻海豚的攻击，即使宽吻海豚是一种强有力、魁伟的海豚物种，足以用有力的尾鳍将海湾的水搅得汹涌澎湃；它们是猛兽，而且和鲨鱼一样大，也许可以在几秒钟之内毫无困难地杀人。可是，它们在这里却从不进行自我防卫。这是多么神秘的行为……

突然间我们领会，为什么捕杀海豚者这一次不阻碍我们摄影：他们很有可能真的会释放海豚——至少这次是这样，而且他们想要我们把释放的过程拍摄下来。那就开始吧！在最后一批"合适的"宽吻海豚被拖到沙滩测量，接着被小船载走后，一切再度安静下来。一些渔夫将海湾的网子收起来，直到只剩下最外面的一张封锁网还留着，海豚驯养师已经离开。在过去的"正常"情况下，驯养师现在正在帮助猎捕人把剩下的海豚驱赶进"死亡侧翼"——海湾的支流里。

麦克再次躲到海啸山上摄影；我则留在下面。果然！最后坐在一艘船上的渔夫从左边到右边把封锁网收起来，一些渔夫则坐在小船上将大约七十只剩余的宽吻海豚驱赶到愈来愈开阔的海口。海豚还不明白它们可以出来了，在海口前显得很恐慌不安，似乎在使用声呐系统探测所有的东西。然后它们理解了，动作愈来愈快地游到外面，最后甚至还跳跃起来。海豚自由了！但现在日本人也不想听其自然，已经在大一点的猎船上等着，再次锤打铁杆，以往相反方向追猎的方式，将宽吻海豚驱赶到大海里。

终于，如释重负的感觉，和我们过去几个小时目睹一切而惴惴不安的情绪混杂在一起。我们成为太地町第一次释放海豚的见证人。他们没有屠杀海豚，像几个月前习以为常的那样。我们把整个过程拍摄下来，他们只是为这唯一一次的安抚行动利用我们，还是我们已成为一个新纪元的目击者？一个不再有海豚在太地町海湾被屠杀的纪元？我们是"不屈不挠的倡导教育工作真的可以造成改变"的见证人吗？但愿如此！ [1]

珠美与野生海豚的友谊

"好，我来。"田中响子在电话那头回答。我笑了。"你为什么笑？"——"因为我很开心。"我回答。

两天后，我们两人站在一艘从东京港的竹芝栈桥起航、往御藏岛方向前行的渡轮栏杆旁。在船驶进黑夜之前，航行出无数高楼大厦和摩天大楼向下照射形成的灿烂灯海。这是一次特别的体验，美好，但同时令人不安。

我们睡了几个小时，再次回到甲板上时，感觉身处另外一个世界。在我们的左手边，漫天朝霞衬托着火山岛三宅岛的黑影。一个巨大的蒸气云从火山口喷发出来，赋予整个场景一种原始的情调。御藏岛，我们的目的地，位于太平洋上，东京以南两百公里处，在我们的前方逐渐接近。我们可以成功地在这里和野生海豚一起畅游吗？

几个小时之后，桥本珠美用她的巴士载着我们从下榻的地方前往三宅港。响子、我和一些日本游客已经穿上潜水衣。然后，我们坐在一艘快艇上，一名渔夫灵活地驾驶快艇冲锋破浪。不到一公里之遥，渔夫已经将发动机

1　确定的是，从二〇〇九年九月至本书德文版付梓，有无数的围猎行动再次在太地町进行。在这些行动中，除了长肢领航鲸，很可惜地又有不同种类的海豚——大概也有宽吻海豚——遭到杀戮。我们还有很远的路要走！

熄火了。我们到了！珠美和渔夫几乎同时看到宽吻海豚的背鳍，离小岛陡峭的海岸不到一百公尺。

大家很想马上跳进海里，不过，导游珠美要先给一些提醒："不要追踪海豚，绝对不要触碰海豚。随时随地注意船尾推进器。绝对不要在船后面游泳。浮出水面时，眼睛往上看。不要离船太远，不要离海岸太近，避开激浪区。"我们都了解了，然后纷纷下水。

虽然在水里并非毫无声响，但在我的周遭不知怎么的相当寂静。在我用呼吸管和脚蹼缓慢地在表面上漂浮时，我看到我们底下几公尺处有四只宽吻海豚。它们安静游过宽广无垠的海洋时，看来好像完全无动于衷的样子，浑身散发出一种难以形容的泰然自若与优雅。我们仿佛潜进一个不同的世界。

不过，只要我们去到什么地方，宽吻海豚似乎马上就逃走。天空云层密布，想要透过起伏的波浪观察海豚，能见度不是很理想。另外，一直有新的船只到来，将渴望和海豚相遇的游客卸进波涛汹涌的海里。珠美也注意到了，海豚今天似乎觉得受到人类的干扰。

"有可能是太多船载了太多想和野生海豚游泳的人出海，海豚因此觉得受到打扰？"我语带批判性又同时自我批评地问。"一般情况下是不会的。"珠美小心地回答。除此之外，每天可以开多少船来这里看海豚，受到严格的规定，而且一年内只有六个月可以这样做。在其他的时间里，这里是不准"和显然受到保护的海豚"一起游泳的。用网子捕鱼同样遭到禁止，也不允许在整座岛的周围用重装备潜水。珠美本身是一个优秀的自由潜水员，她可以吸一口气，然后毫不费劲地在水里停留两分钟，所以她总是能够用她的 Beta 摄像机拍到非常美丽的海豚影片。

　　响子与我跟珠美聊了一会儿，我有点放下心来。尽管如此，我仍然无法掩饰对下午没能与海豚共泳的失望。"我是多么自私啊！"我承认，并且想起石井泉的话："以为在自然猎区里也可以像在海豚馆里一样，总是马上如愿遇见海豚——这是很多人的傲慢想象。"

　　后来又有一个令人失望的消息：明天风力会变强。响子与我因为一个重要的约会必须返回东京，意思是，我们早上就得去搭渡轮，而不是下午，因为大浪可能使渡轮无法靠岸。"就这样了吗？"我问自己。在这样的情况下，我们早上无法再一次去野生海豚那里。不过我的内心早已做了决定。"我们去冒险吧！"响子马上点头同意，我松了一口气。

　　次日早上晨曦微现时，我们在珠美舒适的民宿后方把自己塞进氯丁橡胶衣里。户外果然狂风怒吼，一副很危险的样子。珠美开着巴士，沿着坡度大的小巷子往下开向小海湾，车上只有四个人。厚实的混凝土墙，承受得住强烈台风肆虐，也保护小海湾不受太平洋波浪冲击。海浪显然比昨天还要高，充满威胁的狂风将一片片乌云往下扫向小岛四周。珠美看到响子、其他两位参加者与我坚决的表情时，笑了出来。我们想要出海！

　　出发了！和头天一样的渔夫以纯熟的驾驶技术，载着我们以惊人的速度通过高达三公尺的浪潮时，四处看不到任何一艘其他的船只。虽然我们顺着波浪的方向前行，但仍感觉像在坐云霄飞车，不时还下起雨来，到处都是水。不过，太阳忽然穿透乌云，露出脸来，照射在波峰的雪白泡沫上，闪闪发光。实在太有气氛了！"看那里！海豚！"同时，大海上方一道色彩鲜明的彩虹开始闪耀。渔夫将船停在小岛一面长满植物的峭壁前方，一川瀑布沿着峭壁几乎直接流奔海里。"没有人会相信我的。"我差点掉进海里时惊叹地说。"这是真的吗？"我转身问响子，想弄清楚我不是在做梦。"是真的！"响子迎着风大声回答，整张脸因兴奋而容光焕发。

　　穿上脚蹼，戴上潜水面镜，把摄影机固定在手腕上，呼吸管放进嘴里。宽吻海豚的背鳍离我们很近！我们让自己从船壁落入汹涌的波涛里，海洋温暖舒适地环抱着我们，水温是二十六度。巨浪根本不像我一开始担心的那样干扰人，相反地，它像是个强壮有力的原始母亲，温柔地轻摇我们。它们在那里，御藏岛的海豚。一整群海豚围绕着我们，也许有二十只。它们好奇地靠近。一些海豚点了点头，好像在欢迎我们。我必须克制想笑的冲动，因为我实在太高兴了。幸好人在水下不能闲聊。海豚继续慢慢往前游。

　　我们游回船上。船行不到一分钟，就遇到下一群海豚了。我们再次下海，这一次，尽管海浪像雷鸣一般，我仍清楚听到海豚发出的唧唧叫声。我跟随着一小群海豚游泳，它们却一只接着一只消失。我突然有种感觉，不知道哪里不对劲。对了，我想起来了：不要追踪海豚。于是我停止追逐，转个身，刚好和一只大宽吻海豚"面对面"碰个正着。它以非常缓慢的速度朝我移动，之后十分靠近地从我身旁游过去。我想要伸出左手触碰它……内心的一个声音却提醒我不要这样做。后来珠美笑着告诉我，她看到整个情景了，也把它拍下来了。

　　在这一小时中，我们去了小岛的不同地点，一再潜进水里观察海豚。我注意到宽吻海豚很显然认识珠美，心里深受感动。珠美携带着她的大型摄像机下水，在水下几公尺处游来游去，一整群一整群的海豚便游向她，好像想要"闻"这位日本女子一般。珠美边摄影边和海豚玩耍，在我们的眼里，珠美和海豚像是在水下优雅地跳舞。

　　大约有两百只海豚生活在小岛周围，差不多和小岛上的居民人数一样多。和海豚潜水有十年经验的珠美，现在已经可以分辨其中的一百二十只。

这位以前在公司当上班族的女子在御藏岛独立创业，她俭朴的民宿和载客出海陪海豚自由潜水，已经成了人生的第二条谋生之道。

看到这样的美景，看到日本人珠美和野生海豚间如此亲密的关系，我觉得自己不知怎的好像变了个人。这感觉很难言喻。我不是在世界上随便某个地方，而是这里，日本！亲身体验这一切。在返回海港的途中，我们逆风逆浪前行。这段航行让人感觉像是骑乘在一匹难以驾驭的野马上，再加上浪花水平地从耳际飞过。珠美咧嘴笑着、眯着眼睛看向我们，迎着风叫喊："怎么样？！"我点点头，什么话都说不出来；我太开心了，脸颊上带着咸味的浪花，掩盖了我开心的眼泪。

未来的愿景

"你知道吗？我其实不太会游泳。"响子和我靠在渡轮的栏杆旁，注视着西边，日本本土逐渐出现在视野里。富士山匀称的剪影已经矗立在夜晚的天空下好一段时间。"你为什么提这个？"我问她。"因为那时我有种感觉，在那边的海上我可以像鱼儿一般游泳！我感到完全放松，和水有了连结。"我点了点头。"我的感觉也很类似。"我想起日本摄影师吉广（化名）有次对我坦承，他根本不会游泳，不过当他在夏威夷看到野生海豚时，马上毫不迟疑跳进水中，前往它们那里——然后他就会游泳了。

这是我曾经历过行程最紧密的一天，我们吃了简单的一餐、看了珠美拍摄的影片后，响子和我便坐上直升机飞往三宅岛，在那里搭上渡轮。

"那后面的某处应该是富户村。"响子指向地平线，日本本土隐匿在地平线的云雾后面。相反，在西边较近的地方，一连串小岛清晰可见：钱岛、式根岛；在新岛和大岛之间的是小火山岛利岛，离富户村只有五十公里。一九九五年在利岛近海，一只海豚和当地渔夫成为了朋友。三年后，这只雌海豚生了一只小海豚。小岛居民将这两只海豚命名为 Koko 与 Piko，并想要保护它们。岛民如此疼爱 Koko 与 Piko，利岛的村长富田晋作甚至决定让它们成为小岛的居民，并且在摄像机前将证件签发给它们。这是一九九八年利岛的居民人数突然增加两个"人"的真实故事。[1]

"这是人类可以尽一己之力、发挥影响力的好例子。"我对响子说，"一个日本的例子。保护海豚和鲸鱼的努力，毕竟得来自内部，来自日本本身，来自日本人民。"我偷瞥响子一眼说："你会为此付出心力吗？"——"当然。"她看着我的眼睛，理所当然地说。此时我真想拥抱她。

我满怀希望地问自己：太地町的事现在究竟要如何继续下去？有一件事情对我来说是很清楚的：停止屠杀海湾里的长肢领航鲸和海豚；这不再是"可否"的问题，而是"何时"的问题。很遗憾日本周围的小齿鲸数量仍一直在减少，至少所有的证据都如此显示，不知什么时候将再也没有鲸鱼和海豚可供猎捕。但愿不要走到这一步，别让日本周遭和世界各地再也见不到鲸鱼和海豚！

遗憾的是，太地町的猎捕海豚者还会有好几年的时间继续之前的猎捕行动，只是为了将海豚卖给海豚馆及水族馆以牟取暴利。可是，单单因为汞的问题，屠杀一事也许在不久后就会成为过去。如果是那样，已经是很大的进步了。二〇〇九年秋天，海豚第一次从海湾被释放，希望这是事情往这个方向进展的前兆。因此，此时此刻，我们应该以明亮、警醒的眼睛

1　资料来源："国际鲸豚协会"（Cetacean Society International, CSI），《海豚活着！》（*Whales Alive!*）通讯，www.csiwhalesalive.org。

密切注意太地町事件的进展。

除此之外，许多振奋人心的事正在进行着，它们大多必须归功于个人的勇敢行为。以下是当前最新事件的不完整清单，让人因此充满希望。

- 日本新上任的消费者行政担当大臣于二〇〇九年十一月底允诺将关切食品里含汞的议题。

- 由于"保护海洋协会"的发起，"世界卫生组织"与"联合国粮食及农业组织"已展开不同的研究和鉴定，从而召开一场专家会议讨论食用海洋生物所带来的健康问题。日期：二〇一〇年一月底。

- 二〇一〇年二月二十二日，在位于日内瓦的动物权国际法庭前，举行一场反对日本、挪威、冰岛、格陵兰及法罗群岛屠杀鲸鱼和海豚的公开审判。虽然只是象征性质的，但媒体对它非常感兴趣，因此可加大对捕鲸国施加的压力。[1]

- 冰岛应该加入欧盟，并且但愿能因此终结最近几年再度扩大的捕鲸计划。

- 恒河豚被公告为印度的水生动物、受到保护，现在已明令禁止捕杀。

- 从二〇〇九年夏天起，克罗地亚禁止因为商业目的圈养海豚。只有当海豚受伤了，才能例外批准将海豚交给人类照顾，以恢复健康。只要海豚恢复健康，就必须野放。

- 一些从前有海豚馆的欧盟国家，现在已经不存在海豚馆了，例如英国与爱尔兰。挪威（非欧盟国家）不允许海豚馆的存在。德国从前有九座海豚馆，如今只剩下三座。

- 纽伦堡动物园里的海豚馆，在一年之内死了六只宽吻海豚后，"鲸鱼和海豚保护协会"于二〇〇九年要求审阅对饲养海豚至关重要的书面资

1　资料来源："保护海洋协会"。

料。提案遭到拒绝后，"鲸鱼和海豚保护协会"根据德国环境资料法，提出审查档案的诉讼，在一个具指针性意义的诉讼程序中取得审查权。

· 德国旅游集团"国际旅游联盟"（TUIAG）将土耳其安塔利亚（Antalya）的两座海豚馆从行程中删除，因为它们没有遵守标准规定来豢养海豚。

· "鲸鱼和海豚保护协会"公布目前没有海豚馆的奥地利计划在布尔根兰（Burgenland）兴建一座海豚馆的消息后，此计划被有关部门否决了。[1]

· 一九九一年，估计有一万九百九十二名游客参加日本的观赏鲸鱼和海豚活动，这个数字和二〇〇八年的十九万一千九百七十名游客相比，几乎相差了二十倍；数字还有继续增加的趋势。在日本赏鲸的游客中，有90%是日本本国人。[2]

我们能够做什么

"谁不是解决办法的一部分，谁就是问题的一部分。"戈尔巴乔夫这么说过。

揣起双手不行动、想着"别人会来整顿一切"，是多么舒服的一件事。用手指着别人——我们是好人，别人是坏人——是多么简单。我常常发现自己在批评别人，其实是在劝诫我自己。"公开劝别人喝水，自己却在偷偷喝酒。"

为什么我们批评别人和他们的所作所为？是出于合理的气愤才这样做？还是因为我们是爱找碴的人？还是因为我们良心不安，想要转移注意

1　资料来源："鲸鱼和海豚保护协会"德国分会与奥地利分会。
2　资料来源："国际动物福利基金会"（International Fund for Animal Welfare, IFAW）。

力？我觉得在国家层面，后者无论如何是强国（密室）决策的一个可靠形式：指责别人违反战争法的罪行，以便逃避清算自己违反战争法的罪行；公开谴责别人的环境犯罪，来回避处理自己的环境犯罪。在小事情上是这样，大事情上也是这样。

人类会感到良心不安，而这是不是所有慈善机构得到好处的主要原因？即使是在小小的瑞士，捐赠产业也是价值高达几十亿的事务。这是现代形式的"赎罪"吗？如果我捐助一个组织，或是非常多组织，尽管我仍有罪，但还是能减轻我的良心不安？

我们必须认真问自己这些问题，或是，我们必须接受这些问题带来的挑战。

做这件事，但不放弃另一件事。如同很多其他状况，两者都有其正确性。我们应该做的，是进行自我教育，努力成为一个更好、更成熟的人，并且充实自己的精神世界，知道"人并不是光有面包吃就算活着"，知道真正的改变总是由内而生。于是，如果我们看着来自海湾的图片，感到愤怒、想要反抗，绝对是合理的。瑞克和我对此深信不疑。但是，请支持可靠的组织，例如"拯救日本海豚联盟"，一起竭力终结这个开倒车般的疯狂行径，一定是不会错的。即便只是在请愿书上签名或是捐赠金钱（金钱赞助当然没有上限），也是支持的表现。

不过，因为太地町捕杀海豚者和其他某些人的无知或拒绝接受改变而妖魔化他们，从来不是我们的目标。我们自己不也有这些弱点？我们自己不也会抵抗改变、反对真正的成长？从这个角度来看的话，我们也可以从猎捕海豚者身上学到一些东西。"人应该指责疾病，而不是指责生病的人。"塞浦路斯的灵修大师达斯卡娄斯（Daskalos）这么说过。

然而，为什么要支持一件离我们这么远的事呢？因为它离我们一点都不远！在欧洲，海豚仍旧遭到捕杀，例如在法罗群岛。那里的海豚也和日本海豚一样受到汞污染。而且很遗憾，欧洲也还有很多海豚馆。当然，我们应该放弃拜访海豚馆——这一定不是什么很困难的事。

海豚保育人士瑞察·欧贝瑞在电影《海豚湾》的最后做了个中肯的结论：海湾如同一个微观世界，代表一个较大的整体；代表一个偏颇的现象，不只在现实中，也在象征意义上。"如果我们不能解决这个问题，就别想解决更严重的问题。"瑞克说，"这样的话，就没有希望了。"

可是，围绕着"海湾"所发生的最新事件证明了：

希望仍在。

后记

陈迪茵（二〇一〇年"世界保护海豚日"香港召集人）

二〇一〇年四月，我在一个偶然的机会下看了《海豚湾》。当时我只知道这是一部得奖的纪录片，并不知道我的生命会随着这部片一步一步改变……

我是一个在香港土生土长的女孩，原来的我跟其他在大都会生活的人一样，每日除了上班下班、周末吃喝玩乐以外，对大自然和动物根本漠不关心。三年前看过《海豚湾》后，我除了立即通过网络捐款，脑中不停思考：我如何可以多施力一点？做多一点？

打从那天起，我的人生彻底改变了。现在回想起来，这怎么可能是偶然？一定是大自然对我的召唤吧！

二〇一〇年九月一日，我只身跑到日本参加瑞察·欧贝瑞主持的"拯救日本海豚日"，把全球一百七十万个网上签名交给驻日美国领事。我从没想过，这个奥斯卡得奖纪录片的男主角原来已经七十多岁，他的生命和故事启发了我很多很多……他对我说，他会穷尽自己生命剩下的时间，去拯救世界上每一条海豚。而我现在的梦想，是希望能够尽力在瑞克有生之年，让他看到日本人停止屠杀海豚。这次旅程令我最感羞愧的，是我从来没想过原来人类许多的娱乐是建立在其他动物的痛苦上。海豚跟人类很相似，都是群居的哺乳类动物，有人甚至认为海豚要比人类聪明。我们却为了自身一点点的娱乐，令它们与家人分离……更不幸的甚至被屠杀。而所谓较幸运的，是被运到世界各地不同的主题乐园去展开其"表演生涯"。我们当中有谁真正想过，海豚的微笑背后那个残酷的真相？

回港以后，一班有心人士在网上向全世界呼吁，将瑞察·欧贝瑞生日——十月十四日——订为"世界保护海豚日"，并召集各地人士于当天在自己城市的日本领事馆前示威抗议。于是我在网上召集了五十人齐集香港日本领事馆门外，要求日本政府正视并立即停止屠杀海豚。

这是我人生的第一次游行示威，更成为该次活动的香港召集人。《苹果日报》亦有大幅报道，令香港人突然意识到一同生活在地球上的其他动物与大自然是无比的脆弱，而我们应该对动物和大自然有爱护之心。从此，我成了瑞察·欧贝瑞和地球岛协会(Earth Island Institute)的自愿性香港代表。也因为这样，我参与了许多关于保护与救助香港濒临绝种的中华白海豚活动。看着它们在香港水域自由地畅泳，我想到每天在海洋公园永无休止表演的海豚，心里非常难过。

随着中国大陆的经济起飞，每年从日本太地町购入的海豚数目不断增加。心痛的同时，我在想，为什么我们不向瑞士学习？瑞士去年正式立法禁止所有活鲸类动物及其产品的进口，此举令欧洲各国都有所反思，相信未来会有更多其他国家仿效。

除了海豚，其他的海洋动物，同样备受威胁、面临绝种的还有鲨鱼和鲸鱼。现在全球每年约有一亿条鲨鱼遭到屠杀，大部分是为了取其鳍做鱼翅，取鳍后的鲨鱼全部被抛回海中任其死亡。亚洲人喜欢吃鱼翅众所周知，但我们现在都清楚知道，鱼翅本身是没有味道的，味道完全来自汤，营养价值更几近于零。随着香港三家大酒店率先禁售鱼翅，香港人对于保护海洋动物的意识也提高了。我们要知道，除了获取鱼翅的过程非常不人道，整个海洋的生态平衡也受影响。

　　一个人的力量有时候大得超过我们的想象。回想三年前我第一次踏足日本太地町，一直到今天，太地町的海豚屠杀数量已经大幅下降。另外，由于受到全球的关注，捕捉海豚作表演用途的需求亦大减。这些全是因为瑞察·欧贝瑞的决心推动，才有今天的成果。二〇一一年三月十一日，对日本人来说是永远难忘的一天；在大自然的酷劫下，人类变得异常渺小。海啸令很多家庭从此阴阳相隔，穷尽一生建立的一切在几分钟内化为乌有。大劫过后，核电厂的辐射泄漏更成为全球的危机。海洋被辐射污染，我们每日吃的海产类食物首当其冲被关注，日本的鱼类出口也立即大幅下降，令本来趋缓的日本经济雪上加霜。事实上，不只日本，这一切一切，都跟我们的日常生活和健康有着不可分割的关系。

　　自《海豚湾》得奖以后，世界各地的团体把注意力放在日本太地町，甚至严重抨击、指责日本渔民。现在瑞克的做法，是提供不同的谋生方法协助太地町的海豚屠夫，希望他们可以效法前"海豚屠夫"石井泉先生的故事。石井先生生于五十年代一个名叫富户的地方，家里三代都以捕鱼和猎杀海豚为生。十多年前的一天，石井先生如常出海搜猎海豚，当他拿着矛枪准备刺杀那条海豚时，海豚看着他流泪了。那一刻，石井先生感觉自己的灵魂被海豚窥探了，当下知道自己不可能再杀戮下去了。自那一天起，他把自己的渔船改装为一艘接载游客出海观赏野生海豚生态的船。当瑞克知道石井先生的故事并到富户探访他的时候，虽说大家语言不通，有点鸡同鸭讲的感觉，但当他们两手一握，总有点泪盈于睫、百般滋味在心头的感觉。石井先生的故事，令瑞克更有信心去改变太地町渔民的想法，并希望日本政府正视含高水银的海豚肉对人类健康的危害。

　　有朋友问我，为什么要为海豚做那么多？我也曾经问过自己这个问题。

现在我发现，不是我为海豚做了什么，而是通过《海豚湾》，我的心被打开了。海豚救赎了我的心灵，启发了我对生命万物的尊重。人生的意义和价值，不再是随波逐流、浮于表面、追求名利和物质的生活。大自然和动物，其实与我们人类一样，一同生活在地球上，大家是互相联系、相互影响的。

我由衷感谢瑞察·欧贝瑞，他对海豚无私的爱和付出，启发了我的心，更让我认识一班志同道合、来自世界各地的朋友。我在此，希望所有的人都能找到令自己内心感动的理由。

我们大家一起努力吧！

二〇一三年三月二十五日

致谢

若无以下人士协助，本书也许无法完成：Sigrid Lüber(OceanCare), Felix Gastpar, Kyoko Tanaka.

特别感谢：Dr. Huei-ling Yen & Chung-Chi Kuan(CoHerence Media) 颜徽玲和管中琪（德人文化传播有限公司）；Jess Chan, Leah Lemieux, Sasha Abdolmajid, Malcolm Wright.

其他 ：Fritz Wong, Mikael Lemon, Angie Neuhaus, Hans, Simone und Jessica Schmid, Ady Gil, Claudia Went, Jens Mortan Rasmussen, Serge Flüeler, Courtney Vail(Whaleand Dolphin Conservation WDC), Clare Perry(Environmental Investigation Agency EIA), Klaus Petrus(Tierim Focus), Johanne Aa Rosvoll, Tim Burns, Vera Weber, Sayaka Nakamura, Annelies Mullens, Melanie Boichat, Yoav Ben Shushan, Ruth Chavez, Leilani Münter, Mina Kaneko, Misato Itokawa, Sakura Paia, Nao Iida, Ronny Rolle, Michael Dalton, Enson Inoue, Karl Goodsell, Greg Hauswirth, Heinz Kunz.

尤其感谢以下人士与机构提供资助，或其他形式的特别协助：Florian Koch; Christian Herzig; Nicolas Entrup, WDCS Deutschland; Dr. Markus Zenhäusern; Dr. Sandra Altherr, ProWildlife; Katharina, Paulund Michael Shepherd; RitaDubois, Schweizerische Gesellschaft für Tierschutz, ProTier; Sylvia Roth; Peter Senn; Vanja Palmers; Sylvia Brechbühl; Anna Steffen; Christoph Lehmann, secret. TV; Sakae Hemmi, Elsa Nature Conservancy; Christian und Karin Reber-Mühlemann; Hannes Jaenicke, Schauspieler und Drehbuchautor; Rainer und Naoko Friedrich; Christoph Ott, Neue Film Produktion GmbH, NFP; Beat Henzelmann; Mike Gellerman; Mark J. Palmer, Earth Island Institute; Dora Hardegger, Animal Life; Silvia Frey, OceanCare; Postfinance Schweiz.

此外衷心感谢（依名字罗马拼音字母序排列）：Alexander Renggli, Medienattaché der Schweizerischen Botschaft in Japan; Alex Leuenberger; Andreas Moser, NETZNatur, Schweizer Fernsehen SF; Atsushi Hirase; Ben Stiller; Bertrand Loyer; Björn Platz, ARD(NDR); Arved Fuchs, Expeditionsreisender und Autor; Boyd Harnell, Journalist und Fotograf, Japan; Brigitte Herzig; Brigitte Terzer, OceanCare; Carl Clifton, The Works Media Group; Carole und Gary Mehl; Charles Hambleton, OPS-Team; Christian Kaul, Marketing Neue Film Produktion GmbH; Christa Ulli, Rundschau, Schweizer Fernsehen SF; Dan Stone; Dave Philips, Director Earth Island Institute; David Rastovich; Atlanticblue e. V.; Doug Cartlidge; Ed Lüber, OceanCare; Felix Müller, Prof. Dr. , Historisches Museum Bern; Fonda Berosini; Frank Thadeusz, Der Spiegel; Gaudenz Looser; Gay Ingram; Gerald Dick, Direktor World Association of Zoos and Aquaria, WAZA; Gesine Dammel (Insel Verlag); Gina Papabeis, Oceanic Preservation Society, OPS; Giorgio Pilleri; Hans-Günther Krauth, freier Mitarbeiter ARD-Studio Tokio; Hardy Jones, Executive Director of BlueVoice.org; Heinz Lochmann, Drei Freunde/Lochmann Filmtheaterbetriebe; Helene O'Barry; Hiroshi Hasegawa,

Journalist, AERAE ditorial Office, Asahi Shimbun; Holly Mehl; Howard Sacre, Producer 60 Minutes, Nine Network Australia; Hugo Ramseyer, Zytglogge Verlag; Izumi Ishii; Jasmin Senn; Jason Mark; Jennifer Lonsdale, Environmental Investigation Agency; Joan Davis; Joe Chisholm, OPS-Team; Judith Adlhoch, Tango Filmund Fernseh GmbH; Julia Hawley; Juliette Gill, The Works Media Group; Jürgen Ortmüller, Wal- und Delfinschutzforum; Kai Voßkämper, Redaktion Tango Film und Fernseh GmbH; Karsten Brensing, WDCS Deutschland; Katja Ridderbusch, Journalistin; Keith Colbourn, Autor; Kinuko Sakurai, Fotografin und Koordinatorin; Korina Gutsche; Kurt Kübli Genso, Muryoko-In-Kloster, Koyasan, Japan; Laura Döhring, WDCS Deutschland; Lawrence Makili; Lincoln O'Barry, Bayrock Media, Discovery Channel; Lindaund James Weyrauch; Liselotte Jensen, OceanCare; Louie Psihoyos, Executive Director »The Cove Movie«, OPS; Lukas Heim, Weltbild Verlag, Schweiz; Mac Hawley; Mai Li O'Barry; Margaret Conley, ABC News(America); Mariko Atsumi, ARD Studio Tokio; Mario Schmidt, ARD-Studio Tokio; Mark Berman; Mark Lavelle; Martin Fritz, Frankfurter Rundschau; Mary Jo Rice; Masato Sakano, Journalist, Produzent und Kameramann; Matthew Carmody; Michael Bailey; Michael Parfit, Mountainside Films; Mick Brown, Telegraph Magazine; MinoriIkeda; Miriam Hannemann; Nanami Kurasawa; Nathalie Dubois; Niklaus Maurer; Panayiota Theotoki Atteshli; Patrick Cassidy, Aikido Montreux; Peter Brechbühl; Peter Heller, Journalist; Peter Zuccarini, Zuccarini Films, Discovery Channel; Petra Deimer; Philippe Pons, Le Monde; Pia Maurer; Pio D'Emilia, Journalist Sky Channel Italia, Il Manifesto; Raimund Waltenberg, Zweites Deutsches Fernsehen, ZDF-Umweltredaktion; Raymond Bridgers, Creative Differences, Discovery Channel; Roberto Kovalick, V Globo, Brasilien; Rollo Gebhardt, Gesellschaft zur Rettungder Delphine; Ry Hawley; Sandra Paule, PR-Management, Berlin; Shigeo Ekino; Shinsaku Tomita; Shodo Habukawa; Siegfried Roth; Taija Siegrist; Tamami Hashimoto; Taro Oguchi; Timothy Feder; Ulla Christina Ludewig; Vera Bürgi, OceanCare; Viki Psihoyos, OPS; Volker Angres, Zweites Deutsches Fernsehen, Leiter ZDF-Umweltredaktion; Werner Anderhub; William Johnson, Autor; Yumiko Miyoshi(Studio Ghibli); Yvonne Horisberger. Ganz herzlich sei auch jenen gedankt, die aus verschiedenen Gründen nicht namentlich genannt warden möchten, und all jenen, die bei dieser Danksagung möglicherweise vergessen wurden–dafür entschuldigen wir uns.

图片来源 ·

本书作者与出版社感谢以下摄影者与通讯社提供图片：

Boyd Harnell: 图 6

David Higgs: 图 15

Dolphin Project Archives: 图 13、14、39

Hans Peter Roth: 图 2 - 4,6,8 - 10,12,27,34 - 38,43,45, 第 29,62,93 页

Elsa Nature Conservancy: 图 28,31,32

Izumi Ishii: 图 41、42，第 18，246 页

Kinuko Sakurai/Circlet: 图 44 - 46，第 275 页

Michael Gellerman: 图 25

Oceanic Preservation Society(OPS): 图 1,16 - 24,29,30,33,48，第 124 页

Pro Wildlife: 图 40

Richard O'Barry: 第 114 页

Vera Buergi: 前勒口图

文献与出处

Aïvanhov, Omraam Mikhaël: Geheimnisse aus dem Buch der Natur（大自然的秘密）,Fréjus, Editions Prosveta 1993

Carwardine, Mark: Wale und Delfine（鲸鱼和海豚）,Bielefeld, Delius Klasing 2008

Dammel, Gesine (Hrsg): Von Delphine – Geschichten, Gedichte und Bilder（海豚：故事、诗与图片）, Frankfurtam Main und Leipzig, Insel Verlag 2001

Frey, Silvia: Wale, Delphine & das Meer（鲸鱼、海豚和海洋）, Reitnau, OceanCare 2004

Heller, Peter: Wir schreiten ein – Der Kampf des Paul Watson gegen die Walfangflotten der Welt（我们进行干预：保罗·华生对抗全世界的捕鲸船队）, Hamburg, Mare Verlag 2008

Johnson, William: The Rose – Tinted Menagerie（欢乐的动物园）, London, Heretic Books 1990

Johnson, William: Zauber der Manege（马戏团的魔法？）, Hamburg, Rasch und Röhring 1992

Köchli, Yvonne – Denise (Hrsg.): Whale Zone 02 Tagungsband OceanCare - Symposium（鲸鱼区域二，"保护海洋协会"座谈会论文集）, Zürich, Tierschutzverlag 2003

Lilly, JohnC. And Montagu, Ashley: The Dolphin in History（历史上的海豚）,Los Angeles, William Andrews Clark Memorial Library, University of California 1963

O'Barry, Richard: Das Lächeln des Delphins（海豚的微笑）, Bergisch Gladbach, Bastei- Lübbe 1990

O'Barry, Richard and Coulbourn, Keith: Behind the Dolphin Smile（海豚微笑的背后）, New York, St. Martin's Griffin 1988/2000

O'Barry, Richard and Coulbourn, Keith: To Free a Dolphin（释放海豚）, Los Angeles, Renaissance Books 2000

Ohnishi, Mutsuko 大西睦子 : Mrs. Ohnishi's Whale Cuisine（鲸鱼料理书；鲸料理の本）, Kodansha, Japan, 1995

Schätzing, Frank: Der Schwarm（群）, Köln, Kiepenheuer & Witsch Verlag 2004

相关网站

书籍《海豚湾》网站：www.diebucht.info 和 www.diebucht.ch

其他重要网站：

www.delfine.org

www.oceancare.org

www.wdcs-de.org

www.prowildlife.de

www.diebucht-derfilm.de

www.dolphinproject.net

www.earthisland.org

www.thecovemovie.com

www.opsociety.org

www.elsaenc.net/eng/index_e.htm

www.eia-international.org

其他与本主题相关网站（非完整版）

www.awionline.org

www.idausa.org

www.campaign-whale.org

www.bluevoice.org

www.cetaceanalliance.org

www.ifaw.org

www.wikipedia.de

www.wikipedia.org

www.iwcoffice.org

www.csiwhalesalive.org

http://tursiops.org

www.orcahome.de

http://www17.ocn.ne.jp/~tamagide/eindex.html

www.protier.ch

www.atlanticblue.de

www.wale.info

www.meeresakrobaten.de

www.dolphinmedia.at

www.projectbluesea.de

www.delphinschutz.org

www.wwf.de

www.greenpeace.de

www.asms-swiss.org

www.animal-life.ch

www.wdsf.de

www.hai.ch

www.ffw.ch

www.savingluna.com

www.ocean2012.org

www.fair-fish.ch

www.peta.de

www.tierlobby.de